雨上がりの川

森 沢 明 夫

幻冬舎文庫

雨上がりの川

目次

第一章　崩れゆく家族

【川合淳（かわいじゅん）】


三階のベランダから見える空は、ふたつある。

見上げる空と、見下ろす空。

下の空は、たいていひらひらと揺れている。

なぜなら、それは川面に映る空だから。

その川は、都会のはずれの住宅地を貫流しているせいで、お世辞にもきれいとは言えない。幅が広く、水はいつもささ濁りで、ほとんど止水のようにも見える。もちろん、せせらぎひとつ聞こえない。しかし、その両岸には緑の河川敷が広がっていて、川沿いの道には桜の並木が延びている。

四月も半ばを迎えたいま、並木はみずみずしい葉桜だった。明るい午後の川風に、やわらかな葉がそよと揺れる。

俺は、ベランダの手すりの上に組んだ両腕を置くと、そこに顎（あご）をのせ、春の青空を水面に映す「下の空」を見下ろした。

河川敷にはキャッチボールを楽しむ親子の姿があった。その手前では、主婦らしき女性が自転車に乗り、桜並木をゆっくり通り過ぎていく。

穏やかな風が遠くから川を渡ってきて、このマンションに音もなく吹き付ける。そして生まれたかすかな上昇気流が、少し無精髭の生えた俺の顎を撫（な）で上げていく。

ひらひらと光りながら揺れるスカイブルーの川面。

しかし、その清々しい光の下には、人の営みによって汚染された水が黙々と流れているのだ。楚々（そそ）と着飾っておきながら、その中身は醜悪である人間と、それはどこか似ているのではないか。

そんなことをぼんやり考えていたら――、

ぽちゃん。

と、のどかな音がした。

音の方を見遣ると、青いフラットな水面に波紋が生まれ、それがゆっくりと広がっていくところだった。

川岸にいる白髪頭の男が、釣りの仕掛けを投げたのだ。

くたびれた焦げ茶色のジャンパーを着たこの老人は、暇さえあればいつもこの場所で釣りをしているようだが、しかし、いまだ魚を釣ったところを見たことがない。天気のいい日は必ずと言っていいほど現れて、折りたたみ式の安っぽい椅子に腰掛けながら、日がな川面を眺めている。あまりにもずっと同じ姿勢でいるせいだろうか、老人の背骨は腰から上が少し前方に曲がっていて、折りたたみ椅子に腰を下ろすと、その背骨の形がぴたりと背もたれにフィットする。まるでその椅子に座るために進化したかのようですらある。

あの爺さん、いつも一人だけど、家族や友達はいないのかな――、などと余計な心配をしそうになったとき、俺のすぐ背後で声がした。

「淳ちゃん、何してるの。寒くないの？」

振り返ると、妻の杏子（きょうこ）がリビングの中からこちらを見ていた。グレーを基調としたチェックのコートを羽織り、小さな革鞄を手にしている。もともと肌が白くて童顔なせいか、俺と同じ四十三歳にしては、だいぶ若々しく見える。

「ちょっと寒いけど、なんか、春だなあって」

「ふうん」

杏子は、さして興味もなさそうな顔をした。

「その格好――、出かけるの？」

「あ、うん」

杏子は頷（うなず）いて、リビングの壁の時計を見上げた。俺も釣られて見ると、午後二時半を少し回ったところだった。

「わたし、もう出ないと」

「どこへ？」

「近くの友達のとこ」

「そっか」

「夕方には戻るから」

「分かった」

最近、こんな会話が増えた気がする。そもそも出不精で人見知りだった杏子が、いつしか一人で出かけるようになり、しかも、外で誰と会うのかを俺に伝えなくなったのだ。

「じゃ、ちょっと行ってくるね」

「うん。あっ」

「なに？」

「えっと……、春香には」

「これから出かけるって伝えてあるから大丈夫」

言いながら杏子は廊下の奥を一瞥した。そこには、この春、中学二年生になったばかりの一人娘の部屋がある。

「そっか。分かった」

「じゃあ」

短く言って鞄を肩にかけると、杏子はくるりと踵を返し、玄関へと歩き出した。ドアが開き、閉まる音が、無人のリビングに小さく響く。

「ふう……」

春香と二人きりか。

俺はため息をついて、また川を眺め下ろした。

ひらひらと光る川面は、ぼんやり眺めているだけで、なんとなく俺の気持ちを落ち着かせてくれる。たとえ、水面下に汚物が流れているとしても、だ。

釣りをしている白髪の老人の丸まった背中は、まるで石膏で固めたかのように、さっきからぴくりとも動かない。

少しすると、空から飛行機の重低音が聞こえてきた。空は晴れているのに、飛行機の機体は見えない。

目には見えなくても、それが存在しないとは言い切れないでしょ――。

以前、杏子が口にした台詞（せりふ）を思い出す。何について話しているときの台詞だったかは忘れてしまったが、しかし、そのとき妙な違和感を覚えたことだけは忘れられないでいる。

杏子はいま、専業主婦だ。春香を出産したのをきっかけに、それまで勤めていた化学系大手メーカーの先端技術の研究員という専門職を辞めていた。

わたし、やっぱり仕事は辞めたいかも。だってさ、ひと時たりともこの子と離れていたくないんだもん――。

十四年前、ベビーベッドですやすや眠る春香を慈愛に満ちた目で見つめながらそう言った杏子の横顔を、俺はいまでも鮮明に思い出すことができる。もちろん俺も、その意見には賛成した。金は俺が稼げばなんとかなる。決して安定した業界ではないが、とりあえず出版社に勤めているから毎月の給料はもらえている。

飛行機の轟音が遠ざかっていった。

釣り竿を手にした老人は、人形のように動かない。

俺は身体の向きを変えて、ベランダの手すりに背中をあずけた。

部屋の方を向いたのだ。

掃き出し窓につけたレースのカーテンの端っこが、川面のように、ひらり、ひらり、と揺れていた。その向こうには、生活感をたっぷり漂わせた、ありふれたリビングが見えている。十年間、杏子と春香と三人で住み続けた空間が、目の前にあるのだ。

十年……。

その年月は長いのか、あるいは短いのか。積み重なった刻（とき）を憶（おも）ったら、幸せだった頃の記憶が走馬灯のように巡りはじめた。

いかん、いかん、と、俺は慌ててそれを打ち消す。

「はあ」

今度のため息は、さっきよりも三倍くらい重かった。

築十二年、八階建ての中古マンション。三階の角部屋。間取りは３ＬＤＫ。最寄り駅までは徒歩十分で、通勤時間は約四十分。駐車場も一台分付いている。俺のサラリーからすれば（多少の背伸びはあれども）、ほぼ身の丈に合った物件だった。不動産屋は「ここは本当におすすめの物件です」と連呼していたし、俺と杏子もひと目でその気になったものだ。あのとき俺たちの心をもっとも動かしたのは、リビングの窓の向こうに広がる「ふたつの空」だった。その特別な景色を眺めながら、俺と杏子は何の疑いもなく「家族の幸せな未来」を思い描くことに成功していたのだった。俺の腕に抱かれていた幼い春香も、ベランダに出て「ふたつの空」を見た刹那、パッと笑顔を咲かせた。そして、その笑顔が引き金となって、俺たちはこの部屋を購入すると決めたのだった。住宅ローンは、俺が定年退職するその年まで、きっちり支払い続けることになっているが、この買い物で損をしたと思ったことはない。ただ、惜しむらくは、あのとき思い描いていたような「家族の幸せな未来」と、わが家の現在の有り様が、あまりにもかけ離れてしまったことだ。

ほんの一年ほど前までは、すべてが順調だったのに——。

レースのカーテンが、ひらり、ひらり、と揺れる。

ぽちゃん。

また、背後でのどかな水音がした。

その音に、背中を押された俺は、川を振り返らぬままリビングに入ると、掃き出し窓とレースのカーテンをぴたりと閉めた。

リビングに静謐（せいひつ）が満ちる。

しかし、耳を澄ますと、かすかな音が漏れ聞こえていた。最近テレビCMでよく耳にする流行歌だった。

音の出所は、廊下の奥の六畳間。

去年から学校に行かず、引きこもりになった春香の部屋だ。

俺はテレビをつけて、適当な情報番組にチャンネルを合わせた。そして、キッチンでコーヒーを淹れようとしたのだが、ふと思い直した。

やっぱりコーヒーはやめて、紅茶にしようか——。

紅茶なら、春香も飲むだろう。

やかんに水を注ぎ、コンロにかけた。食器棚から大きめのマグカップをふたつ取り出し、ティーポットにはアールグレイの葉を目分量で入れておく。

お湯が沸くまでのあいだ、なんとなくテレビ画面を眺めていた。しかし、内容はほとんど頭に入ってこなかった。別につまらないわけではないのだが、いまの俺にとっては、ほとんどどうでもいいものに感じてしまうのだ。

　思えば春香が登校拒否をするようになってからというもの、世の中にあふれる情報のほとんどが「どうでもいいもの」になった気がする。いまこの瞬間、重大な問題を抱えている人間にとっては、自分と関わりのない情報など無いに等しいのだ。逆にいえば、自分と直接関係のない情報にまで興味が持てるというのなら、つまり、その人は幸せなのだろう。満たされているのだ。

やかんの笛が、ピューと耳障りな音を立てた。

ガスを止め、ティーポットにお湯を注ぐ。アールグレイの上品な香りがふわりとキッチンに漂いはじめた。それからしばらく待って、紅茶の風味がしっかり出た頃を見計らい、ふたつのマグカップに均等に注いだ。俺も春香も、砂糖は入れない。

かぐわしい湯気の立つカップのひとつは、リビングのテーブルに置いた。そして、もうひとつを手にした俺は、こぼさないよう注意しながら廊下の奥へと歩いていく。突き当たりは玄関で、その手前右側にあるのが春香の部屋だ。

ドアの前に立った俺は、ノックをしようと右手を軽くにぎった。

そのまま「ふう」と呼吸をひとつ。

と、そのとき、春香の部屋から漏れ聴こえていた音楽が、軽やかなポップ・ミュージックに替わった。耳に馴染んだメロディーに、俺は思わず「あ」と言いそうになる。

少し気分が軽くなった俺は、ドアを軽く二度ノックした。

「はい」

部屋のなかから、春香のやさしげな声が届く。

「いま、紅茶、淹れたんだけど、飲む？」

「あ、飲む。ありがとう」

やっぱり紅茶にしてよかった。

俺は「入るよ」と声をかけてから、ドアをそっと押し開けた。

春香は部屋の奥の机に向かっていたようで、座っていた椅子をくるりと回し、こちらを振り向いた。髪の毛は短めのボブ。おっとりとした性格をそのまま形にしたような半月形のたれ目。外出するわけでもないのに、ジーンズにサーモンピンクのパーカを羽織っている。見た目だけでは引きこもりの少女には見えないのだが。

「ほら、アールグレイだよ」

俺は湯気の立つマグカップを少し持ち上げて見せた。

「このあいだの、美味（おい）しいやつ？」

「うん、そう」

「やった」

春香は嬉しそうに目を細めた。

しかし、その細めた左目のまぶたのすぐ上には、ボクサーを思わせるような傷痕がある。長さ三センチほどの裂傷の痕だ。

俺は、その傷跡から視線を逸らした。

逸らせば、必然的に春香と目を合わせることが難しくなってしまうのだが、これはもはや習慣になってしまっている。

「カップ、熱いからな」

言いながら机の端っこにマグカップを置いてやる。

「ありがとう」

「このアルバム、結構いいだろ？」

俺は何食わぬ口調で、いま流れている音楽について話しかけた。先日、俺が春香に貸したCDなのだ。

「うん。いい感じ。一昨日から何度も聴いてるけど、聴くほどに好きになっていくみたい」

「そうか。これ、パパが高校時代に聴いてた曲なんだぞ」

「えっ、そんなに昔の曲なの？　いま聴いても、古く感じないね」

「だろ？」俺はつい自分が褒められたような気分になって、「時代を超えても古くならない普遍的な楽曲が、いわゆる本物なんだからな」などと偉そうに言ってしまった。

「あはは。パパ、めっちゃ嬉しそうだよ」

眉を少しハの字にして、春香は苦笑した。

「あ、別にパパが褒められたワケじゃないか」

「そうだよ」

俺も、苦笑する。

小さな卓上スピーカーから、曲のサビの部分が流れ出した。きれいに整頓された六畳の空間が、目には見えない音符で満たされていく。軽やかで、清々しく、そして少し甘酸っぱいメロディーだ。

「このサビ、一度でも聴いたら、ずっと耳に残るよね」

「なにしろ、本物だからな」

春香が、うふふ、と笑う。俺も、微笑（ほほえ）み返す。しかし、春香の目を正視することはできない。まぶたの上の傷痕を見てしまうと、いまだに俺の胃のなかで黒いマグマが煮え立ってしまうのだ。

「ねえ、パパ」

「ん？」

「この人の別のアルバムも持ってる？」

「探せば、あると思うよ」

「えっ、じゃあ、あったら、それも貸して」

「分かった。探してみるよ」

引きこもりになってからの春香と俺との会話は、いつもこんな感じで音楽に依存していた。

二人の共通の趣味がたまたま音楽鑑賞だったことが功を奏し、それが父娘を結ぶ細い糸となってくれたのだ。俺は春香におすすめのCDを貸し、後日、その音楽に関してあれこれ無邪気に語り合う。ときには春香からCDを借りることもあるのだが、正直いえば、春香の聴いているいまどきの音楽に心を動かされることはなかった。とはいえ、借りたからにはしっかりと聴いて、(いい部分だけの)感想を伝えられるよう、その準備を怠らないようにはしている。

春香がマグカップを手にして紅茶を少し飲んだ。

「この間のより、ちょっと濃く淹れた?」

「同じくらいのつもりだけど。苦いか?」

「ううん。これはこれで美味しいけど」

上目遣いの春香に、俺は「なら、よかった」と答えたのだが、そこで会話がぷつりと途切れてしまった。

一曲目が終わり、二曲目に入る。スローなバラードだ。

音楽がなかったら、沈黙に押しつぶされていたかも知れない。

どうやら俺は、部屋を出るタイミングを逸していたらしい。

春香は、また紅茶に口をつける。

「えっと……、勉強でもしてたのか？」

無理に会話をひねり出しつつ、春香の机の上に視線を落とした。そもそも真面目な春香は、学校に行かなくなってからも、誰に言われるでもなく日々こつこつと自習を続けているのだ。しかし、今日はどうやら違うようだった。机の上に教材やノートは開かれていない。

「ううん、本を読んでたの」

「お、読書か。いいな」

曲がりなりにも出版業界の片隅で、雑誌編集者として生計を立てている俺としては、娘の読書には大賛成だ。

「どんな本？」

訊きながら、ふたたび俺は机の上に目を遣った。ページを開いたままの四六判の本が一冊、伏せた状態で置かれていた。

「うーん……、ママに勧められたんだけど」

春香は、小首をかしげて言い淀んだ。

「ん？」

「なんかね、いまいち、よく分かんない本で……」

「難しいのか？」

「っていうか、まあ、そうかも」

「そっか。難しい本に挑戦するのはいいことだよ」

　春香はまだ中学二年生になったばかりだ。理系の大学院を出て修士の称号まで持っている杏子の勧める本だから、まだ少し早かったのかも知れない。

「じゃあ、読書、なるべく楽しんでな」

「うん」

「つまらなかったら、パパが面白い本を貸してやるから」

「あはは。分かった」

「じゃ、パパは、リビングでのんびりしてるからな」

俺は、春香の黒髪をポンと軽く撫でるようにして、それを引き際とした。

部屋のドアを開け、廊下に出る。春香がこちらに小さく手を振ってくれた。俺も軽く手を振り返した。

そして、ドアをそっと閉じた。

リビングへと歩きながら、春香の机の上に伏せてあった本の帯に書かれたコピーを反芻(はんすう)する。

神の子として生きるためには——。

ちゃんと見たわけではないが、そんな感じの言葉が記されていた。表紙カバーは紺色で、黄色いタイトル文字にも「神」の文字が見えた気がする。宗教学の本か、あるいは小説のたぐいだろうか。杏子はミッション系の大学を出ているから、もしかするとキリストにまつわる本かも知れない。

まあ、いずれにせよ、読書はいい習慣だ——。

俺はリビングに戻り、椅子に腰を下ろした。

自分用のアールグレイはすでに冷めていたが、ほとんど気にならなかった。春香に頼まれたCDの在(あ)り処(か)を真剣に考えていたからだ。

◇　◇　◇

春香が学校に行かなくなったのは、去年の九月のことだった。

原因は、執拗(しつよう)ないじめだ。

幼い頃からあまり運動が得意ではなかった春香だが、中学に上がると同時に、小学生の頃から憧れていた軟式テニス部に入部した。入部した当初は、球拾いばかりさせられていたようだが、それでも日々、目をきらきらさせて帰宅していたものだ。ずっと夢見ていた「テニスラケットを持った中学生のお姉さん」に自分がなれたことに、しみじみと幸福を感じていたのだ。

風向きが変わったのは、梅雨の頃だった。

部活の同級生と先輩たちからシカトされるようになったのだ。

春香は、他の女子生徒たちと比べると、素朴であどけなく、垢抜けないし、飾り気もない。髪型もあまり気にしなければ、眉毛を整えることもしないくらいだ。それでも、親馬鹿を承知で言えば、顔立ちはそこそこ可愛らしい。生まれてこの方、何人もの人から「アイドル顔だね」と褒められてきたのだから、根拠のない親馬鹿ではないはずだ。ただし、性格はアイドルどころか、人前に出るのは苦手な方だし、とても真面目で、おっとりしたタイプだった。ときにはクラスの気の強い子たちに振り回されて、泣かされたりもしたが、小学校の担任の先生からは「春香ちゃんは目立つタイプではありませんけど、なごやかで、みんなから好かれる娘さんですね」などと評されていた。ようするに、いい意味でも、悪い意味でも、おとなしくて真面目で優秀な「いい子ちゃん」なのだ。

そして、そういう「いい子ちゃん」は、得てして思春期の女子中学生たちにとって、格好の「嫉妬」のターゲットになるものだ。

いじめの原因も、そこにあった。

ある日、軟式テニス部のアイドル的な男子の先輩に、なに食わぬ顔で「川合春香って、けっこう可愛いから川合なんじゃね」と、つまらぬ駄洒落を言われたことがきっかけで、女子の先輩たちに目をつけられてしまったのだ。春香は部室に呼び出され、先輩たちからさんざん嫌味をぶつけられた。

そして、悪夢がはじまった。

テニスは下手なくせに、男に媚びるのだけは天才的——。

心無い先輩たちは、そんな噂を広めはじめたのだ。

やがて先輩たちが春香へのいじめに本腰を入れはじめると、その空気を敏感に察知した同級生たちもまた、いじめに便乗しはじめた。うっかり便乗し損ねたりすれば、今度は自分が地雷を踏んでいじめのターゲットにされてしまうということを、思春期の女子生徒たちは痛いほどよく知っているのだ。

部活内でのいじめがヒートアップすると、あらぬ「噂」はあちこちに飛び火し、いつしか同じクラスの気の強い女子たちにまでいじめられるようになった。クラスで力を誇示する女子生徒がいじめをスタートさせれば、その周囲の力のない女子生徒たちも暗黙の了解で流れに追随するしかなくなる。

部活に続き、クラスでのいじめもヒートアップすると、今度は顔も知らないような他クラスの女子生徒たちまでが「噂」という目に見えないウイルスに感染しはじめる。

そうなると、もはや春香に逃げ場は無かった。校内のどこを歩いていても、白い目で見られるようになってしまったのだ。

しかも、そんな最悪の状況下で、春香はさらなる不器用なミスを犯してしまう。いじめのきっかけとなった男子の先輩に頼まれて、うっかりCDの貸し借りをしてしまったのだ。そして、その事実は、いくつもの心無い尾鰭（おひれ）を付けた「噂」となり、拡散され、いっそう女子生徒たちの陰湿な炎に油を注いでしまったのだった。

いじめは日増しにエスカレートしていった。

クラスや部活で誰からも口を利いてもらえないのはもちろん、テニスの練習着を部室のゴミ箱に捨てられたり、教科書を破かれたり、「害虫」と呼ばれて殺虫剤をかけられたり、ラケットのガットを切られたりもした。朝、びくびくしながら教室に入っていくと「わたしは、オトコが大好きなの♪　BY春香」などと黒板に書かれていたこともあった。給食のスープをわざとスカートの上にこぼされたり、テストでカンニング疑惑をかけられたり、上履きのなかに画鋲（がびょう）を仕込まれたりもした。

一見、可愛らしい顔で屈託なく笑う女子生徒たちも、一皮剝（む）いてみれば、その内側には嗜（し）虐（ぎゃく）的な一面を隠し持っている。そして彼女たちは、春香にたいして思いつく限りのいじめを淡々と実行し続けたのだった。

　ときには、見かねた男子生徒が止めに入ることもあったらしいのだが、しかし、それはむしろいじめている女子生徒たちの嫉妬心と嗜虐性に拍車をかけるだけだった。

　春香が、いじめについて俺と杏子に打ち明けてくれたのは、夏休みに入ってしばらく経った八月初旬の土曜日のことだった。久しぶりの一家団欒で、テレビを観ながらくつろいでいるとき、前触れもなく春香がぽつりとつぶやいたのだ。

「わたし、明日から、部活、休みたい……」

　え？

　何かの聞き間違いかと思って春香を見ると、娘はテレビの方を向いたまま、ほろほろと頬にしずくを伝わせていた。

「え、ちょ……、春香、どうしたの？」

　ぽかんとしてしまった俺よりも先に、杏子が口を開いた。

「わたし……」

　春香の視線がゆっくりとテレビから剝がされ、こちらを向いた。

「わたし……、本当は、学校でね……」

　そこから先の言葉は、嗚咽まじりになった。

まさか、自分の娘がいじめにあっているなんて——。

青天の霹靂とは、このことだった。

俺も杏子も、余命宣告でもされたかのような衝撃を受け、心臓をごっそりえぐり取られるような絶望感を味わった。

その夜から、俺たち家族三人は、四六時中、ひどい心痛を抱えながら生活することとなった。

俺に限って言えば、職場に行こうとしても、蟬の声を聞くだけで鬱々とするし、夏の陽光に晒されれば、するりと背骨から気力が抜け落ちてしまう。見知らぬ女子学生が視界に入ったときなどは、ひどい嫌悪感で、ひとり胸が悪くなった。

俺と杏子は、夜な夜な対応策を話し合った。インターネットでいじめを解決するための情報を集めてみたり、春香には内緒で、夏休み中の担任の教師に連絡をとり、教師の自宅の近くの喫茶店で相談にのってもらったりもした。春香には、部活を休ませつつ、とにかく前向きな言葉をかけて励ます他はなかった。

ある夜、三人でぼんやりと観ていたテレビドラマのなかで、ふいに高校でのいじめのシーンが流れた。

あっ——。

と思った瞬間、リビングにはすでに嫌な緊張が走っていた。

俺は反射的にテレビのリモコンを鷲掴み(わしづか)にして、チャンネルを変えようとした。しかし、慌てて握ったせいで、誤ってテレビの電源を落としてしまった。

リビングから音が消えた。

静寂の重さに耐えかねた俺が、

「あ、えっと……、ごめん」

と言ったとき、春香がスローモーションのように両手で顔を覆った。その手の隙間(すきま)から、しゃくりあげるような声が漏れてくる。

声を殺して泣き出したのだ。

「どうしたの。もう泣かないの。大丈夫よ。春香にどんなことが起きても……、パパとママは……、絶対に春香の味方だからね――」

杏子は、春香の丸まった背中を撫でながらそう言ったけれど、言葉の最後は潤(うる)み声になっていた。

「ママ……」

かすれた声を出した春香は、杏子の肩にそっとおでこをくっつけた。そして、「ママ、ごめんね……。わたし……、ごめんね」と、むせび泣いた。杏子も声を殺して涙をこぼしながら、春香の首を抱くようにして、ひたすら「大丈夫だから」と繰り返していた。

俺はひとり、何も言えないまま杏子と春香を眺めていた。

家族が、泣いている。

どうして、こんなことに——。

俺はリモコンを摑んだままだったことに気づき、そっとテーブルに置いた。

コト……。

と、かすかな音がした。

すると、なぜだろう、ふいに俺の視界がゆらりと揺れた。そして、まばたきと同時に、やけに熱いしずくが頰を伝い落ちたのだった。

その翌日、杏子は軟式テニス部の顧問に電話をして、退部を申し出た。顧問は春香と話したがったようだが、杏子はその要求をぴしゃりと撥(は)ね付け、逆にいじめ問題に取り組むことを約束させた。夏の合宿に行くことに戦々恐々としていた春香は、退部したことで少しは気が楽になったようだったが、このとき春香はすでにストレスで食欲がなくなっていて、入学時よりも体重が七キロも落ちていた。

やがて鬱々とした長い夏が過ぎ、春香の中学校では二学期がはじまった。登校初日の朝、青ざめた顔で朝食のパンを口にしている春香に、俺はわざと悪戯(いたずら)っぽい口調で話しかけた。

「なあ、春香。学校なんてさ、無理に行かなくてもいいんだからな。勉強は家でやればいいんだし。パパは阿呆だけど、ママは大学院まで出た秀才じゃん。学校の教師なんかよりずっと賢いんだから、何でも教えてもらえるぞ」

そのとき春香は、ちょっと淋しげに微笑んで「うん」と言った。

杏子も「そうだよ。勉強なんて、いつだってママが教えてあげるよ」と、明るく微笑んで見せた。

しかし、結果から言うと、その日、春香は登校した。

担任や顧問の先生たちが自分を守ってくれるのではないか、という淡い期待に賭けたのだった。

そして、あっさり、その賭けに負けた。

それでも春香は、歯を食いしばって学校に通い続けた。春香なりに、ほんのわずかでも状況を好転させようと、あれこれ努力を重ねてみたのだ。

しかし、九月の中頃、忌まわしい事件が起きた。

体育の授業でバスケットをやっていたとき、春香が怪我をさせられたのだ。

それは保健室では対処できないほどの裂傷で、春香は午後の授業には出られず、教師に付き添われて病院に送られた。連絡を受けた杏子も病院へと急行した。白髪混じりの医師は春香の傷を見るなり、「ああ、こりゃ、縫わないと駄目だなぁ」と眉をひそめたそうだ。

　まぶたの上に、三センチの裂傷。

　縫合は、八針だった。

「女の子だから可哀想だけど、傷痕はどうしても残るよ」

　処置を終えた医師にそう言われ、春香と杏子は肩を落として帰宅した。

　その夜、仕事から帰った俺は、目の上に大きな白い絆創膏(ばんそうこう)を貼られた春香を見るやいなや、思わず「えっ」と言葉にならない言葉を口にしていた。同時に、胃のあたりを見えない大きな熱い手でぎゅっと握られたような、ひどい鈍痛を感じた。

「どうしたんだ、その怪我……」

「じつはね——」

　答えたのは、春香ではなく、杏子だった。

　口紅のはげかけた杏子の唇から、ゆっくりと言葉がこぼれ落ちる。目には見えない悲哀をまとわせた言葉たちだった。そして、なぜだろう、そのとき、俺には杏子の唇が、杏子とは別の生き物のようにうごめいて見えていたのだった。

「それでね……」その唇から、小さなため息がこぼれ落ちた。「傷痕は残るだろうって言われたの」

杏子の唇は最後にそう言って、死んだように閉じられた。

俺は、春香を見た。春香も、ちらりと俺を見たが、すぐにテーブルの上に視線を落としてしまった。

「淳ちゃん？」

俺は、仕事の鞄を手にしたまま、リビングの入り口に突っ立っていた。

杏子に名前を呼ばれたとき、俺は、俺自身に驚いていた。

目の前が暗転しそうなほどの激烈な怒りで、全身の震えを止められなくなっていたのだった。

「誰に、やられたんだ？」

震える声で、俺は春香に訊いた。

答えたのは、また、杏子だった。

「分からないんだって」

「分からない？」

「いきなり後ろから突き飛ばされて、前にいた子の膝に顔がぶつかったんだって。だから、誰が押したのか、春香は分からないんだって。ね、春香？」

「うん……」

うつむいた春香が、かすかに頷く。

「でも、誰か、現場を見ていたはずだろう」

「犯人探しをする前に、急いで病院に連れていかれたらしいの。だから、いまは分からないんだよね」

杏子は、ちょっと呆れたような顔つきをして言うと、春香の隣に座って、「大丈夫よ」と背中をぽんぽんと叩いた。

「そうか……」

三文字でなんとか答えたが、俺の震えは、それからしばらくのあいだはおさまらなかった。

その翌日から、春香は学校に行かなくなった。

目の上の大きな絆創膏をいじめの種にされそうだし、何より故意に突き飛ばされて、生涯、顔に傷跡の残るような怪我をさせられたことが、年頃の少女にとっては大きなショックだったのだ。

もちろん、俺も杏子も反対はしなかった。むしろ家に居てもらった方が安心だ。これ以上、大切な娘を傷つけられてたまるか、という思いもある。

春香が不登校を決めたことで、逆に、俺は行動に出ることにした。この隙に学校に出向いて抗議するのだ。

　俺は、わりと自由の利く編集者という立場を利用して、仕事の途中に社屋を出ると、携帯から学校に電話をし、校長を呼び出した。そして、あえて冷静な口調で「ご多用中に恐縮ですが、娘へのいじめの件で、校長先生と直接お会いしてご相談したいのですが」と言った。

　すると校長は、敏感にリスクを察知したのだろう、やんわりと断ろうとした。だが、俺は引くつもりはなかった。慇懃無礼(いんぎんぶれい)とも言える口調で食い下がったのだ。

「恐れ入りますが、校長先生、私、いまのこの会話をすべて録音させて頂いております。つまり、万一のことですが、今後、娘に何かあった際には、この録音させて頂いた音声をマスコミ各社に提供させて頂くことになろうかと思います。いじめられていた娘の父親が懇願しても、校長先生は相談にすらのって下さらなかった――、ということの何よりの証拠となりますが。あ、申し遅れましたが、じつは私自身もマスコミの人間でございますので、私の力になってくれそうな人脈は無数に持ち合わせているのですが……」

　そこまで言うと、校長は「あ、ええと、それはですね」などと言いはじめた。あと一押しだ。俺は少し語調を強めてきっぱりと言った。

「短い時間でも構いません。御校の一人の生徒を救うために、一教師として、お時間を作って頂けませんか？」

それで、校長は落ちた。

すぐさま俺は、編集長に「打ち合わせから直帰します」と適当なメールを打ち、その足で学校へと向かった。

通された校長室は、掃除が行き届いているのにもかかわらず、どこか陰鬱な空気が満ちていた。

もちろん、俺は歓迎されてはいなかった。応接用のソファに座っても、お茶すら出されなかったのだ。しかし、そんなことはどうでもいい。俺は、これ見よがしにICレコーダーをテーブルの上にそっと置いて録音ボタンを押すと、校長と担任と部活の顧問の前で、春香から聞いているいじめの一部始終を説明した。さらに、顔に傷跡の残るような怪我をさせられたことにたいして、非常に腹を立てていると伝えた。

ところが、学校側の弁明は、呆れるほどにひどかった。

最初にぼそぼそとしゃべり出したのは部活の顧問だった。軟式テニス部を指導しているわりに色白で痩せぎすなその男は三十代後半に見えた。そいつの薄い唇が神経質そうな声を発した。

「まあ、一般的にもですね、部活に上下関係があるのは当然のことですし、それは将来に役立つ教育の一環であると、こちらとしては認識しておりますが」

　俺は、あえて黙っていた。そして、録音機材をちらりと見てプレッシャーをかけてから、「どうぞ、続けて下さい」と促した。

「え、ええと、ですね……、川合春香さんにたいしては、もちろん、ある程度の厳しさを持って接したかも知れませんが、しかし、顧問の私も、部活の生徒たちも、その行為をいじめだとは認識しておりません――というのがですね、ええと、まあ、軟式テニス部としての見解です」

　録音されていることに緊張したのだろう、顧問は言い終えるなり小さく「ふう」と息をついた。

「なるほど。部活での出来事は、いじめではない、と。そうですか。では、娘が体育の授業で怪我をさせられたことについては、学校として、どうお考えですか？」

　この問いかけには、校長が重そうな口を開いた。

「ええと……、私が聞いたところですと、たしか、川合さんのお嬢さんは運動があまり得意ではないとのことですが」

「たしかに、得意ではない方です」

「ああ、やはり、そうでしたか。体育の時間のバスケットの試合中も、川合さんは自分でつまずいて転倒して、床に顔を打ち付けた、とのことでしたが……」

　バーコード頭を脂でてらてらと光らせた校長の白々しいとぼけ顔に、俺は思わず「は？」と言ってしまった。

「学校側は、うちの春香が嘘をついていると？」

「いや、まあ、嘘といいますか、勘違いといいますか……、他の女子生徒たちも、みなそう証言していますので」

　俺は、胃のなかからせり上がってくるような黒い熱をぐっと飲み込んだ。そして、静かに訊いた。

「本当に、みんな、ですか？」

「厳密には、怪我をした瞬間を目撃していたみんな、ということになりますが。ねえ、竹内先生、そうだよね？」

　校長は言葉の裏に、頷けよ、という圧力を孕ませながら、竹内と呼ばれた若い担任に話を振った。

「え？　えっと、は、はい……」

　夏休みに一度、喫茶店で相談にのってもらったこの優男は、分かりやすいほど複雑な顔で頷いた。

　この担任だけは、多少なりとも良心の呵責を味わっている——。

　俺には、それが手に取るように分かったが、もうひとつ分かったことがあった。それはつまり、この学校では、もはや誰ひとりとして春香の味方をしてくれない、ということだった。教師たちは学校でいじめ問題が起きたことを認めるつもりはなく、ひたすら自分たちの保身だけを考えながらしらばっくれるのだろう。まさに、テレビでよく観るいじめ問題のパターンが、いま、自分の目の前で展開されているのだった。

　それから三十分ほど糠に釘を打つような会話をして、俺は校長室を後にした。

　せっかく仕事をサボってまで来校したのに、敵はのらりくらりと論点をずらすばかりで、前向きな話は何ひとつ出来ずじまいだった。

　職員玄関まで俺を見送りに来た竹内という若い担任は、靴を履いている俺の背中に申し訳なさそうな声をかけてきた。

「あの、わざわざお越し頂いたのに……すみません。春香さんのことは、ぼくが、なるべくしっかり見るようにしますんで」

　こいつ――。

　何が、すみません、だ。

　何が、なるべく、だ。

　夏休みにも、それと同じ台詞を言ったのを忘れたのか。

口を開いたら罵声を放ちそうだった俺は、冷淡に黙礼だけして、そのまま踵を返した。

職員玄関を出ると、俺は思わず目を細めた。

秋晴れの澄んだブルーが目に痛いほどだったのだ。

ちょうど下校時刻と重なったようで、俺はたくさんの生徒たちに囲まれながら校門に向かって歩いた。

あちこちで弾ける屈託のない笑顔。

若々しく弾むような足取り。

仲間とふざけ合いながらはしゃぐ生徒たちの華奢な背中。

ごく「ふつう」に、幸せそうな生徒たち。

もしも、この輪のなかに春香が入っていたら。

三日月のように目を細めて笑う、あの愛くるしい笑顔が弾けていたら。

そんな夢想をしたら、鼻の奥がツンと熱くなってしまった。

俺は慌てて深呼吸をして、その熱を散らした。

そして、考え直す。この一見「ふつう」に見える生徒たちのなかにも、きっと春香を地獄に突き落とした輩が混じっているのだ。

こいつか？

あいつか？

スカートをひらひら揺らして歩く女子生徒たち。

眺めていると、一人ひとりの首根っこを片っ端から摑んで、悪行を問い詰めてやりたい気分になってくる。

「ふう……」

思わずこぼれたため息は、嫌な熱を孕んでいた。

とにかく、この学校はもう駄目だ――。

校長室を出るときから、俺の頭のなかには「転校」以外の解決策が浮かばなくなっていた。

春香は「いい子ちゃん」だけあって、成績は学年トップクラスだから、二年次からの私立への編入も難しくないはずだ。

帰ったら、杏子と春香に転校を勧めよう。

転校さえできれば、娘には「ふつう」の青春が待っているはずだ。

そんなことを思いながら、俺は、本来なら春香が歩くはずの通学路をとぼとぼ歩いて自宅へと向かったのだった。

そして、数分後、帰宅してリビングの入り口に立ったとき、俺は一瞬ポカンとしてしまった。

「え、ちょっ、なに……、模様替えしてるの？」

突っ立ったまま、様変わりしつつある部屋のレイアウトを眺め渡した。

「あ、おかえり。どう？　この配置、悪くないでしょ？」

エアコンで冷やした空気のなか、杏子が額(ひたい)の汗をぬぐった。

「まあ、うん。でも、どうして急に……」

俺に相談もなく？　と訊きたかったのだが、そこは飲み込んだ。

「うーん、気分転換かな」

「え……、そうか。まあ、うん」気分を変えたいという杏子の思いも分からないでもない。

「春香は？」と俺は訊く。

「部屋で本でも読んでるのかな」

「そうか。っていうか、春香は、手伝わないの？」

「うん。わたしがね、自分でやりたかったから」

「………」

絆創膏を貼られた春香の顔を見ずに、ただひたすら身体を動かすことで、ストレスを発散させたかったのだろうか。

「もう少しで終わるんだけど、淳ちゃん、手伝ってくれる？」

「え？　あ、うん」

俺は仕事用の鞄を部屋の隅に置くと、少し汗ばんだシャツの袖を捲った。そして、杏子の指示通りに動きながら、いまさっきの学校での忌々しいやりとりを事細かに報告し、最後に春香の転校を提案してみた。

そっかぁ、やっぱり転校しかないかもね——、そんな返答を期待していたのだが、しかし、杏子はテレビ台を動かした後の、部屋の隅の埃を雑巾で拭きながら、どこか他人事のように言ったのだった。

「転校は、しなくて大丈夫だよ」

「え？」

「春香の人生は、もう少しで好転すると思うから」

「…………」

俺は、サイドボードのなかの食器を並べていた手を止めて、杏子を見た。

「転校、じゃなくて、好転？」

思わず杏子の丸めた背中に訊いていた。

「うん。好転」

「なんで、好転すると思うわけ？　いま、俺が学校でやりとりしてきた内容を聞いただろ？

誰も助けてくれないんだぞ」

「ちゃんと聞いたよ。でも、きっと大丈夫だから」

「だから、どうして？」

「うーん……、まあ、女の直感みたいなもの？」

言いながら杏子は、床をせっせと拭きつつ顔だけこちらに向けた。口元には小さな笑みが浮かんでいたが、目は笑っていないように見えた。

「は？」

「だから、直感だってば」

「直感って――、あのなぁ、春香の人生がかかってるんだぞ」

「そんなこと分かってるよ」

「だったら、適当なこと言うなよ」

俺は仕事を抜け出してまで学校へ抗議しに行ってきたのだ。その労力を「直感」で上塗り（うわぬ）しようとする杏子の言葉に驚くと同時に、少なからず苛ついた。

「別に、適当じゃないけど」

「女の直感だろ？　思いっきり適当じゃないか。俺は真剣に春香のことを考えて校長に抗議してきたんだぞ」

「わたしだって、いつも真剣に考えてますけど？」

それから俺たちは、珍しく小さな夫婦喧嘩をしてしまった。

春香の部屋には聞こえないよう、声を押し殺しての喧嘩だが。

そもそも「直感」などという根拠のないものに頼るのは、杏子というキャラクターにはそぐわない。元来、秀才だった杏子は、一流大学の理系の学部を卒業したあと、大学院にまで進学した「超」がつくほどのリアリストなのだ。スピリチュアルや超常現象はもちろん、占いも気功も風水も、ばっさり「科学的な根拠なし」と一刀両断するタイプなのである。

そんなバリバリの理系でロジカルな思考力を誇る才女が、娘の人生がかかった窮地に「直感」を頼りにするなんて、俺の目にはあまりにも不自然に映った。

「とにかく、きっといい流れになるから。わたしを信じてよ」

模様替えを終えた部屋で、杏子はまっすぐにこちらを見据えた。

そして、その視線がまた、どことなく不自然に見えた。俺ではなく、俺の遥か後ろの空間の「なにか」を見つめているような気がしたのだ。

「ん？　杏子？」

大丈夫か？　という意味で、俺は妻の名前を呼びかけた。

「なに？」

答えた杏子の視線が、すっとその「なにか」から俺に戻ってきた。

だが、その目は、どこか乾いた洞穴(ほらあな)のようだった。干涸(ひから)びてしまった感情を、虚ろな黒目の奥に隠しているような――そんな目だ。

「えっと……、今日、何か、あった？」

杏子の目を覗(のぞ)き込むようにして、俺は訊ねた。

「え？　別に」

「本当に？」

と、念を押さずにはいられなかった。

「なんで、そんなこと訊くわけ？」

「なんでって……」俺に相談もなく模様替えをするし、言動には妙な違和感があるし、なによりその乾いた洞穴みたいな目が――。「なんとなく、だけどさ」

「ないってば、何も」

少し不機嫌そうに言って、杏子は俺から視線をそらした。

そして、おそらく――、この日を境に、杏子はほんの少しずつだが、「これまでの杏子」ではなくなっていったのだ。あまり冗談を言わなくなったし、無邪気に笑う回数も減り、その分、ぼうっとすることが増えた。夕食の献立を三日も続けて同じにしたり、寝室の布団の向きを九〇度変えると言いだしたりもした。またあるときは、深夜にふと起きだして、リビングでひとり携帯をいじっていることもあれば、「未来の浄化」のためだと言って、俺に水晶のブレスレットを買ってきたりもした。しかも、それを心臓のある左の手首につけろと言う。俺が「このブレスレット、どこで買ったの？　いくらしたの？」と訊ねても、「知り合いに勧められたから」などと、的外れな返事で誤魔化そうとしたのも妙だった。さらに、ことあるごとに「春香は守られているから」という台詞を、ぶつぶつと呪文のようにつぶやくようになったのも、以前の杏子にはなかったことだ。狭いマンションの玄関に観葉植物を置いてみたり、ピンク色をした岩塩をどこかから買ってきて、それを砕いては、日々、湯船に溶かして使うようにもなった。その理由もまた「浄化」だと言った。

「浄化、浄化って、いったい何を？」

俺が訊ねると、

「お肌の浄化だよ。いわゆるデトックスってやつ」

杏子は、あっさりと答える。

なるほど、そうなのかも知れないが……、しかし、そもそも杏子も春香も肌はきめ細かくつるつるで、デトックスをしなければならないような状態だとは俺には思えなかった。とはいえ、妙齢の女性が美容に気を遣うということに関しては、何ら不思議なところなどありはしない。そう考えると、俺が一人であれこれ思い過ごし、無駄な心配をしているだけなのかも知れなかった。

とにかく――、これまでの、聡明で、ロジカルで、明るく、さばさばとして、そして、何より人間らしい慈愛に満ちた杏子が、模様替えをしたあの日を境に、目には見えない速度でじわじわと「動く蠟人形」のように変化している気がして、俺の胸のなかは日々、粘土でも詰め込まれていくような息苦しさを増していくのだった。

違和感のある言動。

ふいに見せる、乾いた洞穴のような目。

でも、それらは「異常」というほどではない。

微妙な「違和感」なのだ。

単に、いじめで登校拒否になった娘を抱えた母親が、心配のあまり、少しばかりナーバスになり、言動にブレが出ただけなのかも知れない。というか、そうであって欲しい。

だが、しかし、本当に、それだけなのだろうか？

ストレスで杏子の心が壊れかけている――、ということはないだろうか？

どうにも不安を捨てきれなくなってしまった俺は、その頃から、春香はもちろんのこと、杏子にたいしても、注意深く顔色を見ながら接するようになっていた。

◇　◇　◇

カチャ、と玄関のドアが開く音がした。

俺は、うっすらと目を開けた。

いつの間にか、リビングの二人用ソファに横になり、そのままうたた寝していたようだ。俺の肩から下には毛布がかかっていた。春香がかけてくれたのだろう。

「ただいま」

廊下の奥の方から杏子の声がした。

「おかえり」

先に返事をしたのは春香だった。自室のなかから返事をしたのだ。続けて俺も「おかえり」と言ったが、寝起きのせいで少しかすれた声になってしまった。

壁の時計を見る。

午後六時を少し回っていた。

俺は寝かせていた上半身を起こし、毛布をくるりと丸めてソファの上に置いた。

窓の外の川辺を見下ろすが、もう白髪の老人の背中は見えなかった。きっと今日も一匹も釣れないまま帰ったのだろう。

杏子はリビングに入ってくるなり、「ねえねえ」と言いながら、こちらに歩み寄ってきた。いままで外で誰と会っていたのかは知らないが、なんだか憑(つ)きものでも落ちたようなすっきりした表情をしている。鼻歌でも歌い出しそうだ。

「なんか、上機嫌だね」

「うん。かなりね。ほら、これ」

杏子の右手には、ピクニックにでも使いそうな籐(とう)の籠(かご)がぶら下げられていた。

「なに、それ」

「うふふ」杏子は意味ありげに笑って見せると、その籠をそっと床に置き、そして「じゃーん」と言いながら蓋を開けた。

「え……」

籠を見下ろした俺は、一瞬、声を失ってしまった。

小さくて黒い生き物がこちらを見上げていて、俺はそいつと目が合った。

「どう？　可愛いでしょ？　まだオチビちゃんなの」

小さな黒い塊に手を伸ばして、杏子がそっと抱き上げる。

「みゃあ」

黄色い目のなかの、漆黒の瞳がつやつやと光っている。

「黒猫……」

「うん」

小さな黒猫は、俺を見たまま、どこか面倒臭そうに「みゃあ」と鳴いてみせた。

「可愛いけど……、え、それ、どうするわけ？」

「どうするだってよ？　今日からうちの新しい家族になるのにねぇ」

杏子は仔猫に話しかけながら頬ずりした。

「はっ？　ちょっと待てよ。飼うって……、本気で言ってるの？」

「いいと思わない？　我が家にこういう癒しがあってもさ」

嬉しそうに言って、杏子は目を細めた。

「そりゃ、俺はいいけどさ。でも、このマンション、ペット禁止だろ？」

「大丈夫だよ。チロリンはおとなしい子だから。ねっ、チロリン」

「チロリン？」

「うん。この子ね、チロっていう母猫ちゃんが産んだ子だから、チロリンっていうんだって」

「ってことは、誰かからもらってきたの？」

「そうだよ」

「誰?」

「誰って、さっきまで会ってたお友達の知人だけど」

「だから、そのお友達って?」

こういう詮索は嫌がられるだろうな、と思いつつも、俺は訊かずにはいられなかった。

「淳ちゃんの知らない人だよ。紫音さんていう人」

紫音――。

はじめて耳にした名だった。

杏子は、俺が座っているソファの隣に腰を下ろした。

「はい、抱っこしてあげて」

「えっ、あ……」

チロリンを手渡された。

まだ生後三ヶ月くらいだろうか。抱くというより、両手のひらに載せたくなるようなサイズの仔猫は、ふわふわとしてか弱く、しかし、生々しい命のぬくもりに満ちていた。

「みゃあ。みゃあ」

俺を見上げながら、二度鳴いた。

「あのさ」俺はチロリンを膝の上に置いて、背中や顎を撫でてやりながら隣を振り向いた。

「もしかして、忘れてるかも知れないけど、春香、小さい頃にさ――」

「猫アレルギーでしょ？」

「え、覚えてたの？」

「忘れるわけないじゃん。母親だもん」

「だったら、どうして」

「春香が猫アレルギーだって分かったのって、幼稚園に入る前の話だよ。いまはもう中学生だから大丈夫かも知れないし」

「え……」

大丈夫、かも知れない？

「おいで」

杏子は俺の膝の上からチロリンをすくい取るように持つと、自分の膝の上に載せた。そして、うっとりと微笑みながら、黒い仔猫の顔を両手でそっと挟むようにした。少し嫌がっているのか、チロリンは「みゃあ」と鳴いて首を引こうとした。「うふふ」と笑って、杏子は挟んでいた手を放してやる。

「この子ね」

「…………」

「幸運を運んできてくれるの」

「え？」

「幸せの黒猫ちゃんなの、チロリンは」

杏子はひとりごとのようにつぶやいた。

あの乾いた洞穴のような目で、膝の上の黒い生き物をじっと見下ろしながら。

山陽新幹線と山陽本線を乗り継いで山口県の下関駅に降り立つと、春の陽はとっぷりと暮れていた。今回の一泊二日の取材に同行してくれたフリーカメラマンの相羽慎吾（あいばしんご）が、俺の隣で「ふう、ようやく着きましたね」と、ため息まじりに言う。

東京から五時間と少し。

ずっと座っていたせいで、なんだか脚に力が入らない。

「あ、潮の香りがするなぁ」

俺は夜気にうっすらと溶けた海の気配を感じていた。

「ほんとですね。下関駅は海から近いから」

言いながら鼻をひくつかせた相羽は、二十五歳の若さゆえか「なんか海の匂いを嗅いだら、急に腹が減ってきました」と、眉をハの字にした。

「あはは。じゃあ、すぐに晩飯にしよう」

「はい」

俺たちは駅の改札を抜け、駅前のショッピングモールの近くにあるビジネスホテルにチェックインした。そして、荷物を各自の部屋に置き、そのまま夕食を摂りに出かけた。

店は、ホテルから歩いて数分の路地にあった。ホテルのフロントが勧めてくれたこの和食の店は、地元でも魚料理が美味（うま）いと評判らしく、名物のフグ料理も廉価で食べさせてくれるというのが嬉しい。

古びた暖簾（のれん）をくぐり、こぢんまりとした店内に入った。

なかは数席のカウンターと、四人掛けのテーブル席が四つのみ。

店員はカウンターのなかの大将と女将（おかみ）さんだけで、どちらも六十がらみに見えた。

時間が早いせいか、まだ他の客の姿はなかった。

俺たちはカウンターに並んで座り、とりあえず生ビールを頼んだ。メニューを見る限り、値段はわりと控えめだったので、つまみは「おまかせ」にしてみる。

「あいよ、おまかせ一丁ね」

出刃包丁を手にした大将は、とても愛想のいい男で、俺たちが飲みはじめるとすぐにカウンター越しに話しかけてきた。

「はい、これ、お通しね。お二人は東京の人？」

「はい」

愛想の良さでは引けを取らない相羽が返事をした。

「お仕事？」

「そうです」

今度は俺が答えた。

お通しはアジの南蛮(なんばん)漬けだった。

「お二人は……、そうだな、広告関係の人かな？」

そう言って、大将はニヤリと笑う。かなり自信ありげだ。

「うーん、惜しいですね」

俺も釣られて頬がゆるむ。

「おっと、ハズレかい。服装がラフだから、広告関係だと思ったんだけど」

「出版系です。私が編集者で、こっちがフリーのカメラマン」

「なるほど。そう言われてみれば、そう見えるな。あんた、若そうだけど、いくつ？」

大将は相羽を見て言った。

「二十五です。まだ駆け出しなんです」

謙遜（けんそん）する相羽に、俺がフォローを入れてやる。

「彼は若いけど写真の腕はいいんですよ。いろんな雑誌の編集から引っ張りだこの売れっ子ですから」

「ほう。そりゃすごいな」

「川合さん、褒めすぎですよ」

相羽は照れくさそうに笑ってジョッキを傾けると、「ぷはぁ」とやった。

この若いカメラマンは性格が穏やかで素直なせいか、たいていの編集者や取材先から気に入られるし、独特のやさしい空気感を漂わせた写真を撮り、それが多くの編集者を惹（ひ）きつけている。引っ張りだこという表現は、あながち嘘ではないのだ。

「下関に来るのは、はじめて？」

「私は、何度か来てますけど」と言って、俺は相羽を見た。「相羽くんは、二回目だっけ？」

「はい。ぼくは二回目です」

「前に来たときは、どんな写真を撮ったの？」

大将が相羽に訊く。

「ええと、フグの水揚げと、佐々木小次郎と宮本武蔵が決闘した巌流島と、あとは錦帯橋とか……、旅の雑誌の取材でした」

「ほう、そうかい。んで、あんた、結婚は？」

大将は、さっそく相羽を気に入ったらしい。

「こう見えて妻子持ちなんです。子供はまだ赤ん坊ですけど」

言いながら、相羽は結婚指輪を大将にかざして見せた。

「最近の若い人にしちゃ、珍しく早い結婚だね」

「よくデキちゃった婚だろって言われます。まあ、実際、そうなんですけど」

相羽が頭をぽりぽりと掻いて、ビールをあおった。

「ねえ、相羽くんの赤ちゃんの写真、見せてよ」

俺が言うと、相羽は「いやあ、見せられる写真、あるかなぁ」と口では言いながら、満更でもなさそうな顔でスマートフォンをいじりだした。

「えっと……、こんな感じです。ほとんど嫁さんと娘の写真ばかりですけど」

「どれどれ」

俺はスマートフォンを受け取り、液晶の画面を眺めた。

「うわ、可愛いなぁ。女の子だよね？」

「はい。愛ってていいます」

「愛ちゃんか。いい名前だね」

「ありがとうございます。名前を付けるとき、ちょっと直球すぎるかなあって思ったんですけど……」

「ううん。名前は直球の方がいいよ」

言いながら画面をスクロールすると、幸せそうな家族写真が続々と出てくる。しかも、プロのカメラマンだけあって、いちいち写真のクオリティーが高い。

「さすが、いい写真ばかりだ。うわ、この愛ちゃん、可愛いなぁ……。うちの娘も、こんな時代があったよ」

赤ん坊だった頃の春香を思い出して、思わずうっとりとしてしまう。

「娘って、ヤバいですよね。俺、まさか自分がこんなにメロメロになるとは思わなかったです」

「分かる。父親って、そうだよね」

俺たちがしゃべっている間に、三人組の客が入ってきて、奥のテーブルに着いた。それを見た大将は、手際よく料理を作りはじめた。しかし、耳だけはきっちりこちらの会話に向いているようで、ときどき相槌を打ったり、にこりと笑ったりしている。

「そういえば、相羽くんの奥さんって、働いてるの？」

「いえ、夏美は——、あ、すみません、うちの嫁、夏美っていうんですけど、いまは専業主婦です」

「そうなんだ」

「以前は幼稚園の教諭をやってたんですけど、出産を機に仕事を辞めて育児にかかりきりです」

「そっか。育児、たいへんだもんね」

「ですよね。ちなみに、川合さんの奥さまは、何かお仕事をされてるんですか？」

「いや、うちも、いまは専業主婦」

「いまは、ってことは、以前は？」

「もう、ずいぶん前だけど、化学系の会社の研究職をやってたんだよね」

具体的な社名を伝えると、相羽は目を丸くした。

「えっ、すごいじゃないですか。そんな一流の会社で研究職って、奥さま賢い方なんですね」

「じつは、我が家で阿呆なのは俺だけなの」

そう言って俺は冗談めかす。

「あはは。ってことは、川合さんの娘さんも賢いんですね」

「俺よりは、ずっとね」

「お嬢さん、中学生でしたっけ？」

「まあ、うん」と頷いて、俺はジョッキをあおった。春香の目の上の傷が脳裏にチラつく。

ため息もげっぷも一緒にこらえて、俺はスマートフォンを相羽に返した。

「はい、おまち。フクの唐揚げと、こっちがヤリイカね」

元気な声と一緒に、肉付きのいい大将の手がカウンター越しに伸びてきた。

「うわ、美味そう」

並んだ皿を見て、相羽が目を細める。

大将は誇らしげに微笑むと、次の料理に取り掛かりながら口を開いた。

「お二人は、下関のどこを取材するの？」

その質問には、編集者である俺が答えた。

「山本産業っていう自動販売機のメーカーです。特殊な仕組みで電気代を半分にできる自販機を発明して、去年あたりから大ヒットしてるんですよ」

「ほう、それを取材して、雑誌にねえ。ちなみに、なんて雑誌？」

「多分、ご存じないと思うんですけど『敏腕』っていう雑誌です」

「すまんけど、読んだことないわ」大将は申し訳なさそうに眉をハの字にして、「わし、そもそも雑誌はほとんど読まんけぇ」と山口弁で言い訳をしたので、なんだか俺は笑ってしまった。

「大丈夫です。中小企業関連の経済業界誌なんで、一般誌みたいに有名じゃないんですよ」

「あ、でも、東京の電車の中吊り広告で、よく目にしますよね」

相羽らしい、気遣いのフォローが入った。

月刊誌『敏腕』は、母体となる全国中小企業連合会の外郭団体として作られた「中小経営出版」という会社から発行されている四六判の経済誌だ。全国の中小企業のなかから元気のいい会社を探し出して取材したルポルタージュがメインだが、作家のコラムや四コマ漫画、時事ネタなども掲載している。俺の名刺には「編集デスク」と記されているけれど、編集部員は編集長の三井公二郎と俺だけしかいない。つまり、四十三歳にして、いちばんの下っ端ということになる。二人ともベテランとはいえ、さすがに編集長と俺だけで一三〇ページもの雑誌を作るのはきついので、アルバイトの羽山由美に雑務を手伝ってもらいつつ、外部の編集プロダクションにも業務委託しているのが現状だ。

「雑誌の編集者とカメラマンなんて、格好ええけ、コレに、モテるんじゃろ？」

刺身盛りを作っていた大将が、包丁を持っていない左手の小指を立てて見せた。

「いやあ、そういうのは全然ないですよね」

相羽が失笑しながらこっちを見た。

「まったくないね。残念ながら」

「そんなことなかろ？」

「料理人の方がモテるんじゃないですか？　包丁さばきが格好いいし。ぼくが女だったら、惚れちゃう気がします」

相羽がそう言ってジョッキを干すと、大将が恰幅（かっぷく）のいい腹を揺らしてガハハと盛大に笑った。

「母ちゃんにバレたら殺されるけぇ、コッチはぼちぼちじゃで」どうやら大将はそっちの話が好きらしい。女将さんに聞かれないよう、ひそひそ声で言う。「まあ、コレと遊ぶにはある程度はコッチもいるけぇ、こう景気が悪いとなぁ」

今度は人差し指と親指で輪っかを作って見せた。

「ここは繁盛店だって聞いてますけど、景気、悪いんですか？」

俺は訊ねて、二人分のジョッキを追加で頼んだ。

「昔と比べたら、悪い、悪い」

大将は顔の前でハエを避けるように左手を振って、芝居がかった渋い顔をしてみせた。

「景気、全国的に良くなって欲しいですね」

俺が言うのとほぼ同時に、大将の台詞が返ってきた。

「ほい、景気のいい地魚とフクの刺身盛り。それと、こっちが広島産の焼き牡蠣ね」

「うは、美味そう」

売れっ子の相羽が、景気のいい声を出してくれて、俺と大将は目を合わせて微笑んだ。

それから俺たちは新鮮な魚を食べ、地酒を酌み交わし、大将と冗談を言い合って、ほろ酔い気分で店を出た。

「ふう、美味かったぁ。川合さん、ご馳走さまです」

「いやいや。どうせ経費だし」

俺は地方都市の涼やかな夜風を深呼吸した。

下関駅に降り立ったときよりも海の匂いが濃密になっている。

「あれぇ、まだ八時なんですね」

腕時計を見て、相羽が陽気な声を出した。

「本当だね。もう一軒だけ、行く？」

「じゃあ、軽く行っちゃいましょうか」

「オッケー。軽くね」

「明日がありますからね」

「いいね、明日があるって言い回し」

「意味が違いますけどね」

俺たちは冗談を言い合いながら、静かな夜の路地をふらふらと歩いた。そして、小さな洋酒の店を見つけて頷き合うと、木製の分厚いドアを押し開けたのだった。


店内は、いわゆる鰻(うなぎ)の寝床のようなバーだった。

入り口からカウンターが伸びて、奥には四人掛けのテーブル席がひとつだけある。耳に心地いい音量で、古いソウルミュージックが流れている。レイ・チャールズのようだ。

先客は若いカップル一組だけだった。この二人は常連らしくカウンター席のちょうど真ん中あたりに陣取り、三十路そこそこのバーテンダーと親しげに笑い合っていた。

俺たちは入り口に近い席に腰を下ろした。

カウンターのなかには、もう一人バーテンダーがいた。ショートカットでボーイッシュな、背の高い女性だった。

「いらっしゃいませ」

その女性がおしぼりを持ってきた。

俺と相羽がジントニックを注文すると、ボーイッシュなバーテンダーは「かしこまりました」とクールに微笑んだ。

そのバーテンダーが下がると、相羽はひそひそ声で言った。

「モデルみたいな美女ですね」

「たしかに」

それから俺たちは、その美女が作ったカクテルで、あらためて乾杯をした。

そして、軽く一杯のはずが、二杯、三杯とグラスを空けていき、気づけば少しばかり自分のペースを見失っていた。

店内を流れるソウルミュージックの心地いいリズムと、気のおけない相羽との会話。いつしかアルコール度数の高いカクテルをしこたま飲んでいた俺は、相羽が聞き上手なせいもあるだろう、あまり他人には話したくなかったはずの悩みをぽつりぽつりとしゃべりはじめていた。

「なんかさ、うちの嫁さん、最近、どこかおかしいんだよね」

「おかしいって、どんな風にですか？」

「例えばさ、俺に相談もなく、いきなり部屋の模様替えをしたりするんだよなぁ」

「模様替え、ですか」

「そう。しかも、リビング。普通、相談くらいするでしょ？」

「普通は、しますね」

「あとさ、突然、猫を連れてきて、飼うって言い出したり」

「猫を？」

「そう、真っ黒な猫。まだこれくらいの仔猫で、可愛いんだけどさ」

「可愛いなら、いいじゃないですか」

「でも、ほら、うち、マンションだから、犬猫を飼うのは基本的に禁止でさ、しかも、娘が幼少期に猫アレルギーだったりもするし」

「え、それなのに？」

「うん。俺に相談なしってのも変だけど、娘が猫アレルギーだってことをちゃんと覚えているのに連れてくるって――、どうかしてると思わない？」

「たしかに、それは、ちょっと驚きますね」

「なんだか俺、その猫を見たとき、ポカンとしちゃうくらい驚いてさ」

俺は、自分のしゃべり声が少し大きくなっていることに気づいた。いい具合に酔っ払っているのが自分でも分かる。

「そもそも、奥さま、どうして仔猫を連れてきたんですかね？　もともと猫がお好きだったんですか？」

相羽は、カクテルグラスをカウンターにそっと置いて、俺の方を見た。

ええと、どうしてだっけな――、俺は考える。

「猫は……、うん、好きだった気がする」

「気がする、ですか？」

「動物全般が好きな人だからね。猫だって好きなはず」

俺は、アルコールにぷかぷか浮かんだような頼りない脳みそで、杏子が猫好きである証拠を探していた。

すると、脳裏に、あの目がちらついた。

杏子の、乾いた洞穴みたいな目だ。

瞳はちゃんと俺の方を向いているのに、心はまったく俺を見ていないような――どこか焦点の定まらない目。

俺は少し大きく息を吸い込んで、ふう、と吐いてから言った。

「うちの嫁さん、その仔猫のことを『幸せの黒猫ちゃん』とか、そんなことを言い出してんの」

「え……」

「ようするに、その猫は、幸せを運んできてくれる猫なんだってさ」

相羽は腕を組んで、少しの間「うーん」と考え込んだ。

俺は少しぬるくなったギムレットをぐいっと喉に流し込む。

グラスが空になった。

モデルのようなバーテンダーと目が合った。

彼女は小首をかしげて、クールな微笑みだけで「おかわりは？」と訊いてきた。

俺は首を横に振って自制した。

すると相羽が、洋酒のビンがずらりと並んだ棚を眺めながら、記憶を辿るような顔でしゃべりだしたのだ。

「ずいぶん前に、何かの本で読んだ気がするんですけど……、たしか、黒猫って、西洋じゃ『魔女の使い』とか言われて、不吉の象徴だったんですよね」

「おいおい、それじゃ、幸せを運んでくるどころじゃないな」

「あはは。ですよね。でも、安心して下さい。ここは日本ですから」

「ん？　どういうこと？」

「黒猫って、西洋では不吉でも、日本では『夜目が利く』ことから転じて、将来の見通しが利く生き物とされたんです。で、商売繁盛の象徴とされてきたんですよ。そういうことから、黒猫といえば『福猫』ってことになったんですって」

「福猫、か……」

「はい」

「ってことは、あれか。うちの嫁さんは、心が壊れておかしなことを言い出したりしたわけじゃなくて——」

「黒猫が福猫だってことを知ってらしたのかも知れませんね。だから幸運を連れてくるっておっしゃったのかも」

「そうかもなぁ。うん、そんな気がしてきた。あいつ読書家で物知りだし」

俺は自分に言い聞かせるように、二度、頷いた。頷いたら、なんだか心の隅っこが少しだけやわらかくなった気がした。

「でも、川合さん」

「ん？」

「奥さまが、マンションの規則違反してまで福猫を欲しがったのはなぜか。そっちの方が気になりません？」

「ああ、それかぁ……」俺はチェイサーの水をごくりと飲んで、アルコールで熱を持った喉を冷ました。そして、少し声を抑えながら言った。「これ、オフレコにして欲しいんだけど」

「え？　あ、はい」

「うちの娘……」ここで俺は、ひと呼吸を必要とした。「何て言うか、まあ、ちょっと、中学でいじめにあっててさ……」

「え……」

相羽が、眉をハの字にしてこちらを見た。

俺は、視線を合わせずミックスナッツをつまんで口に放り込む。アルコールでぼうっとした頭で、次の台詞を探した。

「しばらく、学校に行ってないんだよね」

「そう、ですか」

「だから、まあ、嫁さんもいろいろと悩んでるわけで。福猫じゃないけど、幸運を呼んでくれそうなものなら何にでも縋（すが）り付きたいのかなって」

「…………」

相羽が何も答えないから、俺は少し冗談めかした。

「まさに、猫の手も借りたいってやつだね」

くすっと笑ったのは俺だけだった。しかも、それは自嘲ぎみな笑いになってしまったから、場の空気をむしろ重たくしてしまった。

それから数秒間、俺と相羽は沈黙のポケットに落ちていた。

いつの間にかレイ・チャールズが終わり、聴いたことのないハスキーな声に替わっていた。

相羽がグラスに残っていたカクテルを飲み干した。

俺の虚ろな頭ですら、潮時を感じた。

「んじゃ、そろそろ――」出ようか、と言いかけたとき、相羽がほぼ同時に「嫌ですよね、いじめって」とつぶやいた。

また、数秒の沈黙が俺たちを固まらせた。

そして俺は「嫌だよ」と言った。なかば無意識に「すごく嫌」と付け加えていた。

いじめが嫌なことだなんて至極あたりまえのことなのに、いま、あらためて「嫌だ」とストレートに言葉にしてみたら、自分がどれほどいじめを嫌悪しているかを再認識できた気がした。なにしろ、「いじめ」という単語を耳にしただけで、ドロドロとした黒い熱が胃のなかで渦巻いてくるのが分かるのだ。こんなに酒に酔っているのにもかかわらず。

「そろそろ、出ようか」

「あ、はい」

「お勘定、お願いします」

俺は、気分を変えたくなって、美人バーテンダーに向かって手を挙げた。

現金を支払い、社名で領収書を切ってもらうと、俺は座り心地のよかった椅子から尻を剥がし、立ち上がった。

相羽も、ゆっくりと立ち上がる。

「いやぁ、しかし、飲んだなぁ」

俺は、あえて明るめの声を出した。

「ちょっと一杯だけ、の予定だったんですけどね」

相羽も、声のトーンを合わせてくれた。

「本当だよな。一杯どころじゃなかった」

「バーテンダーが美女だと、つい、オーダーしちゃいますね」

「分かる。しかも、カクテルも美味しかったし」

「ですよね」

そんな他愛もないおしゃべりをしながら、俺たちは店のドアを開け、外へと出た。

少しひんやりとした風が吹き、さらりとおでこを撫でていく。風は、さっきよりもいっそう濃密な海の匂いを孕んでいた。

歩き出すと、足音がやけに大きく聞こえた。地方の夜の街は、もうほとんど眠っているのだ。

「あ、二軒目まで、ご馳走さまでした」

ぺこりと頭を下げる相羽に、俺は「いやいや。領収書、切ってるから」と答えて、続けた。

「明日は、いい仕事をしよう」

「そうしましょう」

俺たちはビジネスホテルに向かって、ふらふらと頼りない足取りで歩いていく。

下関らしいふぐ料理の店の前を通りかかったとき、俺は、一軒目の大将が「ふぐ」を「ふく」と呼んでいたことを思い出した。縁起をかついで「福」とかけているのだ。そして、それをきっかけに、さっき相羽が口にした「福猫」という単語が脳裏によみがえる。

みゃあ――。

頭の片隅でチロリンが鳴いた。

小さな黒猫の、やけに生々しいぬくもりを思う。

そして、それとは逆に、人のぬくもりを感じさせないような、杏子の乾いた洞穴のような目。

春香の左目の上に刻まれた理不尽な傷痕。

ため息をつきながら通りを右折したとき、相羽の声が俺の背中に届いた。

「ちょっと、川合さん」

「ん？」

俺は振り返る。

「ホテル、そっちじゃないですよ」

「あはは。駄目だ、俺。けっこう酔ってるな」

踵を返して相羽のいる方へと歩き出したとき、遠い夜空から消防車のサイレンが聞こえてきた。

「あ、火事、ですかね」

「そうみたいだね」

俺たちは肩を並べて音のする夜空を見上げた。

サイレンは少しずつ遠ざかっていく。しかし、その音はなんだかやけに不吉に響いて、俺の胸の奥の隙間でこだました。

「嫌ですね、火事」

「うん、嫌だね」

この世は、嫌なことでいっぱいだな。

俺は変にもの悲しいような気持ちになって、不吉なサイレンのする方——投宿するホテルのある駅前に向かって歩き出した。

下関での取材を終え、自宅のマンションに戻れたのは深夜だった。

俺は一人そっと部屋の鍵を開けて、なかに入った。

廊下もリビングも電気が消えていて、家族の気配が感じられない。

杏子も春香も、すでに寝ているのだろう。

「ただいま」を言わずに玄関で靴を脱ぐ。

廊下を抜けて、リビングの電気を点けた。

ホームに帰ってきた――、と思ったら、ふう、とため息がこぼれた。

旅行鞄をリビングの隅っこに置く。

と、そのとき、俺は見慣れたはずのリビングにかすかな違和感を覚えた。しかし、長旅で疲れていたせいもあって、あえてその原因を探し出そうとはせず、さっと上着を脱いでソファの上に放り投げた。

「みゃあ」

　ふいに足元で声がして、俺は飛び上がりそうになった。

　小さな黒い生き物が、俺のふくらはぎに、しなやかな身体をこすりつけてくる。

「チロリンか。驚かすなよな」

　小声で言って、ゆっくりとしゃがむ。

「みゃあ」

　チロリンは、こちらを見上げて、何か言いたそうな目で何度も鳴いた。俺は前脚の付け根に両手を突っ込んで、そのまま黒猫を顔の高さまで持ち上げた。

「みゃあ」

「なあ、お前――、本当に福猫なのか？」

　せっかく訊いてやったのに、こんなときに限ってチロリンは口をつぐむ。そして、俺の目をじっと覗き込んできた。

「そうですよって言ってくれよ」

　小声でぼやいて、チロリンを床にそっと置いてやる。

　と、そのとき、廊下の奥で、カチャ、という音がした。春香が自室から出てきたのだ。

「あ、パパ」

「おう、ただいま」

「おかえりなさい」

春香がリビングの明かりの下へとやってきた。黄色とオレンジ色のチェック柄のパジャマに、少し厚手のパーカーを羽織っている。

「まだ起きてたのか？」

「うん。本を読んでた」

「そうか。ママは？」

「え、知らないよ。寝てるんじゃない？」

春香はさらりと言って、冷蔵庫のなかからオレンジジュースを取り出し、コップに注いだ。

「パパも飲む？」

「いや、それより缶ビールを一本取ってくれるか？」

「うん」

春香がビールとグラスをテーブルに並べてくれた。

「ありがとう」

俺は椅子を引いて腰を下ろした。

「パパ、出張、どこに行ってたんだっけ？」

言いながら春香も、向かいの椅子に腰を下ろしてオレンジジュースをひとくち飲んだ。

「山口県の下関って街だよ」

「ふうん。どんな所?」

「本州の西の端っこで……、そうだな、ふぐ料理の美味しいところかな」

「わたし、ふぐって、食べたことないよね?」

「高級料理だから、子供はそうそう食べないよ。でも、まあ、そのうち、食べさせてやるよ」

「ホント?」

「ああ」

「約束ね」

「オッケー」

痛い出費になりそうな約束を娘と交わしたとき、テーブルの下でチロリンが「みゃあ」と鳴いた。春香は「おいで」と言いながら、頭をテーブルの下に突っ込んでチロリンをすくい上げ、そっと膝の上に載せた。

「そういえば、春香、猫アレルギーは?」

「あ、なんかね、大丈夫みたいなの。わたしの免疫力、小さい頃より強くなったのかな。ねっ、チロリン。いつの間にか大丈夫になってたんだよねぇ」

春香は、膝の上の黒猫に話しかけながら、いとおしそうに小さな生き物を撫で回す。

「そうか。それはよかったな」

本当に杏子の言うとおり、成長とともに治ってしまったのだろうか。そんなことって、あるんだな——。

ぼんやりと春香を眺めつつ、俺はよく冷えた缶ビールをグラスに注ぎ、ごくごくと喉を鳴らした。やはり旅から戻っての一杯は美味いものだ。

少し部屋の空気が淀んでいる気がして、俺は二杯目のグラスを手に立ち上がった。そして、カーテンを開け、掃き出し窓をさっと開け放った。

下関とは違う、夜の川を渡る風が吹き込んでくる。

「いい風だ」

俺は風の匂いを嗅いで、ビールをごくり、と飲む。

夜空は限りなく黒に近い紺色だった。目には見えないが、きっと薄い曇に覆われているのだろう。音もなく流れる黒い川には、点々と白い光の粒が揺れている。対岸の河川敷に沿って並んだ街灯の明かりを、水面が映し出しているのだ。

夜の川には独特の表情がある。たいていはコールタールのようにとろりとして見えるのだが、なぜだろう、今夜はさらっとしたブラックのコーヒーのようだった。

ふと、俺は、白髪の爺さんがいつも釣り竿を振っているあたりを見下ろした。すると、その薄暗がりに、ひとつの人影があることに気づいた。深夜だというのに、女のようだった。

目を凝らすと、コンビニでもらうような白いビニール袋を手にしているのが分かった。

街灯の明かりにぼんやりと浮かぶ背中。

わりと小柄な女のようだ。

その女が、川の汀（みぎわ）でゆっくりとしゃがみこんだ。

この深夜に、いったい何をしているのだ――。

俺の胸のなかで、昨夜の不吉なサイレンがよみがえった気がした。

女はほんの数秒で立ち上がった。

そして、くるりとこちらに振り返った刹那――。

「え……」

思わず俺は声をもらしてしまった。

杏子？

咄嗟（とっさ）に腕時計を見た。深夜の零時をすでに回っている。あれが杏子だとしたら、こんな時間に何をしているのだ。

「春香」

俺は、河川敷をこちらに向かって歩いてくる女を目で追ったまま娘を呼んだ。

「ん、なに？」

「ちょっと、来て。あれ、ママじゃないか？」

「えっ？」

春香は、少し驚いたような声を出して、俺の隣にやってきた。チロリンを胸に抱いている。

「ほら、あそこ」

「あ、ホントだ。ママっぽい。何をしてるんだろう」

春香が俺を見上げた。

「パパだって分からないよ。っていうか、本当にママだよな？」

「確かめてみる？」

「え、どうやって？」

「簡単だよ」

春香はチロリンを床に降ろすと、廊下に向かって歩きだした。俺も、静かに後ろを付いていく。

なるほど、そういうことか。俺が、春香の思考に追いついたとき、すでに春香は、俺と杏子の寝室の前に立っていた。そして、ちょうど春香の部屋と向かい合わせになっているそのドアのノブを、そっと回した。

　カチャ。

　小さな音がして、春香はそのまま数センチほどドアを押した。

　開いた隙間から、寝室のなかを覗き込む。

　俺も、春香の頭の上から覗き込んだ。

　寝室にベッドはふたつある。照明は消えていたが、廊下の明かりが薄く差し込んで、杏子が寝ているかどうかは判断できた。

「いないね」

　春香は、ドアを閉じながら言った。

「ってことは、やっぱり、さっきの川原にいたのって」

「ママだね」

　俺たちはリビングに戻った。ふたたび掃き出し窓から、夜の河川敷を見下ろした。もう、女の影はなかった。ただ、音もなく黒い川が流れているだけだ。

　俺と春香は、ベランダ用のサンダルをつっかけて、ベランダに出た。そして柵にもたれるようにして桜並木より手前を見下ろしながら、さっきの女の影を探した。

「あ……、ほら、すぐそこ」

春香がひそひそ声を出した。

見ると、さっきの女の頭が見下ろせた。つまり、ほぼ真上から見下ろしているのだ。女はこのマンションの敷地へと入ってくる。

「やっぱり、ママだな」

「うん」

俺たちはベランダのサンダルを脱いで、リビングに上がった。掃き出し窓とカーテンを閉め、ダイニングテーブルに向かい合って座った。少し不安そうな顔をした春香と視線が合ったけれど、どちらも言葉を発しなかった。二人とも、この事態をどう理解すべきか考えていたのだ。

俺はビールで口のなかを湿らせた。そして、あまりにも真っ当な台詞を口にした。

「まあ、アレだよ。ママが帰ってきたら、訊けばいいよ」

「うん」

「それしか、ないしな」

春香はもう一度うなずくと、両手でコップを持ってオレンジジュースを少しだけ飲んだ。

それから一分と経たずに、玄関のドアが開く音がした。なるべく音を立てないように注意して開けた——そういう音だった。

「みゃあ」

音に反応したチロリンが鳴いた。それが変に悲しげなかすれ声だったせいか、俺は、なんだかとても嫌な予感がした。

落ち着けよ、俺。

自分に言い聞かせながら、グラスに残ったビールを飲み干し、ふう、と短く息を吐いた。

杏子がリビングに入ってきた。

テーブルに向かい合って座っている俺と春香を見ると、少し目を泳がせたあと、バツの悪さを隠すように微笑んで見せた。

「淳ちゃん、おかえりなさい」

「ただいま」と、俺。

「春香、まだ起きてたの？」

「うん」と、春香。

杏子が次の台詞を口にする前に、俺は「あのさ」と言った。

「ん？」

「こんな時間に、どこ行ってたの？」

「え、ちょっと、コンビニに行ってきたんだけど」

「コンビニ?」

「うん」

小さく頷いた杏子の手には、河川敷でぶら下げていた白いビニール袋があった。しかし、いま、その袋はくしゃくしゃに丸めた状態で握られていた。中身がないのだ。

「淳ちゃん、お風呂は?」

杏子は、しれっと話題を変えながら、丸めたビニール袋をテーブルの脇にあるゴミ箱に捨てた。

「ママ」

今度は春香が口を開いた。

「ん?」

「コンビニで何を買ってきたの?」

「あ、ええと、アイスクリーム」

「わたしのは?」

「ごめん。ひとつだけ買って、途中で食べてきちゃった」

俺は内心でため息をついた。これは明らかな嘘だ。

そもそも育ちのいい杏子は、歩きながらアイスを食べるようなことは絶対にしないし、普段から自分だけ美味しいものを買って食べるということもない。買うときは必ず家族三人分、きっちりと買ってくるのが常なのだ。

「じゃあ、もしかしてさ」二人の会話に、俺が口をはさむ。「そのアイス、すぐそこの河川敷で食べてたとか？」

「え……」

杏子の目にかすかな動揺が走った。思ったとおりだ。それを見ていた春香も、釣られたように不安そうな顔をした。

「ママ……」

「ん、なに？」

「わたしとパパ、ベランダから見てたんだよ」

「……」

「ママ、一人で川のそばにいたよね」

ふいに、チロリンが春香の脛にすり寄った。春香はそっと仔猫を抱き上げ、膝に載せると、小さくため息をついた。

「なあ、杏子」俺はなるべくソフトな声色で妻の名を呼んだ。「大丈夫だからさ、本当のこと、言っちゃいなって」

春香も、そうだよ、と目で訴えている。

「はあ……」

杏子は嘆息した。観念しました、という顔で。そして、俺たちから少し視線を逸らして、重そうな口を開いたのだった。

「本当はね、クロを、川に逃がしてきたの」

「えっ」

「えっ」

俺と春香は、図らずも声を揃えた。そして、慌ててテレビの脇に置いてあるガラスの水槽を振り向いた。その水槽には、手のひらサイズの銭亀「クロ」が悠々と暮らしているはずだった。しかし、いま、そこに主の姿はなく、うっすら濁った水が死んだように静止しているだけだった。

そうか――、俺が帰宅したときに感じた違和感は、水槽にクロの気配を感じられないことだったのだ。

クロは春香の亀だった。十歳の誕生日に「どうしても」とせがまれて、ホームセンターのペット売り場で買ってやったプレゼントなのだ。

「嘘でしょ、ママ……。どうして」

三年以上ずっとクロの面倒を看て可愛がってきた春香は、眉尻を下げ、かすかに潤んだ瞳で杏子を見た。

不穏な空気を感じたのか、チロリンが春香の膝から床に飛び降りた。

「ねえ、春香」

「………」

春香は、返事をしない。いや、出来ないのだ。

「いまはチロリンがいるんだから、クロはもういいじゃない？」

杏子の口調は穏やかだったが、春香を説得できるような返答にはなっていない。

「いや、そういう問題じゃないと思うよ」俺は、春香の気持ちを慮りつつも、杏子の奇行に心を重くしていた。「杏子もさ、そこに突っ立ってないで、とりあえず座りなよ」

俺は手招きした。

杏子は黙って春香の隣に腰を下ろした。

「ねえ、ママ」

「ん？」

「クロ、家族みんなに懐いてたのに……。ママだって可愛がってたじゃん」

春香はいまにも泣き出しそうな顔で訴えた。クロは人間を見ると嬉しそうに寄ってきて、ガラス越しに餌をよくねだったのだ。

「わたしもクロは可愛いと思ってたけど……、でもね、昼間、チロリンがクロを狙って、ちょっかいを出してたの。クロがいじめられたり、食べられたりしちゃったら可哀想でしょ。それに、クロもだんだん大きくなって水槽が狭くなってきたし。だから、広々とした自然の川に逃がしてあげたの。その方が、クロも幸せだと思わない？」

杏子は、立て板に水でそう説明した。しかし、その理由もまた、苦しいものだった。クロのいた水槽は蓋をしっかりロックできるタイプだから、仔猫にやられるなどということはありえないし、クロが成長して水槽が狭くなったら、大きなサイズのものに交換すればいいだけだ。

「でも、クロは、わたしの亀だよ」

「……………」

「飼い主のわたしに、ひとことも相談してくれないなんて……」そこで春香はいったん声を詰まらせた。「そんなの、おかしいよ」

春香が口にした正論は、語尾が潤み声になっていた。

「……………」

俺は、返事に詰まった杏子の表情を、じっくりと観察していた。

春香の言うとおり、何かがおかしい。

杏子の、何かが――。

そう思った刹那、杏子の喉が動いた。

ごくり、と唾を飲み込んだのだ。

そして、次の刹那、杏子の唇から「ごめんね」という四文字がこぼれ落ちた。

春香は、何も答えなかった。むしろ、謝られたことで感情の堰が切れたのか、しくしくと泣き出した。

そんな娘を見て少し狼狽した杏子は「あとね、もう少し理由を言うとね」と気後れしたような声を出した。「リビングの東側に水気のある物を置くのは、絶対に駄目なの。それにね、思春期の女の子が亀を飼うのは友人関係を崩しやすくなって最悪なんだって。だから水槽の置き場所を変えたとしても、いいことはないんだって……」

あまりにも唐突な台詞に、俺も春香も言葉を失った。

しかも、「いいことはないんだって」ということは、杏子は誰かにそうアドバイスされたということではなかろうか。

だとしたら、その誰かとは、誰なのだ？

見知らぬ不可解な人間の存在を憶うと、俺の胸のなかに黒い靄のようなものが流れ込んでくる。

あるいは、杏子は占いや風水といった類の本を読んで、そんなことを言い出したのかも知れない。しかし、リアリストの杏子がそんな本を読むだろうか。そう考えたとき、ふと俺の脳裏に、以前、たった一度だけ耳にしたことのある名前が浮かんだ。

紫音——。

たしか、そんな名前だったはずだ。

俺は頭のなかで何度かその名を繰り返して、記憶に刻みつけた。

「ママ、やっぱり、おかしいよ……」

目の前では、春香がさめざめと泣きながら、さっきと同じ台詞を口にする。

「ごめんね、春香。でも、分かって欲しいの」

「何も分かんないよ。ママ、おかしいよ……」

「もし、春香にクロを逃がしていいかって相談したら、絶対に嫌だって言うでしょ。だからママ、言えなかったの」

「嫌だって言うに決まってるよ。わたしの大事な亀だもん」

穏やかな春香が、こんな風に感情を乱すのは珍しい。

そんな娘の様子に、杏子もさすがに心を痛めたのか、春香の丸まった背中にそっと手を当てると、やさしく撫ではじめた。

春香は、そんな杏子の腕を振り払うでもなく、ただうつむいてすすり泣いていた。

しばらくすると、春香の背中を撫でたまま、杏子が顔を上げて俺の方を見た。

何か言うのかな――、そう思って、俺は杏子の唇のあたりをぼんやりと眺めていた。すると、杏子の唇の両端がすっと釣り上げられた。

笑ったのだ。かすかに。

その笑みは空虚だが、どこか菩薩像を思わせた。

なぜ、いま、笑えるのか……。

俺は、ぞくりとして息を飲んだ。

「淳ちゃん」

「え？」

「もう、大丈夫だから」

杏子が、怖いほど穏やかな声でそう言った。

「大丈夫って、何が？」

「もう、亀、逃がしたから」

「え……」

「亀がね、いなくなれば落ち着くの」

「ちょ……、杏子？」

「これから、いろいろ好転していくから」

杏子は、菩薩像のような笑みを浮かべたまま、まっすぐにこちらを見ていた。

その目が、なぜだろう、冷たいガラス玉のように見えて、俺は両腕に鳥肌を立てた。

「みゃあ」

テーブルの下で黒猫が鳴く。

幸運を連れてくるはずの生き物の声が、俺の胸のなかでやけに不吉に響いた。

それから数日が経ち、家族は徐々にクロのいない日常に慣れはじめていた。
杏子は早々に水槽を撤去し、代わりに猫がよじ登って遊べる「キャットタワー」なるものを設置した。新参者の黒猫は、そのタワーの中段にある鳥の巣箱のような形の「ハウス」を好み、しばしばそのなかで丸くなって眠った。
春香はというと、あの日以来、クロについてはひとこともしゃべらなかった。杏子への恨み節もない。いまさら逃がした亀についてあれこれ言っても現実は変わらないし、喪失の悲しみを思い出さないよう、あえて何もしゃべらない方がマシだと考えているのだろう。ようするに「いい子ちゃん」らしく、自分の感情を殺してあきらめたのだ。我が子ながら、健気すぎて悲しくなる。


よく晴れた土曜日の夕方――。

杏子がひとり近所のスーパーへと買い物に出かけた。

俺はベランダに出て、桜並木を見下ろしていた。

すぐに自転車に乗った杏子が眼下に現れた。その小柄な背中が遠く見えなくなるまで、俺はじっと見送った。

そして、川の方を見た。

今日のふたつの空は、熟したマンゴー色をしていた。空気が甘く感じられそうなくらいに濃い暖色をしている。

汀を見遣ると、いつもの場所で、いつもの白髪の老人が釣り竿を振っていた。いかにも釣れていなそうな侘しい空気を醸し出しているのも、いつもどおりだ。

俺はベランダから室内に戻り、そのまま春香の部屋のドアをノックした。

「はい？」

「パパだけど、ちょっといいかな」

「うん」

ドアを押し開け、俺は部屋のなかへと入った。

春香はベッドの上に寝転んで漫画を読んでいた。無人の岬にぽつんとある、小さな喫茶店を舞台にした群像劇だと春香は言っていたが、俺はまだ読んだことがない。

「パパ、どうしたの？」

言いながら春香は、枕元に漫画本を置いて起き上がり、ベッドの上で胡座(あぐら)をかいた。

「この間、ママから借りたっていう本、まだあるかな」

「え？　あるけど」

「それ、ちょっと、パパに見せてもらってもいいか？」

「うん」

「どこにある？」

「わたしの机の右端に置いてあるけど」

俺は春香のデスクに近づき、分厚い一冊のハードカバーを手にした。

「これか？」

「うん、そう」

ずっしりと重たい本の表紙を見る。タイトルは『あなたもできる神との会話』とある。著者の名は御子柴龍泉(みこしばりゅうせん)。時々、テレビで見かける怪しげな霊能者だった。

「なんかね、その本、言葉が難しいし、読んでもいまいちよく分からなかった」

「面白くなかったのか?」

春香は、肩をすくめるようにして、小さく頷いた。

「そうか」

「ママには悪いけど、一章も読めないまま挫折しちゃった」

春香が苦笑した。愛くるしいたれ目が細められる。そのとき、俺はうっかり左目のまぶたの上の傷を見てしまった。苦々しい感情が胸のなかに生じて、息が詰まりそうになる。

「春香が読書で挫折するなんて、珍しいな」

視線を少しずらして、春香の鼻を見つめながらそう言った。

「たまには挫折してるんだけどね。ねえ、それ、パパが読むの?」

「ちゃんと読むかどうかは分からないけど。とにかく、ちょっと借りるよ」

春香は頷く。

「わたし、もう読まないから。読んだら直接ママに返してね」

「オッケー。ありがとう」

　俺は、実物以上に重たく感じるその本を手にしたまま、春香の部屋を出た。

　リビングに戻り、二人掛けの小さなソファに腰を下ろす。

　本のカバーを開いて目次に目を通した。

　はじめに・神とは何か・神との邂逅・神からの啓示・神の子としての修行・未来の日本と世界を予言する・解明されつつある科学と神・おわりに……。

　目次を見ただけで、俺はため息をついてしまった。

　著者のプロフィールを読むと、どうやら新興宗教の教祖的な人物か、もしくは、そうなろうとしている人物のようだった。三歳のときに不思議な金色の光の玉に包まれて空中浮遊を体験し、以来、何度も神と直接の会話を交わしているという。そして現在、神の創造したこの宇宙の法則を知るに至ったのだそうだ。これまでに著書は三冊あるが、タイトルからして、どれも似たような本だと推測できる。

　俺はパラパラとページをめくり、拾い読みをしてみた。

　なるほど春香の言うとおり、内容がいまいち頭に入ってこない。そもそも文章が下手なうえに、妙な造語が多く、しかも、言葉の言い回しが珍妙なため、読者は意味が分からぬままページをめくるハメになるのだ。編集者としては、文章に赤字を入れまくって真っ赤にしたくなる。

中学生の春香が挫折したのも頷けた。真面目に読むまでもない本だ。

俺は、パタン、と音を立てて本を閉じた。

それにしても、杏子は、こんな本を春香に読ませようとしていたのか……。

そう思ったら、気分が一気に重くなり、「はあ」と湿っぽいため息をついてしまった。

閉じた本をそっと傍らに置き、代わりにスマートフォンを手にした。そして、インターネットの検索サイトを開く。検索ワードを書き込む欄に、ふたつのキーワードを入力した。

《あなたもできる神との会話》

《紫音》

そして、検索ボタンをタップ。

ヒットした項目が液晶画面にずらりと並んだ。

けっこう出てくるな……。

胸裏でつぶやきながら、上から順番に目を通していく。

すると、早くも五番目に見つけた。俺が探していたサイトを。

「やっぱり、あった……」

ひとりごとを口にしつつ、そのページをクリックした。

スマートフォンの画面に、紫と金色を基調にデザインされた怪しげなホームページが表示された。

タイトルは、

《スピリチュアリスト☆紫音の部屋》

とある。

いかにも個人が作成したサイトらしく、作りそのものはシンプルだった。サイト内の見出しを上から見ていくと、紫音のプロフィール・カウンセリングについて・ヒーリング体験・霊性の開花・紫音のオススメ・お問い合わせ&ご相談フォーム・メールマガジン登録・通販・体験者の感想、といったページで構成されていた。

プロフィールの欄には、顔写真の代わりに後光がさしたようなスミレの花の写真が掲載されていた。スミレの花の色と紫音の「紫」をかけたのだろう。

紫音の住所や電話番号は、どこにも表記されていなかった。連絡を取りたければ、お問い合わせ&ご相談フォームとやらに書き込むしかないようだ。

このホームページを見る限り、紫音と御子柴龍泉とは、とくにつながりはなさそうだった。唯一のつながりは「紫音のオススメ本」として紹介された十数冊のなかのひとつに『あなたもできる神との会話』が紹介されていることくらいだ。オススメの理由として、この宇宙の根本的な成り立ちと、自分という霊性（神のかけら）の存在について深く理解することができる本です――などと書いてある。

紫音は、個人を対象としてスピリチュアルな相談に乗ることを専門にしているらしかった。料金は「内容によって応相談」とある。まずは相談者とメールでやりとりをして、その内容によって紫音側から料金を提示し、その金額に納得してくれた人にのみ、個人セッションが行われるらしい。

紫音が「特別な才能」を見出した相談者に限っては、その人の秘めたる霊能力を開花させる――というケースもあるようだった。霊性の開花、というページに、その詳細が書かれているのだが、結局はそこでも金を取ることに変わりはない。

紫音のメールマガジンの購読料は、ひと月あたり五〇〇円。通販ページは代金引換のみで、パワーストーンを使ったアクセサリーや、手作りのお守り、手書きのお札などが売られている。

最後に俺は、体験者の感想が列挙されたページを開いた。紫音のセッションを受けた人たちが顔写真付きで紹介されているページだ。顔にボカシを入れた人もいるが、大半は顔を出していて、ずいぶんと幸せそうに微笑んでいる中年の女性が多かった。そして、その女性たちの笑い方が、なぜだろう、不自然なほどよく似通っている。それが、俺には妙に不気味に感じられた。

紫音のセッションの内容は、主に霊視による人生のアドバイスや、ヒーリング、オーラの鑑定などだが、内容は人によって様々で、一貫性を感じられない。しかし、それらの料金に関して言えば、いわゆる「ぼったくり」ではなさそうだった。相談者のなかには「とても廉価でした」「料金が安くて驚きました」といったことを書いている人もいるくらいだ。また、セッションの流れで、紫音に守護のための「お札」を書いてもらったり、パワーストーンのブレスレットを作ってもらったりして、別料金を支払うケースもあるようだが、それらにたいしての不満も一切書かれてはいなかった。もちろん、お客からのクレームを紫音がわざわざ自分のホームページに載せるわけもないのだが。

俺はスマートフォンの画面をスクロールしつつ、相談者の言葉をさらに読み進めていく。

すると、ある写真に目が留まった。

「あ、この塩……」

杏子が「浄化」のために、いつも風呂に入れているピンク色の岩塩と同じ物を手にした女性が写っていたのだ。

やはり杏子は、この紫音という霊能者から岩塩を買っているに違いない。

ということは、これもだな——。

俺は、心臓に近いという理由で左手首につけさせられた水晶のブレスレットを見下ろした。

杏子は、このブレスレットをいくらで紫音に売りつけられたのだろうか。

考えると、気が重くなってくる。

その後もどんどんページをスクロールしていったが、最後まで杏子の顔写真と出会うことはなかった。

「ふう。とりあえず……」

俺はつぶやいて、紫音のホームページを「お気に入り」に登録しておいた。そして、さっき傍らに置いた紫音のオススメ本を手にすると、ふたたび春香の部屋へと戻った。

ノックをして、中に入れてもらう。

何度もどうしたの？　と不審そうな顔をしている春香に、俺は言った。

「この本、やっぱり春香に返しておくよ」

「え、なんで？」

ベッドの上で春香が起き上がり、さっきと同様、胡座をかいた。

「パパから、ひとつお願いがあるんだけどさ」

「…………」

春香は、たれ目を見開いて、キョトンとしている。

「この本をパパに貸したってこと、ママには内緒にしてて欲しいんだ」

「ママに、内緒に？」

「そう。絶対に内緒。で、適当なときに、春香からママに返してくれないかな。中身は読まなくてもいいからさ」

そう言って、俺は『あなたもできる神との会話』を、もとどおり春香のデスクの上に置いた。

「春香、よろしくな」

俺は春香の鼻のあたりをまっすぐ見つめながら言った。

しかし、春香は一瞬、返事をためらった。賢い子だから、いろいろと察するものがあるのだろう。

「いい、けど……」

春香は、何かを言いたそうな顔をしていた。しかし、それ以上の言葉は飲み込んでくれた。こういうときだけは、いい子ちゃん、でいてくれて助かる。

「じゃあ、そういうわけで」

そう言って、俺は春香の部屋を出ようとした。すると、俺の背中に、ちょっと慌てた感じの声が飛んできた。

「あっ、ちょっと、パパ」

「ん？」

ドアを開けた状態で、俺は振り返った。

「えっと、ママは……」

春香は、その先の言葉を選び損ねて、口をつぐんだ。

「大丈夫だよ」

俺は、なるべくさらっとした口調で言って、小さく微笑んでみせた。しかし、春香は心もとないような顔でこちらを見ている。

「心配ないよ。パパに任せておけって」

「うん……」

俺は目で頷いて見せたあと、春香の部屋から出た。

後ろ手にドアを閉めたら、ため息がもれた。

調子よく「任せておけ」なんて言ったものの、本音を言えば、いったい何から手をつけていいものか、さっぱり分からないでいた。まだ、思考が整理されていないのだ。

とりあえずコーヒーでも飲もうと、リビングに向かって歩きはじめたとき、背後の玄関で、カチャ、と音がした。ドアの鍵が外から開けられたのだ。すぐにドアが開いて、杏子が入ってきた。手にはスーパーの白いビニール袋をぶら下げている。たくさん買い物をしたようで、大きめの袋がパンパンだ。

「ただいま」

玄関で靴を脱ぎながら、杏子がいつもと変わらぬ声を出した。

「あ、おかえり」

一方、俺の声は、どこかうわずっていた。

すると杏子が足元から顔を上げ、こちらをじっと見た。

ぎくりとした俺は、あえてこちらから「ん、どうした?」と小首をかしげてみせた。

「淳ちゃん……」

ここでなぜか、杏子の顔が悲しげに歪(ゆが)んだ。

「ん、なに?」

どぎまぎしている俺に向かって、杏子は片手で拝むような仕草をしてみせた。

「ごめんね」

「え……」

「うっかり、買い忘れちゃった」

「何を?」

「缶ビール。頼まれてたのに」

「あっ」

なんだ、そんなことか――とは言わずに、ホッとした俺は「マジかぁ……、でも、まあ、しょうがない。今日は焼酎でも飲むよ」と言って笑った。

しかし、そんな俺を見て、杏子は露ほども笑わなかった。それどころか、眉をひそめたのだ。

「え、その焼酎って、芋焼酎だよね」

「そうだけど……」

「ごめん。じゃあ、わたし、もう一度スーパーに戻ってビールを買ってくる」

「はっ？　なに言ってんだよ。いいよ、美味しい芋焼酎があるんだから」

「いいの。買ってくる」

「いいってば」

「駄目なのよ、今週は」

いきなり杏子の声のトーンが上がった。

「え……、え？　今週？」

「根菜類は、来週以降なら大丈夫だから」

「大丈夫って——。えっ？　ちょ、ちょっと待てってば」

靴を履き直して玄関からふたたび出ていこうとする杏子の手首を、俺は掴んだ。

「いったい何なんだよ、根菜類が駄目って。どういうことだよ」

杏子は、動きを止めて俺を見た。

そのとき俺は、思わず、ごくり、と唾を飲み込んだ。俺を見る杏子の目が、あの乾いた洞穴のような目だったのだ。

「え……、杏子？」

俺はじわじわと握力を弱めていき、杏子の手首を放した。

すると「お芋はね」と、杏子が静かにしゃべりだした。「身体をあっためる野菜なの。今週はずっと気温が高めだったから、地下じゃなくて地上の部分を食べる野菜で、身体を冷やしてあげる方がいいの」

なんだか、思いがけずまともな答えが返ってきて、俺は少し呆然としてしまった。

「淳ちゃん、食べ物には陰のものと陽のものがあるの、知ってるよね？」

「まあ、聞いたことは、あるけど——」

でも、結婚してからこれまで、杏子は、そんなことを考えて料理の献立を作ったりはしなかったはずだ。

「ビールなら、地上部に生えている麦とホップが原料だから大丈夫なの。でも、芋は地下だから駄目ってこと」

焦点の定まらないような杏子の目が、俺を見つめてくる。

「そうか。じゃあ、俺、今日は休肝日にするよ。芋焼酎は飲まないから。だから、買いにいかなくていいよ」

「本当？」

「うん」

「よかった……」

杏子は、心の底から安堵しました、という顔をしたけれど、この一連の会話はあまりにも不自然だった。食べ物の陰と陽だなんて、そんなものは、たまたま思いつきを口にしただけに違いない。そう確信していた俺だが、しかし、いまはこれ以上、その話については触れずにおくことにした。

まずは、しっかりと杏子の外堀を埋めておくべきだろう。

紫音について問い詰めるのは、その後でいい。

【川合春香】

今週は、根菜類が駄目？

陰と陽？

なにそれ？

わたしは、自室のドアに押しつけていた耳をそっと離した。

パパとママの玄関での会話を、ドア越しにこっそり聞いていたのだ。

二人の会話は、なんともいえない居心地の悪くなるような緊張感を孕んでいた。ママは本心を隠そうとしているし、パパはそれに気づいていることを隠そうとしている。そのことが、わたしにもよく分かった。

わたしは胸にもやもやを抱きながらデスクへと近づいた。

ついさっきパパに返却された分厚い本を手にして、あらためて表紙を見てみる。

『あなたもできる神との会話』

宇宙をイメージさせるような濃紺のカバーの中心に、金色の光が広がっている――、いかにも神々しさを演出したイラストだけれど、どこか安っぽい感じもする。

わたしは、その本を手にしたままベッドに仰向けに横たわった。

胸の上に本を載せたら、その重さのせいか、うっかりため息をついてしまった。

白い天井を見詰めながら、わたしはこのところのママの言動を振り返った。何日も同じメニューの夕食を作ったり、お風呂に塩を入れるようになったり、いきなりリビングの模様替えをしたり、観葉植物を置いたり、わたしのベッドの向きを変えたりもした。

前触れもなくチロリンを連れてきたときは、心底驚いた。

わたしが猫アレルギーだったことを覚えているのに、いきなり猫を連れてくるなんて、これまでのママでは到底考えられないような行動だったのだ。ママはいつだって少し過保護なくらい、わたしを心配してくれる人だったのに……。

そして何より、わたしに内緒で銭亀のクロを川に逃がしてしまった、あの夜だ。あのときのママは、どう考えても壊れていた。これまでのママではなかった。わたしがどれほどクロを可愛がり、心の拠り所にしていたか、ママは誰よりも知っていたはずなのだ。

それなのに……。

ベッドの上でわたしは、ゆっくり、深く、呼吸をした。

胸の上の分厚い本が、かすかに上下する。

正直、いまでもクロを憶うと心に墨を流し込まれたような気分になる。クロは、とても懐いていた。わたしの顔を見るなり嬉しそうに近寄ってきては、水槽のガラスに寄りかかるようにして立ち上がり、前脚をバタつかせて餌をねだった。そんなクロの仕草が可愛らしくて、わたしはつい多めに餌をあげてしまうのだった。

学校でいじめにあい、不登校になり、鬱々とした暗黒の日々のなかに差し込む小さな光。クロはわたしにとって癒しそのものだったのだ。

そのクロを、ママは勝手に——。

考えたら、胸の上の本が、さっきよりもズシリと重くなった気がする。

いまのママは、本当のママじゃない。

ママは、壊れてしまったのだ。どこがどう壊れたのかは、わたしには分からない。でも、ひとつだけ分かっていることがある。それは、ママが壊れてしまった根本的な原因だ。

その原因は、わたし——。

ずっと不登校のままの、わたしのせいに違いなかった。

わたしがこんな状態だから、ママが心配しすぎて壊れてしまったのだ。

胸の上の本が、さらに重たくなってくる。

わたしは深呼吸をして、じわじわとあふれそうになっていた涙の気配を散らした。

元どおりのママを取り返したい。いつも凛(りん)としていて、賢くて、家族を第一に考えてくれる、やさしいママ。

でも、どうやったら？

わたしは考えた。

とりあえず――、この本を読んでみようか。

取っ掛かりは、それくらいしか思い浮かばなかった。

わたしはベッドの上に起き上がり、胡座をかいた。背中を壁にあずけてリラックスした姿勢を作る。そして、気持ちを切り替えるために「ふう」と息を吐いた。

ママがわたしに勧めた本を両手で持つ。

怪しげだし、つまらないし、読みにくい本だけど――。

「虎穴に入らずんば虎子を得ず」

最近、覚えたばかりの言葉をつぶやいて、わたしは本のページを開いた。

壊れたママがいる世界へと続く「扉」を開くつもりで。

◇　◇　◇

それから三日後の朝――。
土砂降りのなか、パパは大きな旅行鞄を肩にかけて家を出ていった。二泊三日の取材に出かけたのだ。パパの編集部は人数が少ないせいで、デスクという肩書きのパパが月に何度も出張に行くハメになるのだと聞かされている。

　昔からパパは、よく家を空けていた。だから、わたしはママと二人で留守番をすることに慣れている。でも、いまのママと二人きりでいるのは、少し怖い気がしている。


　お昼になると、少しだけ雨足が弱まった。

　リビングの窓から見下ろす川は黄土色に濁っていて、広々とした河川敷もまた雨に霞(かす)んで白濁していた。

　雨は嫌いじゃない。この世界のいろんな汚れを洗い流してくれる気がするから。

　ランチは、ママが手早く作ってくれた炒飯(チャーハン)だった。わたしの好きな生姜醤油(しょうがじょうゆ)味だ。それを女二人で食べているとき、「あ、そういえば」とママがスプーンを持つ手を止めた。

「なに？」

「ご飯食べたらさ、春香も一緒に美容院に行かない？」

「え……、この雨のなか？」

「うん。髪、伸びてきたじゃない？　予約を入れてあるから」

「予約って、わたしの分も？」

「ううん。春香の予約はまだ取ってないけど。でも、今日の天気なら、きっと美容院も空いてると思うから、電話をすれば大丈夫だよ」

なんだか、妙に唐突だな……と思ったけれど、わたしは「うん、じゃあ、行こうかな」と頷いた。たしかに少し髪が伸びすぎた気もしていたから。

ママは嬉しそうに微笑むと「そしたら、春香も一緒にお願いしますって、美容院に電話しとくね」と言って、スプーンの代わりにスマートフォンを手にした。そして、美容院に電話をかけた。

わたしは、黙って炒飯を食べ続けた。

ママに勧められた「あの本」は、今朝までかかって、なんとか読了した。最初から最後まで、ごちゃごちゃと回りくどい内容がひたすら続いたけれど、ようするに、著者の言いたいことは、こういうことだった。

この世界には、目には見えない「神様のエネルギー」というべきものがあって、その動きやリズムに逆らわず、上手にシンクロ（同調）して生きている人は、神様のエネルギーの流れに乗れるというのだ。つまり、川の流れに乗るように、放っておいても「幸せの海」へとどんどん運んでもらえるというわけだ。そして、そういう状態をわたしたちは「ツイている」「持っている」などと言っているらしい。占いや風水などは、そういったエネルギーの流れを利用するためのノウハウのことなのだそうだ。

神様のエネルギーの流れに乗る——という経験をたくさん積んだ人は、だんだんとその見えない流れが肌感覚として「分かる」ようになり、乗りやすくなる。さらに、そのエネルギーの流れと完璧にシンクロできるくらいにまで成長した上級者は、著者の御子柴龍泉のように神様とつながり、精神の一部が神と一体化し、やがては「会話」ができるようになるという。もちろん、神との「会話」といっても、実際は日本語でおしゃべりをするのではなく、全宇宙に存在する叡智（情報）の一部が、直接、脳のなかに滔々と流れ込んでくるような感覚になるらしいのだが。

つまり、最近のママが理解できないような行動をとっているのは、この怪しいエネルギーと同調しようと——。

「春香、予約、取れたよ」

ママの声に、わたしはハッとして顔を上げた。

「あ、うん……」

「今日は、春香が行ったことのないお店に連れてってあげるからね」

「え、そうなの？」

「うん、腕のいい美容師さんを見つけたの。瑠美さんていって、昔は芸能人のお客さんもたくさんいたんだって」

「へえ……」

と、わたしは感心した素振りを見せた。でも、秀才のママは芸能人にはほとんど興味のない人だったはずだ。

「だから春香も連れて行ってあげたくてさ」

にっこりと目を細めたママは、きれいだった。でも、なぜだろう、その目は心から笑っていない気がした。

「そうなんだ。楽しみだなぁ」

わたしはさらりと従順に答えて、ママみたいに目を細めてみせた。

心から笑えないのは、わたしも同じだった。

◇　◇　◇

その美容院は、隣の駅から歩いて二分ほどのところにあった。

三階建てのビルの二階だ。

入り口の階段は狭くて、ちょっと入りにくいけれど、いざ階段を上って美容院のドアを押し開けてしまえば、そこは適度にお洒落で、温かみのある小さな空間だった。お洒落すぎたり、広すぎたり、美容師さんが多すぎたりすると、わたしは少し気後れしてしまうのだけれど、ここはすべてがちょうどいい感じに思えた。

美容師さんは三人いて、ママとわたしを担当してくれるのは、菊池瑠美さんという、ちょっと派手めな女性だった。ここに来る途中、電車のなかでママは「瑠美さんとは同い歳なの」と言っていたから、四十三歳のはずだ。でも、童顔なママと比べると少し老けて見えるし、しゃくれた顎とキツネみたいなつり目は、学校でわたしをいじめた中心人物、朋美を彷彿させた。

「じゃあ、杏子さんはここにどうぞ」と瑠美さんは、ママを鏡の前の椅子に座らせた。そして「で、娘さんは……えっと」と、わたしの方を見た。

「春香です」

わたしは、声が小さくならないよう気をつけながら名前を言って、軽く会釈をした。

「あ、春香ちゃんね。中学……」

「二年生です」

「中二かぁ。可愛いなぁ」

「あ、いえ……」

「学校でモテるでしょ？」

「そんなこと、ないです……」

「うふふ。絶対にモテると思うけどなぁ」と瑠美さんは意味ありげに笑って見せると「じゃあ、先にママの髪をやるから、そこでちょっと待っててくれる？」と言った。

「はい」

ママの髪にストレートパーマをかけている間に、わたしの髪を切ってくれるらしい。

わたしは、L字に置かれた待ち合い用のソファに腰掛けて、小さな書棚に目を向けた。そこに並んでいる雑誌は、ほとんどが中年女性向けだった。女子中学生が楽しめそうなのは漫画本だけだ。

久しぶりに少女漫画を手にとり、ページを開いてはみたものの、斜め前で楽しそうにしゃべるママと瑠美さんの会話が耳に入ってきて、どうにも集中できない。

同い歳の二人は、とても親しげだった。

ここ最近、あんなに楽しそうなママの顔を見たことがない気がして、なんだか胸の奥が重たくなった。

二人の会話には、ときどきわたしの名前が出てきた。

そのたびごとにママは、鏡越しにこちらを見て微笑んだ。瑠美さんもこっちを振り向いてにっこりと笑いかけたり、話しかけてきたりする。

瑠美さんは、見た目は朋美みたいにきつそうだけれど、実際は気さくで、品のいい冗談をたくさん口にする、とても話しやすい人のようだった。

少しホッとしたわたしは、開いていた漫画本を閉じて書棚に戻した。そして、ぼんやりとママと瑠美さんを眺めた。

「そういえば瑠美さん、最近、紫音さんと会ってる？」

ママが言った。

「うーん、わたしは半年くらい会ってないかなぁ」

ハサミを器用に動かしながら瑠美さんが答えた。

紫音さん？

はじめて耳にする名前だった。

「え、そうなんだ。ちょくちょく会ってるのかと思った」

「最近、紫音さん、お店に来てくれないから」

「ふうん」

「いま、わたし、とくに悩みもないしね」

「そうなんだ」

「あはは。だって、もう全部、あの人に解決してもらっちゃったから」

瑠美さんが、少し声のトーンを明るくした。

「全部？」

「うん。全部。根本治療って感じで」

「そっかぁ。やっぱり凄いなぁ、あの人……」

鏡に映ったママが、遠い目をした。

「だよね。まさか、本当にあんな不思議な力を持った人がいるなんて、びっくりだよね……」

瑠美さんも、ちょっと遠い目をして言った。

不思議な力？

わたしは、ふたたび漫画本を手にして、膝の上で開いた。そして、ページに視線を落とすフリをしながら、二人の会話に耳をそばだてた。

それからしばらくのあいだ、ママと瑠美さんは、紫音さんを話のネタにして盛り上がった。

紫音さんはいわゆる霊能者で、しかも、凄まじい能力を持っているという。例えば、絶対に知るはずのない他人の過去を片っ端からズバズバ言い当てるし、未来を予言すれば、本当にそのとおりになってしまうというのだ。しかも、その人の未来を良くするためのアドバイスがまた、驚くほど効果的で、紫音さんの言うとおりにさえしていれば、たいていの問題や悩みごとは解決してしまうらしい。

ママと瑠美さんは「紫音さんって本当に凄いよね」「まるで神様みたいな人だよね」なんて言い合いながら、うっとりため息をついたりしていて、もはや斜め後ろの待ち合い席にわたしがいることなどすっかり忘れているようだった。

わたしは、そんな二人の後ろ姿を眺めながら、密かに自分に言い聞かせていた。

こういう話のときは、冷静にならなくちゃ。

霊能者なんて、最初から疑ってかかるべき。

本当は、ママたちだって注意深く紫音さんのことを見ていれば、何らかのトリックがあることに気づくのではないか。

数ヶ月前、わたしは、テレビで「超能力」のトリックを暴く番組を観た。その番組によれば、すべての「超能力」には必ずトリックが隠されているという結論だった。きっと、あの番組こそがリアルなのだとわたしも思う。多分、ママも瑠美さんも、そのトリックに気づかず、騙されているだけなのだ。

紫音さん、か――。

その名前は、わたしの意識のなかに、警戒信号とセットで刻み付けられた。

しばらくして、瑠美さんがこちらを振り向いた。

「春香ちゃん、お待たせしました」

「あ、はい」

わたしは待ち合いスペースのソファから腰を上げた。

「じゃあ、お母さんの隣の椅子に座ってくれる？」

「はい」

言われるまま、ママの隣に腰掛けた。さっそく瑠美さんはポンチョのような銀色のクロスをわたしにかぶせて、カットの準備をはじめる。

「春香、いまのわたしたちの話、聞いてた？」

隣のママが、こっちを向いて言う。

「聞いてたっていうか、聞こえてたよ」

「そっか」

ママは小さく微笑んではいたけれど、その顔から薄皮一枚を剝いだら、わりと複雑な顔が出てきそうだった。

「春香は、凄いと思った？」

「え？」

「紫音さんのこと」

「まあ、うん。全部、本当だったらね」

わたしは意図的に、さばさばとした声色を使って、さほど興味がないことを伝えようとした。でも、瑠美さんが、わたしの髪にスプレーの水をかけながら、言葉をかぶせてきた。

「春香ちゃん、お母さんにいきなりそんなこと言われても、信じられないよねぇ？」

「え？」

「だってさ、わたしとお母さんの話、最初から最後まで超常現象だらけだもんね。まるごと信じろっていう方が無理だよね」

「…………」

「わたしだってさ、最初は、自分がリアルに経験するまでは、絶対に怪しいぞって思ってたもん。そんなの嘘だろーって疑うのが普通だと思うよ」

そこまで言うと、瑠美さんは鼻に皺を寄せて笑った。

わたしも、なんとなく、その笑みに釣られて「えへへ」と曖昧に笑い返していた。

「いや、でもね、春香」とママが横から口を挟んでくる。「本当に凄いの、あの人は」

「…………」

「まあまあ、杏子さん、いいじゃないの。っていうか、家では紫音さんの話、してなかったんだね」

瑠美さんに言われて、ママはきまり悪そうに「まあ、うん。何度か、言おうかなって思ったことはあったんだけどね」と、少し声のトーンを落とした。

「でも、信じてもらえそうになかったわけね？」

「まあ、そう、かな……。もともと、わたし、理系のリアリストだしさ」

ママは、ちょっと自嘲的な声で言った。こんなママは珍しい。

わたしはまっすぐ前を向いたまま、黙ってその言葉を聞いていた。鏡のなかの自分を見つめ、自分が困った顔をしていないかチェックしながら。

「そりゃあ、家族にだって言い難いよね。もともと怪しい話だもん」

瑠美さんがまた鼻に皺を寄せて気楽そうに笑う。

「まあ、そうなんだけどねぇ」

やれやれ、といった感じでママが返事をする。

とはいえ、ママは、紫音さんのことを口にしない代わりに、こっそりわたしにあの怪しい本を勧めたではないか。しかし、どうしてわたしだけで、パパには勧めなかったのだろう？

考えていたら、ハサミを手にした瑠美さんが鏡のなかから話しかけてきた。

「ねえ、春香ちゃん」

「はい」

「今日の本題だけど、髪、どんな感じにしたい？」

「あ、ええと……、いままでと同じ感じで」

「伸びた分だけ、切る感じね？」

「はい」

「どれくらい切る？」

「どうしようかな……。じゃあ、これくらいで」

わたしはポンチョみたいなクロスから手を出して、耳から十センチくらい下のあたりを示した。

「前髪も、いまの感じでいい？」

「はい」

「冒険はしないのね？」

瑠美さんが、ちょっと悪戯っぽいような笑みを浮かべて言った。

「はい。普通で……」

わたしは首をすくめるようにして返事をした。

そして、瑠美さんのカットがはじまった。

芸能人をお客にしていたというだけあって、手さばきが華麗で、なんだかすごく格好よく見える。

「あの、瑠美さん」

「なぁに？」

瑠美さんは、カットに集中したまま返事をした。

「芸能人のヘアメイクをしてたって」

「ああ、昔ね」

「どんな人を」

「ええとねぇ――」

軽快なリズムでハサミを動かしながら、瑠美さんは四人の名前を挙げた。わたしが知っていたのは、そのうちの一人だけだったけれど、その女優さんは最近テレビドラマで観たばかりだったので、わたしの口は素直に「すごーい」と言っていた。

「べつに凄くないよ。凄いのは女優さんで、わたしはただ、凄い人の髪をいじってただけだもん」

「え、でも」

「もう七年くらい前の話だしね。この店をオープンさせてからは、普通の街のパーマ屋のおばちゃんだよ」

瑠美さんは自分の言葉に、クスッと笑った。そして、続けた。

「芸能界の華やかな世界も刺激的で面白かったけどね、でも、こうやって春香ちゃんみたいな可愛い子と、ほのぼのした会話を楽しみながら仕事をする方が、わたしには向いてるみたいなんだよね」

そこでいったん手を止めた瑠美さんは、鏡越しにわたしを見て目を細めた。わたしの頬も自然と緩んで、にっこりと笑っていた。

瑠美さんは、いじめの首謀者の朋美を彷彿させる顔をしているけれど、でも、その内面はきっと朋美とは真逆のつくりに違いない。

「ねえ、春香ちゃん」

「はい」

「将来の夢とかあるの？」

ふたたび瑠美さんのハサミが動きはじめた。

「えっと……、小学生の頃はあったんですけど」

「いまは、ないの？」

「ない、かな」

「そっか。ちなみに、小学生の頃の夢って？」

「恥ずかしいんですけど……」

「いいじゃん、小学生なんてさ、みんな壮大な夢を描いてるもんだよ」

「じつは、わたし、絵本作家になれたらいいなって思ってたんです」

「え、いいじゃん、いいじゃん」

瑠美さんは、屈めていた身体をまっすぐに伸ばして、鏡のなかのわたしを見た。

「絵本作家、素敵だと思うよ」

「でも、わたし、プロの人みたいな絵は描けないし……」

「絵なんて、習えば上手になるし、へたうま系の絵が描かれた作品だってあるから、大丈夫じゃない？」

「いや、でも……」

わたしがちょっと困った顔をしたら、瑠美さんは、あっさり話のベクトルを変えてくれた。

「うふふ。まあ、夢って、時代とともに変わるもんだしね」

「…………」

「これから、また、いい夢が見つかるといいね」

「はい……」

わたしは、はにかみながら小さく頷いた。

そして、ふと目だけで横を見ると、ママは隣で女性誌を開いたまま、ニコニコ顔でこちらを見ていた。

どう？　瑠美さんって、いい人でしょ？

そう言っているみたいな表情だ。

それから先も、わたしと瑠美さんの会話は弾んだ。

春香ちゃんの血液型はO型じゃない？　中学生になってからは洋服は自分で選んで買ってるの？　運動は得意な方？　好きな俳優さんは？　最近の連ドラは観てる？

瑠美さんは、わたしにあれこれ質問をして返事を引き出しては、そこからどんどん心地いい会話へと導いてくれた。

一流の美容師さんって、会話までプロなんだなぁ――。

と、わたしはある種の感動を覚えながら、カットの時間を存分に愉しませてもらった。

「あれ？　そういえばさ――」

瑠美さんが、ふと何かを思い出したように言ったのは、前髪を切り揃えた直後のことだった。

「春香ちゃん、今日は平日だけど」

「あ、はい」

「学校、お休みなの？　創立記念日とか？」

「あ、いえ……。違います」

「あはは。まさか、サボりじゃないよね？」

瑠美さんが悪戯っぽい顔をした。

「あ、ええと——、わたし」

鼻に皺を寄せて笑う瑠美さんの顔を見ていたら、なぜだろう、わたしはこの人の前では正直でいていいかも——、という気分になっていた。

「わたし、学校に行ってなくて」

「え……」

「ずっと、家にいるんです」

「そうなんだ。それで、平日に来られたわけね」

瑠美さんは、あえて明るめの声を出してくれた。そして、ちらりとママの方を窺(うかが)った。

釣られて、わたしもママの方を振り向いた。

ママは雑誌から顔を上げてこっちを見ていた。

「学校には行かないでいいよって、わたしと旦那が言ってるの」

ママはそう言って、ちょっと淋しそうに微笑んだ。

「そっか。うん。でもさ、考え方によっては、そういう経験もアリじゃない？」

ハサミを下ろしてすっと立った瑠美さんは、清々しいような笑みを浮かべて言った。

鏡越しにその笑みを見たとき、わたしの口は不思議なくらい素直になってしまったようで、これまで自分にとっていちばん不愉快だったはずの単語をさらりとこぼしていた。

「いじめ――、られちゃって」

「え……」

「わたし、学校で、いじめにあって……」

「そっか。そうだったんだ……」

瑠美さんの笑みに、かすかな同情の色がまじった。でも、それは、わたしを不快にする色ではなかった。むしろ、透明感のあるやさしい眼差しがわたしの胸にすうっと浸透してきて、うっかり泣きそうになってしまった。

「せっかくだからさ」

瑠美さんが、少し元気のある声を出した。

「はい」

「その経験を、未来に活かさなくちゃね」

「え……」

「いじめられたときの悔しい気持ちとか、淋しい思いとかを、しっかり胸に刻み付けておいてさ、その経験がなかった場合の自分より、ぐっとひと回り成長してやるの。じゃないと、もったいないよ」

言いながら、瑠美さんが切りたてのわたしの髪を撫でた。

その撫で方が変にやさしいから、わたしは唇に力を入れて涙をこらえるハメになった。

「いま、いろんな思いをしてる春香ちゃんの心は、どんどん磨きがかかってるところだからね」

わたしは少しうつむいたまま、しばらく返事ができずにいた。

すると瑠美さんが、髪に触れたまま、さりげなく話題を変えてくれた。

「髪の長さ、これくらいでいい？」

「はい……」

「後ろは、どうかな？　大丈夫？」

合わせ鏡で、後ろ髪を見せてくれる。

「大丈夫です」

「大丈夫なの？」

「え？」瑠美さんは、わたしの返事が聞こえなかったのだろうか？　わたしはあらためて鏡をよく見て、「はい、大丈夫です」と答えた。

「本当に？」

「え？」

「大丈夫？」

「大丈夫……、です、けど……」

わたしは訝しげに鏡のなかの瑠美さんを見てしまった。すると、瑠美さんは「うふふ」と笑ったのだ。

「よかった。春香ちゃんが三回、大丈夫って言った」

「…………」

「これで言霊のパワーがばっちり働いてくれるから、もう、これから先は、何があっても大丈夫な人生になっちゃうよ」

「え……」

瑠美さんが、また、わたしの髪を撫でた。今度は美容師としてではなく、慈しむような手つきで。すると、ほとんど反射的に、熱いしずくがつるりとわたしの頬を伝い落ちた。

ママを見た。ママは、目尻のしずくをぬぐっているところだった。

「さあ、シャンプーしようね」

さばさばとした瑠美さんの声に促されて、わたしは、しずくをこぼしながらシャンプー台の椅子に座った。背もたれが倒されると、すぐに瑠美さんが顔の上にタオルを載せてくれた。泣き顔をさっと隠してくれたのだ。

「さあ、浄化するよ。きれいさっぱり洗い流しちゃうからね」

冗談っぽくそう言った瑠美さんにシャンプーしてもらっているあいだ、わたしはずっとタオルの下で声を殺して泣いていた。ひくひくと胸が上下してしまったけれど、瑠美さんは最後まで気づかないふりをしてくれた。

シャンプーが終わり、ブローをしてもらうときには、さすがに泣き止んでいた。でも、鏡に映るわたしの顔は、早くもたれ目のまぶたが腫れぼったくなっていた。

この不細工な顔、パパが見たら心配するだろうな。

そう思った刹那、瑠美さんがタイムリーな台詞を口にした。

「そういえば、春香ちゃんのお父さんって、何をしてる方なの？」

あまりのタイミングに、内心ちょっと驚いていたわたしが「えっと、雑誌の編集者です」と答えたら、ママが横から「あれ、瑠美さんに言ったことなかったっけ？」と口を挟んできた。

「うん、初耳だよ。雑誌の編集者かぁ。格好いいねぇ」

瑠美さんは、わたしとママを交互に見ながらそう言った。

「やたらと忙しいだけの、普通のサラリーマンだよ」

ママは謙遜したのか、本当にそう思っているのは分からないけれど、忙しいというのは嘘ではない。

「でも、クリエイターだもん。格好いいと思うよ。ね、春香ちゃん？」

急に振られたわたしは、「え？　あ……」と、言葉を詰まらせた。

「格好いいお父さんで、よかったね」

瑠美さんのベタ褒めに、わたしもさすがに面映(おもは)ゆくなってしまった。ちょっと、くすぐったすぎる。

「お父さんとは、仲良しなの？」

「うーん……」

ママを見た。わたしと同じく、照れくさそうに苦笑していた。だからわたしは、こう答えておいた。

「普段は、必要なときしか、しゃべらないかなぁ」

「あら、そうなの？」

「しゃべるのは、音楽のCDを貸し借りするときくらい……かも」

少し、そっけない感じでそう言ったら、瑠美さんは「まあ、女子中学生と父親って、そんなもんだよね」と笑って、すぐにまた会話のベクトルを変えてくれた。

「ちなみにさ、最近、春香ちゃんが聴いてよかった音楽って、なに？」

「えっと――」

わたしは、いくつかのアーティストの名前を口にした。そのうちのひとつはパパから借りた「スピッツ」だった。

すると瑠美さんは、「あっ、わたしもスピッツ好き。学生時代によく聴いたなぁ。キュンとして、いいよね」と、目をきらきらさせた。考えてみれば、瑠美さんとパパも同い歳なのだった。

「スピッツは、父から借りたCDのなかにあったんです」

「そうなんだ。やっぱりセンスのいい素敵なお父さんじゃない」

瑠美さんが嬉しそうに言ったとき、ドライヤーの音が消えた。ブローが終わったのだ。

「毛先、ちょっとだけ内巻きにしてみたけど、どうかな？」

「はい」

とてもいい仕上がりだったから、わたしは微笑みながら頷いた。

「よかった。じゃあ、ママの方をやっちゃうね。春香ちゃんは待ち合いのソファでもいいし、このままこの椅子で待っててもいいよ。次のお客さんは、まだしばらく来ないから」

「じゃあ、ここにいます」

わたしは、ママの隣の椅子に座ったまま、二人の会話に混ぜてもらうことにした。もう少し、瑠美さんとしゃべってみたかったのだ。

瑠美さんがママの髪にとりかかってしばらくすると、二人の会話にふたたび紫音さんの名前が出てくるようになった。

わたしは冷静にその内容に耳を傾けて、いくつかの情報を得た。

まず、ママがこの美容院にくるようになったきっかけは、わたしの幼稚園の頃の「ママ友」の紹介で、そして、ここで知り合った瑠美さんが、ママを紫音さんに会わせたのだった。

紫音さんは、そもそもこの美容院の常連客だったらしい。しかし、ここ最近は、パタリと顔を見せなくなっているという。

「はじめて紫音さんに会いに行ったときね」ママが、わたしの方を向いて言う。「絶対に知っているはずのないことを、ズバズバ言い当てられちゃったの。ママは、ほら、もともと理系の頭の人じゃない？　だから、最初は正直、疑ってかかってたんだけどね。でも、十五分も話していたらもう駄目だった。どこにも論破できるところがなくて、これは信じるしかないって」

「分かるなぁ、それ。あの人としゃべってると、結局、誰でもそうなっちゃうんだよねぇ」

ママの言葉に、瑠美さんが乗っかる。

わたしは「ふうん」としか言いようがない。

そもそも、理系の頭のママが霊能者に会いに行ったこと自体が不自然なのだけれど、でも、その理由は、ちょっと考えれば分かる。

わたしのせいだ——。

ママは、わたしのいじめと不登校のことで悩んでいて、藁にもすがる思いで……。

「ねえ、わたし、思うんだけどさ」

瑠美さんが、わたしとママを交互に見ながら言った。

「杏子さんと春香ちゃん、ふたり一緒に紫音さんのセッションを受けたらどう？」

セッション？

言葉の意味が分からず、わたしは首をかしげた。

「セッションっていうのは、まあ、簡単に言えば、相談に乗ってもらうってこと」

わたしに説明しながら、ママは少し不安そうな顔をした。

その顔を見た刹那、わたしは息を止めた。

嘘だ――。

ママは、嘘をついている。

この不安そうな顔は演技だと、わたしは気づいてしまった。

わたしは嘘をついている人を見抜く能力についてはかなり自信を持っているのだ。とりわけ、いじめがはじまってからは、もう、本当にたくさんの人に嘘をつかれ、傷つけられてきたせいで、心と裏腹の言葉を口にした人の表情に関してはとても敏感なのだった。相手が大人であれ、子供であれ、わたしにはだいたい分かってしまう。

「杏子さん一人でセッションを受けるより、春香ちゃんと二人の方が絶対にいいと思うよ」

瑠美さんは、さもいいことを思いついたという顔で言った。

この顔には、嘘がない気がする。本当に、二人でセッションとやらを受けて欲しそうだ。

瑠美さんは続けた。

「っていうか、杏子さん、どうしていままで紫音さんと春香ちゃんを会わせなかったの？」

「それは――、なんだろう、いろいろと思うところがあって……」

ママは口ごもって、わたしの方を見た。

「春香ちゃんが、スピリチュアル系は苦手だったらって――、そう思ったから？」

瑠美さんの言葉に、「まあ、そんな感じ、かな」とママは小さく頷いた。

「旦那さんにも？」

「まだ、言ってないの……」

「そっか」

「でも、パワーストーンのブレスレットは作ってもらって、なるべくいつもつけてもらってる」

「それはいいね。春香ちゃんのブレスレットは？」

「まだ。紫音さんが、いまはいらないって言うから」

「じゃあ、きっと、いまのタイミングじゃないんだね」

「うん」

ふいに、わたしたちの間に、小さな沈黙が降りてきた。

なんとなく、その沈黙は、わたしのために用意された気がして、だから、わたしは口を開いた。

「ママ」

「ん？」

「どうして、パパには言わないの？」

ちょっと意を決して訊いたはずなのに、わたしの声は語尾が少しかすれてしまった。万一、ママの口から聞きたくないような答えが返ってきたら——、と想って、緊張してしまったのだ。

瑠美さんがママを見た。

ママは、その視線に後押しされるようにしゃべり出した。

「あのね、目に見えない力を信じない人の気持ちのエネルギーって、マイナスに働いちゃうらしいの」

「マイナス？」

「うん。ようするにね、もしも、パパに紫音さんのことを言って、そんなの嘘だよって思われたら、パパのマイナスな思いのエネルギーが働いちゃって、せっかくのいいエネルギーを打ち消しちゃうの。流れを堰き止められるというか、変えられちゃうというか……」

流れ……。あの怪しい本に書かれていた神様のエネルギーの流れというやつのことか。

「ママ、それ、紫音さんが言ったの？」

「うん」

小さくため息をつきながら、ママは頷いた。

「なるほどね。それで杏子さんは、旦那さんにも、春香ちゃんにも、言わずにいたんだ」

瑠美さんが穏やかにそう言うと、ママはふたたびこっくりと頷いた。

ママのこの顔は嘘じゃない。ということは、ママはきっと、わたしの方が引き込みやすいと思って、あの本を先に読ませようとしたのだろう。

わたしは、なんだか息苦しいような気分になって、ゆっくり大きく息を吸った。そして、胸のなかのもやもやした空気を吐き出しながら「ねえ」とママに呼びかけた。

「ん？」

「このまま、ずっと、パパには言わないの？」

ママは、わたしから視線を外して唇をすぼめた。何か、考えているのだ。わたしは、そんなママにかける次の言葉を見つけられずにいた。

お世話様でしたぁ――。

店内にいた他のお客さんが会計を済ませて帰っていく。瑠美さんがその背中に「ありがとうございました」と、清々しい声をかけた。そして、そのままの声色で、こう言ったのだ。

「わたし思うんだけどさ、春香ちゃんが紫音さんのことを理解したら、旦那さんにも伝えやすくなるんじゃない？」

「え？」

「え？」

母娘そろって、瑠美さんを見てしまった。

「春香ちゃん、一度、騙されたと思って会ってごらんよ。紫音さん、とってもやさしくて素敵な人だから。信じるか信じないかは、その後で決めればいいじゃん」

わたしは、ママを見た。ママは、頷いて欲しそうな目でわたしを見ていたけれど——。

「でも……」

反射的に、わたしの口はそうつぶやいていた。

「大丈夫、大丈夫。春香ちゃんは大丈夫」

瑠美さんが、さっきの言霊をわたしに投げかけた。そして、にっこり笑って続けた。

「きっと、いろんな悩みから解放されちゃうと思うよ」

わたしは、パパの顔を思い浮かべた。わたしとママのことを純粋に心配してくれるときの、眉がハの字になったやさしいパパの顔だ。

「ねっ。騙されたと思ってさ」

鏡越しではなく、すぐそばで瑠美さんが鼻に皺を寄せて笑顔を咲かせた。

パパの顔がふっとかき消された。

どこか祈るようなママの眼差し。

スピリチュアルという不思議な世界への好奇心と、本当にわたしの人生が元どおりになるのなら、という淡くも切実な期待。

わたしは、わたしの心と相談した。

せっかくだから、駄目もとで試してみて、違和感を覚えたら距離を取ればいい。

虎穴に入らずんば――。

「じゃあ、はい……」

返事は少し小さな声になってしまった。でも、わたしはママの目をしっかりと見て頷いてみせた。ママの顔がスローモーションのようにホッとした笑顔になった。瑠美さんが、そんなママの肩にそっと手を置いて微笑んだ。

「よかったねぇ、杏子さん」

なぜだろう、その瑠美さんの声はどこか乾いていて、するりとわたしの心を素どおりした気がしたのだ。

「コーヒー淹れるね」

コットンの黒いワンピースをゆったりと着た女性がソファに座り、テーブル越しにわたしの目を覗き込んでくる。返事をしようとした刹那——。

「あ、でも、あなたはコーヒーより紅茶派みたいだから、紅茶にするわね」

「え……」

痩せた肩。細い顎。腰まで届きそうな黒髪。しかし、その髪には艶がなく、ちょっとパサついている。この人が霊能者だと聞いているせいで、最初はなんとなく魔女のようにも見えたけれど、でも、普通のおばさんがラフな服装をしているだけだと言われれば、そんな気もしてくる。

「あなたは紅茶派。当たりでしょ?」

「あ、はい」

わたしは、ちょっとどぎまぎしながら答えた。正解だ。昔からわたしはコーヒーが苦手で、紅茶派なのだ。しかし、どうしてわたしが紅茶派だと分かるのだろう……。

「ふふ。やっぱりね。いま、うちには安物のティーバッグしかなくて悪いんだけど、淹れてくるね」

言いながら紫音さんは、向かい合ったソファから腰を上げた。そして、部屋のドアを開けて、小さなキッチンへと入っていく。

「なんか、すみません、紫音さん」

ママは、霊能者の背中に親しみのこもった声をかけた。

「いいのよ。あっ、ねえ春香ちゃん、ちょっとこっちに来て手伝ってくれる？」

紫音さんがフレンドリーな口調でわたしを呼ぶ。

「はい」

弾かれたようにわたしは小さなソファから立ち上がり、キッチンへと向かった。

「この箱と、この箱のなかから適当にお菓子を選んで、このお皿に並べてくれる？　あなたの好きなものを選んでいいからね」

「はい」

わたしは紫音さんに差し出された二つの洋菓子の箱から、数種類のお菓子を均等に選んで白いお皿に並べた。その間、紫音さんは静かに紅茶を淹れていた。

紫音さんがセッションに使うというこの「サロン」は、そもそも一人暮らし用の小さな2Kのアパートだから、キッチンも小さい。だから、わたしは必然的に紫音さんと肩が触れ合いそうな距離で立っていた。

紫音さんは、わたしより少し背が低かった。身長は一五五センチくらいだろうか。その細身の身体からはエキゾチックなお香の匂いを漂わせているけれど、とくに神秘的な雰囲気をまとっているわけではない。正直いえば、少し期待はずれだった。ママと瑠美さんが心酔している霊能者は、その辺のスーパーで買い物をしていそうな、普通のおばさんだったのだ。

耳を澄ますと、キッチンの壁の向こうからテレビの音が洩れ聞こえてきた。隣家とのあいだの壁がかなり薄いらしい。サロンとして使うのならともかく、こういうところに住むのは、ちょっと嫌だな、とわたしは思う。

ふと背中に視線を感じて振り向くと、ママと目が合った。

ママはソファに浅く座ったまま、キッチンに並んで立つわたしと紫音さんをにこやかに眺めていた。

「お菓子、並べました」

わたしは、隣の紫音さんに向き直って言った。

「ありがとう。あら？　これも並べたの？」

紫音さんが、レーズンとクリームを挟んだビスケットを指差した。

「あ、はい」

駄目だったのかな――と思って、わたしは紫音さんを見た。

「あなた、これ、本当に好き？」

「え……」

「好きじゃないと思うんだけど？」

紫音さんは小首をかしげた。

一方のわたしは絶句しそうになっていた。紫音さんの言うとおり、苦手なのだ。レーズンが。でも、ママが好きだから、そのビスケットをあえて選んだのだった。

「じつは、あんまり好きじゃないんですけど」

「あ、やっぱりそうよね。なのに春香ちゃんがこれを選んだから、わたし、ちょっと驚いて。本当に好きなものだけでいいのよ」

「あ……、はい。でも、これは——」

「お母さんが好き」

「え……」

「でしょ？」

「あ、はい……」

なんなの、この人——、いったい、どこまで分かるの？

ぽかんと突っ立っているわたしを見て、紫音さんは薄く笑った。

「じゃあ、それをテーブルに持って行ってくれる？」

「はい」

わたしは言われたとおり、クッキーやチョコを並べた白いお皿をママのいるテーブルの上に置いた。

「紅茶、もうすぐだから、先に座っててね。お砂糖はいる？」

キッチンから紫音さんの声がした。わたしは「いりません」と答えて、クリーム色のソファに腰を下ろした。ソファは、いったん座ると立ち上がるのが嫌になりそうなくらいにお尻が沈む。

「ね、紫音さん、感じのいい人でしょ？」

隣のママが、耳打ちするように言う。

「うん……」

頷いたわたしは、少し気持ちを落ち着かせようと思い、六畳ほどの洋室をぐるりと眺めた。

サロンというわりには、やけに物の少ない部屋だった。スチールパイプの洋服掛けと、小さな書棚。わたしたちが座っている四人用の応接セット。そして、窓の手前に事務用のデスク。しかも、そのデスクは古めかしい会社で使われていそうな、飾り気のないグレーの事務机だ。女性が経営するサロンで使うにはちょっと無骨で地味すぎる気がした。壁もシンプルに白一色だけれど、可愛らしい子犬の写真のカレンダーが掛けられていて、それが唯一のアクセントになっている。とにかく、どこをどう見ても殺風景で、スピリチュアルな世界観とは無縁そうな部屋なのだ。

「はい、お待たせ」

紫音さんが、木のトレーに紅茶のカップを三つ載せて持ってきた。

「ありがとうございます」

わたしはぺこりと頭を下げる。

紫音さんは、わたしとママの向かいのソファにゆっくりと腰を下ろした。

あらためて、正面から霊能者の顔を眺めてみる。

年齢は、ママよりも上に見えるけれど、四十代なのか五十代なのか、よく分からない。いわゆる年齢不詳顔というやつだ。顔の肌ツヤはあまりよくないし、化粧も薄めだけれど、目尻はキリッとしていて鼻筋も通っている。美人の部類には入ると思う。きっと若い頃はモテたのだろう。

「紅茶とお菓子、遠慮しないで召し上がってね」

紫音さんが、切れ長の目を細めた。美人のわりに声はしゃがれていて、昔話のおばあさん役をやったらハマりそうな気がした。

わたしとママは、お菓子に手をつけ、紅茶も頂いた。

「このビスケット、美味しい」

ママはそう言ったけれど、わたしには正直、いまいちだった。お菓子は外国製のもので、匂いにも味にもちょっと癖がある。

「よかった。それじゃあ」紫音さんが手にしていたカップを置いた。「さっそく春香ちゃんのこと、見てみようかな」

「え……」

いきなり？

「ふふ。緊張しないで、普通にしてていいからね」

紫音さんは小さく笑ったけれど、しかし、その目は少しも笑っていなかった。

どうやらママの言っていた「霊視」がはじまるようだ。

「あっ、携帯、鳴らない方がいいよね？」

わたしは小声でママに訊いた。

「うん、そうね」

すぐにわたしは足元に置いてあった小さなショルダーバッグを手にとり、ファスナーを開けた。そして、スマートフォンをちょこちょこと操作して、ファスナーを開けたまま、そそくさと足元に戻した。

「すみません。マナーモードにしました」

「そんなに気を遣わなくていいからね。それより春香ちゃん、あなた――」そこまで言って、紫音さんは浅く嘆息した。「ああ、なるほど。あなた、昔からすごくやさしい子なのねぇ……」

紫音さんは、そう言いながら、さらに目力を強くしてわたしを覗き込む。わたしは丸裸にされるような怖さと好奇心のはざまで胸をどきどきさせながら隣のママを見た。ママは、自信たっぷりという顔で微笑みながら、わたしを見ている。

紫音さんに見てもらえれば、もう安心よ――。

なんて思っているのかも知れない。

でも、わたしはそんなママの目にひんやりとするような違和感を覚えて、背中に鳥肌を立ててしまった。

霊視を受けながら、わたしはふと瑠美さんのお店を思い出した。

あそこで髪を切ってから、もう五日が経っているのだ。

ママはあの日、さっそく紫音さんに連絡をして、今日の午後二時に「サロン」を訪れる約束をとりつけた。そして、わたしは、ついさっき、はじめてここを訪れたのだった。

わたしの家の最寄り駅からは、電車で三駅。サロンといっても、普通の住宅地にある古いアパートの二階のひと部屋で、日当たりのよさそうな角部屋だった。隣の部屋のドアには小さな表札があって、ちゃんと苗字が書かれていたのに、この部屋の表札にはそれが書かれていなかった。苗字の代わりに、正三角形を重ね合わせた、いわゆる「六芒星（ろくぼうせい）」の図柄が描かれていたのだ。これでは郵便屋さんが怪しむだろうな、とわたしは余計な心配をしてしまった。

でも、ここに来て「怪しい」と感じたのは、唯一その表札だけだった。というか、それ以外はあまりにも普通すぎて、むしろ拍子抜けしてしまったほどだ。

わたしの想像では、よくある占いの館のように、部屋のなかは紫色に統一され、全体にほの暗く、部屋の奥には奇抜な格好をした妖しい女性が座っていて、その人が大きな水晶玉を撫でている――、そんなイメージだった。でも、現実はまったく違っていた。あっけらかんとした明るい部屋に、どこにでもいそうな痩せたおばさんがいるだけだったのだ。とはいえ、ママや瑠美さんの言うとおり、このおばさんは、見た目とは裏腹に、どうやらただ者ではなさそうだ。

「ははぁん、そういうことねぇ……」

紫音さんは、ひとりごとを言いながら霊視を続けていた。

受けているわたしは、とくに怖くはないのだけれど、でも、なんとなく落ち着かない気分にはさせられた。なぜなら、ずっとこちらを見ている紫音さんと、一向に視線が合わないからだ。もっと言えば、無遠慮ともいえる視線が、わたしの頭からゆっくりと降りてきて、足元まで見たと思ったら、また上へと移動していく。いわゆる、舐め回されるような視線に抵抗があるのだと思う。

紫音さんは、わたしの右肩のあたりを見ながら「あら、この人は誰かな……、歳をとった女の人が出てきたなぁ」などとつぶやいた。

この人って誰？　守護霊ってこと？

わたしは胸裏でいろいろと思うのだけれど、その思いまで見透かされてしまいそうで、どうしても鼓動が忙しくなってしまう。

霊視をはじめて、二分ほどが経っただろうか。

「うん。こんな感じかな。だいたい分かったよ」

そう言って、紫音さんがゆっくりとソファからお尻を上げた。そして、グレーの地味すぎる事務机の向こうに回り込むと、同じくグレーの事務椅子に腰掛けた。

「じゃあ、これからセッションをはじめるね」

「はい」

返事をしたのは、ママだった。わたしも、続けて「はい」と小さな声を出す。

「まず、訊いておきたいのは――、春香ちゃん、おばあちゃんは好きだった？」

「え……」いきなりの問いかけに、わたしは数年前に亡くなった母方のおばあちゃんの顔を思い出した。「はい。すごく可愛がってもらっていたんで」

「そう。そのおばあちゃん、あんまり背が高くなくて、にこやかで、どちらかといえばゆっくりしゃべる人で、眼鏡をかけてたでしょ?」

「はい……」

「眼鏡は銀縁?」

「そうです」

「じゃあ、やっぱりその人だ」

「それって……」

わたしはママを見た、ママもわたしを見た。

「その人が、春香ちゃんの守護霊さんなの」

「え、おばあちゃんが?」

「そうよ。あなたのことを守ってくれてる——というか、常に守ろうとして、頑張ってくれてる守護霊」

そう言って微笑んだ紫音さんの背後には、掃き出し窓があって、黄色っぽいカーテンがかけられていた。そのカーテンに春の午後の日差しがあたり、ほんわかと暖かい光が満ちていた。なんだか微笑んだ紫音さんに後光がさしているようにも見える。

「それ、わたしの母ってことですよね？」

ママは少し前のめりになって訊いた。

「そう。ちなみに、ご主人のお母様は？」

「まだ健在です」とママ。

「じゃあ、なおさら間違いないわね」

「紫音さん、母と、しゃべれるんですか？」

「ごめんなさい。初対面だから会話まではできないけど、守護霊さんがいま伝えたがっていることは、波動として流れてくる感じで受け取れるよ」

ママは、何かに感じ入ったような目で、二度ゆっくりと頷いた。

「あの……、おばあちゃんは、なんて――」

恐るおそる、わたしが訊ねた。

「あのね、春香ちゃんは、とっても可愛らしくて、素晴らしい孫ですよって。基本的にはべタ褒めね。でもね、目が悪くならないように注意して欲しいみたいだよ」

「目？」

「そう。視力のことじゃないかな」

たしかに――、このところ視力がじわじわと落ちてきている。

「あとね、春香ちゃんは、自分の心の声を、あんまり表に出さないでしょ？　ようするに、気持ちをぐっと飲み込んじゃうタイプ」

たしかに、そのとおりだと思う。だからいじめの対象にされやすいのだと、自分でも分かっている。

「そうなんです。この子、やさしすぎて」

紫音さんは、わたしに言っているのに、前のめりになったママが横から口を出す。

「おばあちゃんね、そこがいちばん気になってるみたい。春香ちゃんは、もっともっと気持ちを相手に伝えた方がいいからねって。その方が、いろいろと上手くいくからねって。そう言ってるよ。あと、春香ちゃんは運動が好きな方じゃない？」

「え……、いえ、運動は、そんなに得意じゃないかも」

「ううん。それは分かってるよ。得意かどうかじゃなくて、好き嫌いの話をしてるの」

「あ、はい。だったら、わりと好きです」

「だよね？　でも、あまりいい指導者には恵まれなかったみたいね。残念だけど」

「え――」

わたしは、ちょっと神経質そうな軟式テニス部の顧問の顔を思い出した。部活でいじめられていたときに、まったく助けてくれなかったズルい大人だ。

黄色いやわらかな光のなかで、紫音さんは小さく頷いた。そして、悲しいような、微笑んでいるような、なんとも人間味あふれる顔をして、わたしに語りかけてきた。

「春香ちゃんは、これまで本当によく頑張ってきたんだね」

「…………」

「いまは、まだ心の傷から血がにじんでいるけど、これから先は人生が徐々に良くなっていって……、そうね――、うん、高校に入学してからは、それこそ人生が一変するわね」

「え……」

本当に？　信じていいの？

自然とわたしは背筋を少し伸ばしていた。ママは、さらに前のめりになる。

「ただし、ひとつ注意して欲しいの」と言って、紫音さんは人差し指を立てた。「八方美人だって思われないように、気をつけて行動すること。それができないと、また面倒なことになるから」

八方美人――、言われたこと、ある。

「もっと言えばね、春香ちゃんは、そもそも同性から妬まれやすいタイプなのね。そこは注意しておいた方がいいわね」

たしかに、わたしへのいじめの原因は、女子たちからの妬みだった。

どうしよう、この人の言うこと、ぜんぶ当たってる……。

「紫音さん、具体的に、春香は何をどう注意すれば——」

切実な目で、ママがわたしの思いを代弁してくれた。

「ちょっと待ってね」

すると、そこで紫音さんはふたたびさっきの目をした。わたしを舐め回すようにして見ながらも、決して視線を合わせない、あの霊視の目だ。

十秒ほどで、紫音さんは視線を元どおりに戻した。

「うーん、やっぱり女性の妬みだからね、具体的に注意するのは男性関係だよ。そこで失敗すると、しつこく妬まれて、悪口を言われたりするから。人気のある男性には、好きでもない限りは、あんまり近づかない方がいいかもね」

わたしはもう、口を開けたまま言葉を失っていた。まさに、わたしへのいじめはそこからスタートしていたのだ。

「春香ちゃん」

ふいに名前を呼ばれて、わたしはハッと我に返った。

「いまも、それと同じ原因でいじめられているんじゃない？　違う？」

「えっと、はい。そうです……」

わたしは頷いた。

「だよね。ねえ、杏子さん」

今度はママの名前を呼んだ。

「はい」

「春香ちゃんはね、ちゃんと救われるから大丈夫よ」

「え……、本当に」

「うん。本当。でもね、うーん、何て言ったらいいかな」

そこで紫音さんは、適切な言葉を探すような顔をした。そして、続けた。

「カルマって言葉、聞いたことある？」

わたしは、どこかで聞いたことがある気がしたけれど、意味は知らない。でも、ママは「はい」と頷いて答えた。

「現在の状況は、過去に起きた何らかの業（ごう）の結果だって――、そういうことですよね？」

「そう。さすが杏子さん、よく知ってるわね。この世に起こる物事には、すべて原因があって結果があるの。通常、カルマっていうと、過去の原因によって現在の結果があるっていうふうに言われるけど、実際は、現在の原因による現在の結果っていうこともあるし、身近な人の原因が自分の結果に出たりもするわけ。つまり、他人のカルマを背負っちゃったり、自分のカルマを他人に背負わせることもあるってこと」

ここまで、分かる？　という感じで、紫音さんが首をかしげた。わたしとママは、ぴったり同じタイミングで頷いた。

「ってことはね、いま、春香ちゃんが陥っている状況が結果だとすると、それを引き起こしている原因がどこにあるか――、それが分からないと解決できないわけ」

わたしとママは、また頷いた。

「で、その原因なんだけど、じつは、春香ちゃん本人じゃなくて、身近な人の業が引き起こしているみたいなの」

「身近な人、ですか？」

ママが訊き返す。

「そう。とても身近な人」

わたしとママは、言葉を失った。まさか、と思っていたのだ。

「まさか、と思っているかも知れないけど、それ、杏子さんのご主人。春香ちゃんのお父さんなの」

「え……」

わたしは、思わず声を洩らしてしまった。

「ご主人、過去の女性関係で清算できていない人がいるんじゃないかなぁ。あるいは、ご主人は何とも思っていなくても、相手の方が一方的に恨んでいたり、妬んでいたり」

わたしとママは、目を丸くして顔を見合わせてしまった。

「いやぁ、うちの主人は、そういうタイプじゃ……」

相手が紫音さんといえども、さすがにママはパパをかばおうとした。

「そう？　でも、ご主人、わりとモテそうな気がするわよ」

わたしは、たまらずママに小声で訊いた。

「ねえママ、紫音さん、パパのこと知ってるの？」

「まさか。会わせたこともないし、そもそも紫音さんのことを伝えてすらいないでしょ」

そうだった。まだ、紫音さんのことはパパには内緒にしていたのだ。

こそこそ話をしているわたしたちを見ていた紫音さんが、申し訳なさそうに口をはさんでくる。

「ちょっと、いいかな。とりあえずね、解決策として、春香ちゃんに意識して欲しいことがあるの」

「あ、はい」

わたしも、ママも、紫音さんに向き直った。

「春香ちゃん、お父さんのこと、正直、あんまり好きじゃないでしょ」

「…………」

わたしは返事に詰まった。

「まあ、思春期って、そういうものだから、その気持ちも分かるんだけどね。でも、いま、そういうネガティブな気持ちを抱えていると、お父さんのカルマのネガティブな部分の結果が、引き寄せられやすくなるのね。そうなると春香ちゃんの人生に、原因の結果として、悪い出来事が起きちゃうの。だから、お父さんとの関係を少しずつ改善してみて欲しいの」

返答に迷っていると、ママの腕がこちらに伸びてきて、わたしの肩をそっと抱いた。

「春香、できるよね？」

諭すように、ママが言う。

わたしは、紫音さんを見た。神々しいような黄色い光のなかで、紫音さんは静かに微笑んでいた。

「はい」

わたしは頷いた。

「よかった。春香ちゃんが、それをやれれば、お父さんのカルマを引き寄せなくなるから。もっと言うとね、お父さんへ想いを寄せている女性の気持ちも、きっと冷めていくと思うよ」

「ありがとうございます……」

　ふいに、ママがしくしく泣き出した。

　わたしには、その涙の理由が分からなかった。パパに女性関係があることを悲しんでいるのか。あるいは、わたしの未来が開けそうになって嬉しいのか。いったい、どっちの涙なのだろう。あるいは、両方だろうか。

「まあ、とにかく、春香ちゃんの今後については、これから少し時間をかけて見ながら、ときどき修正をかけていくからね。ゆっくり具体的に変えていこうね」

「はい」

　ママが泣いているから、わたしが返事をした。

「とりあえず今日、わたしから具体的なアドバイスをするとしたら、ひとつだけ。ちゃんとお父さんの目を見て会話をすること。そのとき、お父さんにたいして『ありがとう』っていう気持ちを抱いていることが大事なのね。この世に誕生させてくれたことにでも、育ててくれたことにでも、何でもいいから、感謝の気持ちを抱きながら視線を合わせるの。それがスタートだから。春香ちゃん、頑張ってね」

　紫音さんはそこまで言って「ふう」と息を吐いた。そして、少しリラックスした顔で、「あ、そうだ。ついでに、ちょっと面白いことを教えてあげるね」と言った。

「面白いこと、ですか？」

「うん。そう。春香ちゃんは、美術とか、そっちの方は得意でしょ？」

「えっと、すごく得意ってほどじゃないですけど、でも、好きは好きです」

　わたしは正直に答えた。

「この子、美術の成績はずっとよかったんです」

　ママが洟をすすりながら横から口を出してくる。

　たしかに、小学生の頃からずっと、美術系はいちばん得意な科目だったけれど……。

「やっぱりそうだよね。じつは、春香ちゃんはね、色彩にまつわる仕事に就くと上手くいくはずなの」

「え、色彩、ですか？」

「そう。例えば――、色と色を合わせて何かを表現するような、そういう能力に長けているみたいね。カラーコーディネーターなのか、デザイナーなのか……、しかも、きっとそういう仕事は好きなはず」

　色と色を合わせる仕事――、想像してみると、なんとなくだけれど、心がときめく気がする。

「なんか、はい、楽しそうです」

「でしょ。守護霊のおばあちゃんも勧めてるよ。ちなみにね、そのおばあちゃんが頑張ってくれても、なかなか春香ちゃんを完璧に救えなかったのは、カルマのせいだからね」

紫音さんいわく、カルマの法則は、守護霊の力だけではどうしようもなくて、本人の行動でもって人生の軌道を修正するしかないらしい。だから、わたしの守護霊さん――つまり、おばあちゃんは、それを知らせるために、わたしを紫音さんのもとへと導いたのだという。

「春香ちゃん、もう大丈夫だからね。杏子さんも、あんまり心配しなくていいから。学校は、まだしばらく行かないでいいよ。ママと春香ちゃんが一緒にいる時間をたっぷり味わってね」

「はい……」

わたしは、ぼんやりと紫音さんの唇を見つめながら返事をした。

「はい。ありがとう……、ございます」

ママの声が、また震えた。今日のママは泣きすぎだよ、と思ったとき、わたしの肩に回していたママの腕にぎゅっと力が加わった。ふいにわたしは引き寄せられて、ママの肩にこめかみをくっつけるような格好になった。そして、そのまま髪を撫でられた。

ママが、むせび泣いている。

わたしのせいで。

昔から、ママの感情って、わたしにはすごく伝染しやすい。

だから、

あれ――？

と思ったときには、もう遅かった。

それまで無意識に張り詰めていた気持ちがバターのように溶けてしまって、わたしの視界がゆらゆら揺れだしたのだった。そして瞬きと同時に、しずくが頰を滑り落ちていた。

あれ、おかしいよ、わたし。

今日は、まったく泣くはずじゃなかったのに。むしろ、紫音さんを疑ってかかるはずだったのに。

わたしは唇を軽く噛(か)んだ。

そして、決して思い出したくない学校生活を走馬灯のように回想し、ママに髪の毛を撫でられながら、しばらく泣いたのだった。

帰りの各駅停車の電車はわりと空いていて、ママとわたしは席の端っこに並んで座ることができた。

ドアが閉まり、電車が動きだす。

それとほぼ同時に、ママが話しかけてきた。

「はあ。ほんと、びっくりしたなぁ。まさか、おばあちゃんが春香の守護霊だなんてさ」

亡くなった母親が自分の娘を守ってくれているというのだから、ママにとっては感慨深いものがあるのだろう。

「うん。わたしも驚いた」

「おばあちゃん、春香のこと猫っ可愛がりだったもんね。わたしには、けっこう厳しかったのにさ」

ママがちょっと悪戯っぽく微笑んだ。嬉しいのだ。素直に。

「わたし、もっと驚いたのは、おばあちゃんの背丈とか、眼鏡のフレームとか、ゆっくりしゃべることとか、そんなところまで紫音さんがズバズバ当てちゃったことなんだけど……」

「それ、ママもびっくりした。でもね、紫音さんて、いつもあんな調子なのよ。どう考えても凄いでしょ？」

「うん。凄すぎる」

「春香が運動は苦手でも嫌いではないってことまで当てたしね」

「そうだよね。顧問に恵まれなかったこともバレてた」

そう言って、わたしは苦笑した。

「だよね」

ママも、眉をひそめて笑う。

「あと、びっくりしたのは、わたしが紅茶派だって当てたこと」

「ああ、そうだよね」

「ママ、わたしがコーヒーを飲まないってこと、以前に紫音さんに言ったりしてない？」

「してないよ、まったく」

「じゃあ、レーズンが苦手だってことも？」

「なにそれ？」

「さっきね、レーズンが挟まったビスケットを選んでお皿に並べたとき、紫音さんに言われたんだよ。あなたはレーズンのビスケットが苦手なはずだって。で、ママが好きだからあえて並べたってことまでバレちゃった」

ママは陶酔したように「はあ……」と嘆息した。「あの人、そうなのよ、いつも。絶対に知らないはずのことも分かっちゃうの」

「じゃあ、ママ、やっぱり言ってないんだ」

「うん。言ってない」

わたしも、うっかりため息をついてしまった。この魔法のような現象を、どう解釈したものか。やはり、体験してしまった以上、素直に信じるべきなのだろうけど……、とにかくいまは頭の一部分が混乱しかけた状態だ。

「あ、そういえば、視力低下に注意した方がいいって言われたけど、わたし、最近、ちょっと視力が悪くなってる気がするの」

「ええ、ほんと？　じゃあ、気をつけないと。あの人の言うこと、本当に当たっちゃうから」

「うん……」

わたしは、霊視をしているときの紫音さんの顔を思い出した。こちらを見ているようでいて、でも、決して視線は合わないという、あの違和感たっぷりの表情。それと、地味なデスクに着いたときの神々しいような雰囲気。とりわけ静かに微笑んだときの穏やかな印象が忘れられない。なんとなく仏像でも見ているような、そんな空気感だったのだ。

「ママ」

「ん？」

「わたしね、学校で、あんたは八方美人だって言われたことがあるんだ……」

「え……」

「そんなことまで、当てられちゃった」

「そっかぁ」

そんなの気にしなくていいよ、とママは言わなかった。でも、代わりにこう言った。

「あ、そうだ。春香がね、学校の女の子に妬まれたことで、いじめられてるってことは、ずいぶん前に紫音さんに相談したことはあるの」

「あ、うん……」

「だから、そこに関しては、紫音さん、霊能力で当てたってわけじゃないんだよね」

ママの言葉に、また、ため息をついてしまった。

なぜなら、ママが紫音さんを祭り上げるための嘘はつかないと分かったからだ。もしもママが洗脳されすぎたあまり、紫音さんを無理やり崇めようとしているのなら、きっとここで嘘をつくはずだ。

「じゃあママ」

「ん？」

「人気のある男子に近づかない方がいいって言ってたのは？　あれも図星だったじゃん？」

「そうだよね。でも、あれは、わたしも言ってないの。だから、紫音さんの能力で分かっちゃったことだと思う」

「そうなんだ……。美術のことは？」

「もちろん、言ってないよ」

考えてみれば、当然だ。ママがわたしのいじめについて相談するのに、わたしの得意科目なんて言っても仕方がない。

「やっぱ、凄いんだね、紫音さん」

「でしょ？」

会話のまとめとしては、どうしてもこうなってしまう。凄いとしか言いようがない。

電車の速度がぐっと落ちて、次の駅に停車した。ドアが開いて、ぱらぱらと乗客が車内に入ってくる。

と、そのとき、ママのスマートフォンがブーンと振動した。

「あ、メールだ」

ママは小さな鞄のなかからスマートフォンを取り出した。そして、液晶画面を人差し指で操作する。

「紫音さんからだよ」

ママがメールの内容に目を通しているとき、電車のドアが閉じられ、ふたたび走り出した。

「ふふふ。ほら、春香、読んでごらん」

ママは小さく笑って、スマートフォンをこちらに差し出した。

「え……」

わたしは端末を受け取って、メールの文面に目を通す。

《セッションの追伸：春香ちゃんはとても賢い子だから、勉強は大いにさせた方がいいですよ。いまは学校に行っていなくても、きっと将来は結果を出します。今日は二人に会えてよかったです。また近々、セッションにいらしてね。必ず春香ちゃんは好転するし、家族もいい状態に戻るからね》

「読んだよ」

わたしは短く言って、ママに端末を返した。

「はあ、よかったぁ……」

ママは安堵のため息をつきながらそう言った。やっぱりママにとって、紫音さんは絶対的な存在なのだ。

「ねえ、ママ」

「なに？」

「パパに内緒にしてるの、つらくない？」

「うーん、でもさ、紫音さんが、いまは内緒にしておくべきだって言うんだから、そうするしかないいじゃない？」

「そうかなぁ……」

わたしの頭のなかには、もしも、という単語が顔を出していた。パパが他の女の人と――、想像してみようとしても上手くいかないけれど、もしも、万が一、という発想だけは完全に消すことができずにいるのだ。

「大丈夫よ。パパは、あっけらかんとした人だから、相手の女性が勝手に何か想ってるだけだと思うよ」

ママは、そう言ってにっこり笑ったけれど、笑顔の裏側にかすかな疑念があることまでは隠しきれていなかった。それが何だかちょっと可哀想で、わたしは女同士、同調してあげることにしたのだ。

「そうだよね。分かった」

それから、わたしたちは電車のなかで、ひたすら紫音さんの驚愕の能力をネタに盛り上がった。とりわけママは、わたしの知らない紫音さんについて、あれこれ熱っぽくしゃべった。まるで自分のことを自慢しているみたいな口調だったから、わたしは何度か閉口しかけたけれど、でも、わたしは、それらにたいしても丁寧に、うん、うん、本当に凄いね、びっくりだよね、と肯定の言葉だけを並べ続けたのだった。この肯定は、嘘ではない。たしかに今日、初対面の自分自身も充分に驚かされたのだから。

でもね——。

わたしは内心で、ママに語りかける。

そんな紫音さんだけど、残念なことに、たったひとつだけ当てられなかったことがあるんだよ。

電車がクラクションを鳴らし、カーブにさしかかった。

もうすぐ、次の駅に着く。

虎穴のなかの虎子は、得られたかな——。

わたしはママの熱弁に耳をかたむける素振りを続けながら、ショルダーバッグの上にそっと右手を置いた。そして、バッグの生地の上からスマートフォンをやさしく撫でた。

第二章　エスカレート

【宮崎千太郎（みやざきせんたろう）】

　駅前の路地にひっそりと佇む（たたず）行きつけの小さな居酒屋は、月曜日だというのに混み合っていた。この店は、どこぞの名店で修業を積んだという中年の板前のおかげで、何を食べてもそこそこ美味いうえにメニューも豊富だ。しかし、私のように齢（よわい）八十ともなると内臓に覇気がないせいか、せっかくの料理もほんの少量で足りてしまう。それが淋しく思えるときもあるが、年金を頼りに暮らしている身としては、少食は分相応なことなのかも知れない。

　私は、いつものようにカウンターのいちばん奥に腰掛けて、日替わりの焼き魚と冷奴をつつきながら、安い冷酒を舐めていた。すると、カウンター越しに馴染みの店長の手がすっと伸びてきて、私の目の前に白い小皿が置かれた。

「千太郎さん、はいこれ」

キュウリと金山寺味噌。もろきゅうの皿だ。

「ん？　なんだ？　頼んでないぞ」

「いいじゃない。千太郎さん、どうせ後でもろきゅうは頼むつもりだったんでしょ？」

この店長はつい先日、還暦の誕生日を迎えたばかりだ。つまり私と二十も歳が離れているのだが、いつも人好きのする笑みを浮かべて気さくに話しかけてくる。

「どうせ頼むつもりだからって――」頼んでもいない料理を勝手に出すもんじゃない。眉間に皺を寄せた私が、そんな不平を口にしようとしたら、店長はにこにこ顔で言葉をかぶせてきた。

「サービスですよ。よく飲みに来てくれるお礼ってことで」

「いや、しかし――」

「別の料理を作ってて、半端に残ったキュウリだから。気にしないで食べて下さい」

私はキュウリを見下ろした。何が半端なものか。どう見ても、キュウリの胴体の真ん中部分で作られているではないか。

「嘘をつけ。これは半端ものじゃ――」

「いいの、いいの。微妙に半端だったやつだから」

「…………」

最近、私は、こんな風によく気を遣われる。しかし、その理由が自分でも分からない。以前よりも背中が丸くなり、孤独で貧乏そうな老人に見えるようになったせいか。あるいは、店長の言葉どおり常連客としての役得なのか。

私は嘆息した。

「じゃあ、まあ、遠慮なく頂くよ」

あまり固辞しても悪いから、そう答えた。

「冷酒のお代わりは、まだ大丈夫ですか？」

店長は二重顎をぷるんと震わせて言う。私はわずかにグラスに残っていた冷酒を飲み干して、お代わりを頼んだ。

と、そのとき、店の入り口の自動ドアが開いた。

「いらっしゃいませぇ」

店員たちの威勢のいい声が飛び交う。

開いたドアから、湿った生ぬるい空気がなだれ込んできた。その空気に背中を押されるように、無精髭を生やした中年の男が入ってきた。麻のジャケットにジーンズ。わりとラフな格好をしているから、普通のサラリーマンではなさそうだ。

よく見ると、そのジャケットは裾がしっとりと濡れていた。昼過ぎから降り出した強い雨が、まだ勢いを保っているのだろう。

無精髭の男は、見習いの若い中国人の店員に案内されてカウンター席へと近づいてきた。空いている椅子はひとつ。私の隣だけだった。

「こちらのお席にどうぞぉ」

中国人の店員がキンキンと鼓膜に響くような声を出した。

「すみません、お隣、失礼します」

男は、私に向かってそう言うと、濡れたジャケットを着たまま椅子にどっかり腰を下ろした。疲れているのか「ふう」と小さなため息をもらし、出されたおしぼりでごしごしと顔を拭く。

「生ビール、お願いします」

カウンターのなかに声をかけた男の左手首には水晶のブレスレットが見え隠れしていた。それが店の黄色い照明を受けて怪しく光る。パワーストーンというやつだろうか。私はちっとも興味がないが、そういうものが若い連中のあいだで流行(はや)っていることくらいは知っている。

私は、男から視線を外し、お代わりした冷酒をちびりと舐めた。凛と引き締まった酒精が、心地よく喉を濡らしてくれる。廉価な割りにいい酒を飲ませてくれるのも、この店を贔屓(ひいき)にする理由のひとつだ。

それにしても――。

今日は、まったくもって朝のニュースの天気予報どおりだった。お昼を過ぎたあたりから、いきなり空が荒れはじめたのだ。

ごうと北風が吹き付け、川面に三角波が立ったと思ったら、気温が急激に下がりはじめた。ふと西の空を見上げると、遠くから墨を溶かしたような雨雲が近づいていた。

こりゃ、駄目だな――。

私はそそくさと納竿(のうかん)した。風雨にさらされては、さすがに釣りを楽しむどころではない。

私は自転車でさっさと帰宅した。

家に着いてから一分と経たずに、大きな雨粒が空からバラバラと落ちてきて、窓の外を白く煙らせた。

私は和室の畳に寝転がり、読みかけの本を開いてみた。ところが、なんとなく気持ちがざわついて、本の世界に入り込めなかった。それでも強引に活字を追い、ページをめくり続けた。

しばらくすると腹が減ってきた。思えば朝から何も食べていなかった。だが、冷蔵庫のなかはほとんど空っぽだ。本当なら、今日の釣りの帰りがけにスーパーに立ち寄って、食料品を買い込んでくるつもりだったのだ。しかし、この雨を降らせている黒雲に追われたせいで――。


窓の外を見た。

猫の額ほどの庭が、土砂降りで白く煙っていた。

私は十年前から雨が嫌いだ。

雨降りの窓の外を眺めるのは、さらに好かない。

だから、まだ夕方前だというのに雨戸を閉め切った。

部屋の電気を点け、ふたたび本の世界に入り込もうと努力をしてみたが、それでも気持ちのざわつきは収まりそうになかった。雨のせいだ。一人暮らしになってからというもの、こういうことはままある。

仕方がない。一丁、酒でも飲んで、気分を変えるか――。

そんな流れでもって、私は、わざわざ雨のなか、行きつけのこの店に足を運んだのだった。

店の名は「たぬき」という。玄関先には背丈一メートルほどの瀬戸物のたぬきが鎮座していて、店内にも小さなたぬきの絵や置物がちょこちょこと配置されている。この店がオープンしたのは、ちょうど十年前のことだった。つまり、私が妻を亡くして独り身になったのと、ほぼ同じタイミングでの開店だ。

オープン当初は、この店もまだ客が少なかった。一人でふらりと訪れてはカウンターで飲んでいた私は、すぐに常連客として顔を覚えられた。それから十年、ほとんど浮気をせずこの店に通い続けている。

「あのぅ、失礼ながら……」

隣に座った男が控えめに話しかけてきたのは、私が焼き魚の半身を食べ終え、皿の上でひっくり返したときのことだった。

「……」

私は無言のまま、顔だけ左に向けた。

「川で、いつも釣りをされている方ですよね？」

男は生ビールのジョッキを手にしたままそう言った。

「え……、ええ、まあ」

「あ、やっぱり、そうでしたか」

「……」

「あっ、いや、すみません。こんなこと、いきなり訊いたら不審に思われますよね」

男が少し狼狽しはじめたので、私は「いえ、それは大丈夫ですが……」と答えてやった。

「私、じつは、川沿いの桜並木のところのマンションの住人なんです。ときどき、ベランダから川を見下ろすと、いつも釣りをされている方がいらして」

「それが、私だと――」

「はい。なんとなく、髭の感じとかで、そうかなぁと思いまして」

私の髭は、頭と同じで真っ白だ。しかも、もみあげから、あご髭、口髭と、ぐるりとつながっている。たしかに、この人相なら覚えやすいだろう。

「あなたも、釣りを？」

「いいえ、私はまったくです。でも、釣りをしている人をぼんやり眺めているのは、なんだか悪くないなって。のんびりとした空気感が伝わってきて、こっちまで深呼吸をしたくなります」

ほう、そうなのか。釣りをしているときの私は、のんびりとして見えるのか。

「いつも、私のことを見てるの？」

「え？　いやいや、そういうわけじゃなくて……、たまたまベランダから外を眺めたときに、ふと目に入るだけです。ああ、今日もいらしてるんだなぁ。釣れてるかなぁって」

「………」

「すみません。ほんと、私は怪しいもんじゃないんですけど」

ぽりぽりと頭を掻いた男は、少し目を細めるように微笑むと、手にしていたジョッキを傾けて喉を鳴らした。

その様子を見た私も、冷酒をちびりと舐める。

たしかに、この男は怪しくはない。嘘もついていない。

少し会話をすれば、それくらいは分かる。

ジョッキを空にした男は、私と同じ安い冷酒を注文した。

「なんか、お一人で飲んでらっしゃるところに邪魔をしちゃって、すみませんでした」

「いや、私も一人で退屈してたので」

「ああ、よかったです。じゃあ、ほんの気持ちだけ」

言いながら男は私のぐい呑みに冷酒をなみなみ注ぐと、自分のぐい呑みにも注いだ。そして、「どうも」という感じでぐい呑みを目の高さに掲げた。なんとなく流れで、私もそれに合わせてぐい呑みを掲げた。

私たちは、掲げた杯を合わせるでもなく、言葉を交わすでもなく、ただ、冷酒をちびりと舐めた。

その様子をカウンターの向こうから店長が見ていて、「常連さんたちが仲良くなるっててのは、店側としては嬉しいもんですね」などと口を挟んでくる。私は面映ゆくて、つい仏頂面をしてしまうのだが、男は素直に嬉しそうに微笑んで見せた。

それから私たちは、ゆっくりと杯を重ね、少しずつ会話の数を増やしていった。

男の名は川合淳という。年齢は四十三歳で、ビジネス系雑誌『敏腕』の編集者をしているといった。受け取った名刺にはデスクという肩書きが記されている。

「デスクってことは、偉いんですね」

「いや、じつは、うちの雑誌、社員は編集長と私しかいないんです。なので、デスクという名の、いちばんの下っ端です」

川合は眉をハの字にして困ったように笑った。

「ちなみに千太郎さんは、どんなお仕事をされてたんですか？」

川合は、私のことを「千太郎さん」と呼んだ。店長が私をそう呼ぶもんだから、それをそのまま真似したのだろう。普段なら、初対面の人間に気安く下の名前で呼ばれるのには抵抗があるのだが、不思議とこの男にはそれを感じなかった。つまり川合は、相手が初対面の人間であろうとも、「いい空気」を作る技術に長けているのだ。だから、私の舌もついつい軽く回ってしまう。

「大学で教鞭を執っていました」

「え、大学の先生だったんですか?」

川合が少し目を丸くしたとき、店長がつくねの皿を私の前に置きながら勝手に返事をした。

「そうなんですよ。千太郎さんはね、こう見えて心理学の教授だったんです」

「おい、こう見えてって、何だよ」

「あはは。だって、心の専門家なのに、ぶっきらぼうですからねぇ」

店長は私を揶揄(やゆ)しながら「そう思うでしょ?」と川合に同意を求めた。川合は「そんなことないです」と笑う。その笑い方もまた、場の空気をよくする類のものだった。

おそらくプロの編集者というのは、初対面の人間としゃべることやインタビューすることに慣れているのだ。場の空気を上手に作り、相手に気持ちよくしゃべらせる。だから、私のような無愛想な人間までも、ついつい気を許してしまうのだろう。

「いやぁ、大学教授でしたか。すごいなぁ。やっぱり博士号とか持ってらっしゃるんですか?」

「一応はね。でも、もう仕事を引退して長いですから」

「引退して、どれくらいですか?」

「十年です」

「釣りは?」

「引退してから、本格的にのめり込みました。でも、あの川のあの場所で竿を振りはじめたのは、この三年くらいですが」

「あそこ、釣れるんですか？」

「たまに、ね」

「何が釣れるんです？」

「鯉です。あと、稀に草魚」

「ソウギョ？」

「大陸からきた、コイ科のでっかい外来魚です」

「鯉よりデカいんですか？」

「大きいのは、優に一メートルを超えますよ」

「ええっ、そんなに？」

私は頷いた。そして、正直に話した。

「でも、私はまだ大きな草魚を釣ったことはないんです。鯉だって、せいぜいこんなもんです」

両手で六十センチほどの幅を示した。すると、店長がまた余計な口を挟むのだ。

「川合さん、釣り師の話ってのはね、話半分に聞いた方がいいですよ。きっと本当は、これくらいなんじゃないかな」

悪戯っぽく笑った店長の両手は、三十センチくらいを示していた。

「なるほど、五十パーセント引きですね」

と、川合が笑う。

「あのなぁ、私はあえて謙遜して、これくらいって言ったんだ。本当は、これくらい大きなのを釣ったことがあるんだぞ」

両手をさらに広げながら抗議した私の口角も、思わず上がっていた。

「え、そんなに大きな鯉が釣れるんですか？」

川合まで、疑いはじめた。

「そりゃ、釣れますよ」

「川合さん、信じちゃ駄目だよ。釣り師ってのは、十人いたら十三人は嘘つきだからね」

けらけら笑う店長に、川合が訊いた。

「もしかして店長も、釣り師ですか？」

「もちろんですよ。自分が嘘つきだからこそ、千太郎さんの嘘がよーく分かるの」

「なるほど」

川合と店長が、さも愉快そうに笑った。その様子を見ながら、私は冷酒をちびりと舐める。

「それにしても、今日は酒が不味いな」

釣り師の私は、嘘をついた。

「あれれ？　うちの酒は、美味いよね？」

「はい。とても美味いです」

こんなに美味しく酒を飲めたのは何年振りだろうか——。

そんなことを思いながら、また嘘を重ねる。

「ああ、不味い、不味い」

そう言って、川合のぐい呑みに冷酒をなみなみと注いでやった。

川合と飲んだ週の土曜日は、朝からずっと薄曇りだった。

空に表情がないと、空を映す川面も無表情になる。

風のない、午後三時過ぎ。

街を貫流する大きな川は、ただ膨大な水を音もなくゆっくりと海へと移動させていく。

私は鯉釣り用の太い釣り竿を握り、のっぺらぼうな水面に向けて仕掛けを放り投げた。

ぽしゃん。

着水の音がして、鏡のようにフラットだった水面にきれいな波紋が広がっていく。錘が水底に着底するのを待ってから、リールを巻いて釣り糸をピンと張った。そして、三脚のついた竿立てに、釣り竿をそっと立てかけておく。竿の先端には鈴をつけてあるから、鯉が餌を食えばリンリンと鈴が鳴って魚信を知らせてくれる。

私は小さな折りたたみの椅子に腰掛けた。

傍に置いてある釣りの仕掛けを入れたタックルボックスの上から、残り少ない飲みかけの缶コーヒーを手にして、それを飲み干した。

「ふう」

あとは、しばらく川面を眺めながらぼんやりしていてもいいし、読みかけの文庫本を開いてもいい。

とりあえず、文庫本を手にした。

栞を挟んだページを開いて、活字を追おうとしたら、背後から河川敷の草を踏むかすかな足音が聞こえてきた。

私は後ろを振り返った。そして、思わず「ああ」と声を出していた。

「先日は、どうも」

無精髭を生やした男が、ゆっくりと近づいてきた。

川合淳だった。

気温が高いせいか、膝丈のパンツに半袖のポロシャツというラフな格好をしている。

「ああ、どうも」

「釣れましたか?」

「いや、まだです」

川合は手にしていたコンビニの袋のなかから、缶コーヒーを一本取り出して、こちらに差し出した。

「冷たいのでいいですか?」

「ああ、助かります。ちょうどいま、飲み干したところで」

私は遠慮なく受け取った。先日の宴で、互いにそれくらいの気心は知れたつもりだ。

「私の家なんですけど」と言いながら、川合が後ろを指差した。「あのマンションの、三階の——、あ、いま女の子がいるでしょう」

「いますね」

「あそこが私の家なんです。で、あの子が、娘です」

川合がマンションに向かって軽く手を振ると、女の子が顔の横で小さく振り返した。

「中学生くらいかな？」

「ええ、二年生です」

言って、川合はこちらに向き直った。

「難しい年頃ってやつですか？」

「年頃というか……、難しさは……、まあ、うん、年頃もあるんでしょうね」

川合は、少し意味深とも取れる返事をすると、ビニール袋のなかからもう一本の缶コーヒーを取り出し、栓を開けた。そして、喉が渇いていたのか、ごくごくと喉を鳴らした。

「川合さん、今日はお休み？」

「じつは、ついさっき地方取材から帰宅したところなんです。で、部屋から川を見たら千太郎さんが見えたんで、ちょっと気晴らしに寄らせてもらいました」

「ほう。地方とは、どちらに？」

「群馬の草津です」

「ああ、温泉の。ゆったりできましたか？」

「いやぁ、仕事なんで、なかなか」

「ああ、そう」

「でも、一応は温泉旅館に泊まって、夜のライトアップされた湯畑くらいは見学できました」

「湯畑か。テレビか何かで観たことがあるな」

「はい。よくテレビで紹介されてます」

「しかし、いいねぇ、仕事で全国を旅できるなんて」

私は、本気で羨ましく思ってそう言った。

「なかなか、のんびり観光というわけにはいきませんけど、でも、あちこち飛び回れるのは楽しいです」

「各地の名物を食べられるだろうし」

「そうですね。ちなみに、明日からも取材なんですよ」

「今度は、どこに？」

「函館です」

「函館なら、行ったことがあるな」と言いながら、私の脳裏には、在りし日の妻と乗ったロープウェイの映像が蘇(よみがえ)ってきた。「函館山に登って夜景を見て、海の幸をたらふく食べました」

「いいですよね、函館」

と、川合が少し遠い目をした刹那――、

リン、リリリン。

鈴が鳴り出した。

私は慌てて釣り竿に振り返った。グングンと元気よく穂先がお辞儀をしている。

「お、来てるな」

言いながら折りたたみ椅子から立ち上がり、竿を手にした。

「おお、いい時に見に来たなぁ」

と、川合も声を上げる。

私は釣り竿を大きくあおって、しっかりと鯉の口に鉤（はり）をかけてから、一気にリールを巻きはじめた。ずっしりと魚体の重さを感じる。竿が手元からしなり、水中で暴れる魚の生命力がぐいぐいとストレートに伝わってきた。

「大きいですか？」

「うーん、まあ、そうだな、大きいと言っても——」

「釣り師は嘘つきですもんね」

川合が笑い、私もニヤリとした。

と、次の瞬間——、キーンと音が鳴りそうなほど張られていた釣り糸から、ふっ、とテンションが抜けた。

「あっ」

声を出したのは川合だった。

私は声も出せないまま、川合を見た。「あっ」と言ったときのままの口で、川合は固まっていた。

「糸が……、切れちまった」

私はため息みたいにこぼした。

せっかく川合の前でいい格好ができそうだったのだが——。

「残念でしたね」

「いまのは、そこそこ……」

「逃した魚は大きいってやつですか？」

「まあ、そうだね」

「でも、釣り師は嘘つきですから」

「………」

「ね？」

「ああ、もう認めるよ。いまのは、たいしたサイズじゃなかった」

私たちは、ニヤリと笑い合った。

◇　◇　◇

二日後の月曜日も、私はいつものポイントで竿を振っていた。

ここ数日は、ほぼ無風だったのだが、今日は生ぬるい春の風が明るい川面を吹き渡っていた。空を見上げると、いわゆる羊雲が、ゆっくりと形を変えながら、音もなく北西の方へと移動していく。

おっとりとした春の休日である。

私は、本日、何度目かのあくびをして広々とした川面を見渡した。川面はやわらかな空を映しているが、風の影響でひらひらと光りながら揺れている。

いつもの折りたたみ椅子に座り、午前中に買ってきた雑誌を開いた。正直、釣りの方はあまり期待していない。一昨日のように鈴が元気に鳴ってくれるのは、三日に一度あるかないかなのだ。つまり私は、毎日のように「ほぼ釣れないポイント」にやってきては、静かに読書をするか、何も考えずに、ただぼんやりしているわけで、釣りはむしろ、ついで、もしくは、おまけ、といった位置付けである。

私が手にしている雑誌は『敏腕』だった。川合が編集をしているというビジネス誌だ。ふらりと立ち寄った近所の書店では売っていなかったので、わざわざ電車に乗って隣町の大型書店まで足を伸ばして買ってきたのだ。

奥付を見ると、たしかに「編集・川合淳」と記されていた。

私は、あの無精髭を生やした人好きのする笑顔を思い出す。今頃、彼は函館で、この雑誌の取材をしているのだ。

風がページをめくろうと邪魔をするなか、第一特集からじっくりと読みはじめた。特集のはじめは、ジビエ料理で成功しつつある若者を追ったルポルタージュだった。このところ神奈川の丹沢周辺で野生の鹿と猪が激増し、農作物に甚大な被害を及ぼしているが、それを逆手に取って、ジビエ料理をビジネスにして成功しつつあるという若者の話だ。知られざる鹿と猪の生態。鉄砲撃ちの話。農家の窮状。そして、ジビエ料理で成功しはじめた若者の柔軟なアイデアと、彼の半生が丁寧に描かれていて、これがなかなか面白い。

この記事も、川合が書いたのだろうか——。

そう思って、ふとページから顔を上げたとき、まるで一昨日とそっくり同じような足音が背後から聞こえてきた。

まさか、川合なのか？

振り返ると、たしかに川合がそこにはいた。しかし、同じ川合でも、ちょっと意外な可愛らしい川合だった。一昨日、三階のベランダからこちらに手を振っていた娘さんがそこにいたのだ。

振り返った私と目が合うと、少女はぴたりと足を止めた。

「あ、あの――、こんにちは」

少女は、私から三メートルほど離れた場所で、ぺこりと頭を下げた。

「ああ、どうも」

と答えたとき、私の心臓のあたりに甘いような痛みが走った。

凜花（りんか）――。

しばらく会えないでいる孫娘の顔を思い出したのだ。年齢も、背格好も、やや垂れ目なところも、この娘さんと共通している。いや、もっと似ているのは、年齢よりも幼く聞こえる甲高い声だろう。

「ええと、わたし――」

「川合さんの娘さんだね」

「あ、はい」

答えた少女は、少しホッとしたような顔をして、背筋をすっと伸ばした。

「名前は？」

「春香です」

「春香ちゃん」

「はい」

「漢字はどう書くの？」

「春の香り、です」

「そう。いい名前だ」

春香ちゃんは、かすかに頷いて見せると、少し面映ゆそうな顔をした。薄手のパーカーにジーンズ。足元はスニーカー。近所にちょいとお散歩、といった軽めのいでたちだった。

「えっと……」

会話を切り出そうとした春香ちゃんの黒髪を、さらさらと心地よい春風が揺らす。

「あの、千太郎さん――は……」

どうやら、老齢の私のことを下の名前で呼ぶことに遠慮があるようだ。だから私は、あえて「なんだい？」と、こちらから呼び水を口にしてやった。

「心理学の博士だったって、父から聞きました」

自分の父親を「おとうさん」や「パパ」と言わず、ちゃんと「父」と言えるこの娘に、川合家の教育の良さを感じた。凜花も、父、母、と言える子に育っているだろうか。

「もう、十年も前の話だよ」

「あ、はい……」

「心理学に興味があるのかな？」

そうでもなければ、わざわざ私などに会いに来るとは思えないのだが、とりあえず訊いてみる。

「はい。少し」

「そう。中学生で心理学に興味を持つなんて子は、なかなかいないよ。たいしたもんだ」

褒めると、また、春香ちゃんは照れくさそうな顔をする。

「君は、二年生だっけ？」

「はい、二年になったばかりです」

このとき、私はふとこの少女の存在に違和感を覚えた。

「あれ？　中学生ってことは——」

「…………」

「学校は？」

今日は、月曜日だ。つまり、いまは平日の真っ昼間である。こんな時間に、ふらふらと河川敷を少女が歩いているのは不自然だ。しかも、この娘は私服だった。

「いまは、家で勉強をしています」

「家で？」

「はい……」

小さく頷いた春香ちゃんの目元に、ほんのかすかではあるが苦悶の色が見え隠れした。

「そう」

「はい……」

だから私は、あえてその先は訊かないことにした。

すると春香ちゃんの方から、思いがけない質問を投げかけてきたのだった。

「あの、ちょっと、変なことを訊いてもいいですか？」

「ん？　変な、こと？」

「はい……」

変なこととは、いったい何だろうか？

この瞬間、私の内側には、もうずいぶん長いこと忘れていた好奇心の芽がぷっくりと芽吹いた気がした。

そうだ。何かに興味を持つというのは、こういう感覚だったよなぁ——。

私は妙な感慨を覚えながら、少女を見つめた。

「まあ、私に答えられるかどうかは分からないけど、それでもよければ構わんよ」

「はい。えっと――」

「あ、その前に、椅子に座ってもいいかな？」

「あ、はい。すみません」

「ずっと立ってると、腰が痛くてね」

言いながら私は、折りたたみの小さな椅子に腰掛けた。すると少女は、草の上を歩いて私のすぐ脇に立ち、こちらを見下ろしながら口を開いた。

「えっと……、わたし、いま、ちょっと不思議なことに興味があって」

「ほう。不思議なこと」

「はい。例えば、他人の心を読めちゃう能力とか、人と人の心が目に見えない宇宙の意識でつながっているとか」

「…………」

「あとは、神様が人の心を知っていて、それを能力のある人に伝えられて、未来まで予知できるとか――。えっと、そういう不思議なことって、どうやったら説明がつくのかなって」

なるほど、変な質問、というだけのことはある。私は白いあご髭をしごきながら「うーん」と首をひねった。そんな私を見て、春香ちゃんは、ちょっと気恥ずかしげに肩をすくめた。

「あの、やっぱり、こういうのって、心理学とは関係ないですか？」

「いや。そうとも言えないんだけどね」

「え……」

私は、中学生にどう話したものかと考えながら、とりあえずしゃべり出してみた。

「ユングって、知ってるかな？」

「ユング……。知らないです」

「そうか。カール・グスタフ・ユングという、世界的に有名な心理学者の名前なんだけどね」

「はい」

「ユングは、集合的無意識という概念を提唱したんだが……」

「しゅ、集合的、無意識？」

「ああ、すまん、すまん。何て言ったらいいかな。まあ、ようするに、この世界のすべての人間は、無意識で——つまり、普段は意識できない部分で、つながっているって言ったんだよ」

「無意識で、つながってる」

「そう」

「それって、宇宙意識みたいなものですか？」

「宇宙意識？　うーん、無意識と宇宙との関連は、心理学者には分からないな」

「じゃあ、その無意識でつながっていることで、さっきわたしが言ったみたいな不思議なことって起こるんですか？」

「そう単純ではないんだけども……、シンクロニシティという現象について、ユングが研究をしたんだが」

「シンクロ――」

「ニシティ。日本語では、意味ある偶然の一致、と訳されるんだけどね」

「…………」

　春香ちゃんは黙って頷いたが、視線には熱っぽさがあった。向学心の熱だ。かつて大学の講義をしていたときでも、なかなかこれほど真剣に私の話を聞こうとする学生はいなかったなぁ、などと懐かしく思う。

「例えば、いま春香ちゃんがお父さんのことを思ったとしよう。そういうときに、ふと携帯が鳴って、かけてきた相手がたまたまお父さんだったりすること。そういう偶然の一致って、ときどきあるよね？」

「はい。たまに、ですけど」

「うん、たまに、だよね。でも、驚くよね？」

「びっくりします」

「どうしてびっくりするかというと、普通は起こりそうもない確率のことが、実際に起こったから――、だから、びっくりするわけだよね？」

「はい」

春香ちゃんは、私の目をじっと見つめたまま頷いた。

「この不思議な偶然の一致――、つまり、シンクロニシティを引き起こすのは、集合的無意識で、人と人がつながっているからではないかって考えたんだよ」

「ユングが」

「そう。ユングが」

「シンクロニシティ……。偶然の一致……」

賢そうな光をたたえた黒目がちな目。春香ちゃんは、その目をくりくりと動かしながら、ひとりごとをつぶやいた。そして、今度は私をまっすぐに見て、こう言った。

「あの、もうちょっと、突っ込んだことを訊いてもいいですか？」

「ああ、いいとも」

「あっ！　その前に、ひとつだけ、お願いがあるんですけど」

「お願い？」

「はい……」

私は、このとき、春香ちゃんの目に切実な色が浮かんだのを見逃さなかった。

「なんだい？　言ってごらん」

「えっと、わたしが千太郎さんとしゃべったこと――」

「…………」

「父には、内緒にしていて欲しいんです」

「え……」

「駄目、ですか？」

春香ちゃんは、軽く叱られた子供みたいに、少し首をすくめた。

私の脳裏に、無精髭の男の笑顔が去来した。

「君は――」

「はい」

「いま、悪意は持っていないよね？」

私はカマをかけて、少女の表情を観察した。

「え……」春香ちゃんは少し考えたあとに、しっかりと頷いてみせた。「はい。持っていません」

「そうか、分かった。じゃあ内緒にする。約束しよう」

色々とわけがありそうな少女は、心底ホッとしたように頬を緩めて微笑んだ。

そのとき、ふわり、と河川敷を渡ってきた風が吹いた。

みずみずしいその風のなかには、水と、土と、新緑と、少し甘いような花の香りが溶けている気がした。

春の香りで、春香、か——。

「君の誕生日は、今月かな?」

なんの気なく訊ねてみたら、春香ちゃんは「え……」と言って肩のあたりを硬直させると、驚愕したような目で私を見下ろした。

「千太郎さん、もしかして——」

「ん?」

それから、私とわけあり少女は、春のお日様が西の空に傾くまで、じっくりと言葉を交わし合うことになったのだった。

途中、春香ちゃんの携帯が鳴ったら面白いな、と思ってはいたのだが、さすがにそれはなかった。その代わりに、川合が来たときのように、竿先に付けておいた鈴が鳴った。そして、今度こそしっかり釣り上げたのだ。川合と「たぬき」の店長が喜びそうな小物を。

シンクロニシティは、人より魚に通じるのかも知れない。

そんなくだらないことを思いながら、年老いてくたびれた元学者は、学校に行かない女子中学生を相手に、やわらかな春風が吹きわたる河川敷で小さな講義をするのだった。

人生も、出会いも、不思議なものだ。この歳になって、あらためてそう思う。あの春香ちゃんが「わけあり」になった原因を、偶然にも父親の川合から詳しく聞かされることになったのだから。

私が駅前のスーパーにふらりと出かけたのは、春香ちゃんと出会って数日後のことだった。

その日は、朝から小雨が降ったり止んだりで、私は釣りにも行かず、無為な時間を過ごしていた。買い物に出るのもためらっていたのだが、冷蔵庫のなかの食材がほとんどなくなってしまったため、夕方、渋々ながら傘を片手に家を出たのだった。

通い慣れたスーパーの棚と向き合い、納豆を大粒にするか、あるいはひきわりにするかで迷っていると、後ろからチョンと控えめに肩を突かれた。

「千太郎さん」

聞き覚えのある声に振り向くと、川合が微笑んでいた。

「ああ、これはどうも」

私は、ありきたりの返事をしたのだが、そのときの川合の雰囲気に何かしらの違和感を覚えて、つい小首をかしげそうになった。

「納豆、お好きなんですか？」

人好きのする笑みを浮かべて川合が言う。

「ええ、まあ」

地味な生活の一端を覗かれたようで、少し気恥ずかしさを覚えた私は、手にしていたひきわりをそのまま買い物カゴに放り込んだ。

「川合さんは、今日は早帰り？」

「いえ、じつは、久しぶりに代休ってやつを取ったんです」

「ほう。それはいい」

私は心からそう思ったのだが、しかし、川合はなぜか眉尻を下げて苦笑するのだった。

「うちの編集部、休日出勤はやたらとあるのに、代休は年に一度、取れるかどうかなんですよ」

「…………」

「しかも、せっかく代休を取ったのに、今日はこの雨ですから、どこにも行けなくて」

言葉の内容は愚痴っぽいが、口調も顔も冗談めかしている。

「なるほど。この雨じゃね」

「そうなんです」

川合はどこか芝居じみたようにため息をつくと、顎のあたりを撫でた。そして、そのとき、私は気づいた。川合の無精髭がきれいに剃られていることに。先ほど私が感じた違和感の正体は、これだったのだ。

髭がなくなった川合は、やけにこざっぱりしたように見えたが、しかし、その表情の裏側には、憔悴が透けて見えるようだった。

「川合さん」

「はい」

大丈夫ですか？　と訊きそうになって、私は言葉を選び直した。

「雨降りってのは、暇ですな」

「はは……。ほんと、暇で困ります」

「私も、釣りが出来ないと退屈でね。せいぜい家でだらだら本を読むくらいしか楽しみがない」

さりげなく川合の表情を窺いながら、私は当たり障りのない台詞を返した。すると、川合は何かを思いついたような顔をしてみせた。

「あっ、千太郎さん」

「ん？」

「もし、お暇でしたら、これから一献いかがですか？」

「これから？」

「この間の、たぬき、寄っていきません？」

正直、川合の台詞にはさっきから芝居がかったものを感じていたのだが、私はあえて気づかぬ振りをした。そして、自分の右手の買い物カゴを見た。カゴのなかには日本酒の四合瓶が転がっている。自宅には、たしか——飲みかけだが、なかなかイケる焼酎も残っているはずだ。

「たぬきもいいけど、この歳になると、外食続きってのもね」

「そう、ですか」

川合は小さく肩を落とした。

「よかったら、うちで飲りますか？」

「えっ？　千太郎さんのご自宅で、ですか？」

意外そうに目を見開いた川合に、私は頷いて見せた。

「うちは、すぐそこだし」

年寄りの直感で、今日は他人の耳を気にせず、思いの丈を吐露できる環境を作ってやるべきだと判断したのだ。

「いいんですか？　こんな、急に」

「かまわんよ。どうせ一人暮らしなんでね」

川合はほんの一瞬だけ考え事をするように視線をそらしたが、すぐに意を決した顔になった。

「じゃあ、すみませんが……、お邪魔させて頂きます」

「うん」

「せっかくなんで、何か買っていきましょう」

それから私たちは、スーパーのなかをうろついて酒のつまみになるような缶詰やら乾き物やらを買い込むと、小雨のパラつく歩道を傘もささず、肩を並べて歩き出したのだった。

◇　◇　◇

バス通りを二分ほど歩き、散髪屋のある角を右に曲がると、人通りの少ない住宅地の細道に入る。その細道を進んでさらに右に折れた先に、私が長年過ごした二階屋がある。

少し錆(さび)の浮いた黒い鉄の門を押し開けると、キイイ、と私にとっては耳に馴染んだ音がした。

「古い家で申し訳ないが」

言いながら私は、先に敷地内へと入った。

「さすが大学教授のご自宅って感じの洋館ですね」

「お世辞はいらんよ」

「いえ、うちの小さなマンションとは、やっぱり趣が違います」

川合が言い終える前に、私は玄関のドアノブに掛けられた白いポリ袋に気づいていた。何食わぬ顔でその袋を手にして、ドアの鍵を開ける。

「それ、ご近所さんからの差し入れですか？」

川合が悪気のない声で訊いてきた。

「いや」

どう答えたものか迷いながら、私は玄関で靴を脱いだ。

「まあ、どうぞ、上がって」

「え？　あ、はい……」

答えを口にしない私のせいで、妙な空気が生まれてしまった。

その空気を取り繕うように、私は白状した。

「これは——、娘、だと思う」

娘の夏帆（かほ）は時々こういうことをするのだ。私が家のなかに居ようが居まいが、呼び鈴を鳴らさず、そっと食材をドアノブに掛けて帰っていく。

「娘さん、やさしいんですね」と言いながら、川合も靴を脱いだ。「お邪魔します」

「ああ、ええと、スリッパは……」

「スリッパは、いりません」

「…………」

「千太郎さん、娘さんがいらっしゃったんですね。知らなかったなぁ」

「とっくの昔に嫁に行ったけどね」

台所とつながったリビングに川合を案内した。リビングと言っても、四人用の古びたテーブルと椅子と、ちょっとした茶箪笥とテレビがあるだけの質素な部屋だ。

「連絡、しなくていいんですか？」

「連絡？」

「娘さんに」

「どうして？」

「え、だって、わざわざ千太郎さんの家まで来てくれて、それを……」

川合は私が手にしたままの白いポリ袋を見下ろした。袋の中には旬の野菜と栄養補助食品などがぎっしり入っている。私はそれをそっと床に下ろした。

「まあ、後で連絡しておくよ。あいつは時々こういうお節介を焼くんだ」

言いながら、先ほどスーパーで買ってきた酒と酒肴をテーブルの上に並べはじめる。

「お父さん思いの娘さんなんですね」

「………」

私は唇の端で曖昧に微笑んでみせただけで、それに関しては何も答えなかった。

「川合さん、そこ、座って。最初はビールがいいかな」

「あ、はい。なんか、すみません」

「今日は、あんたがゲストだから」

私は、ほとんど空っぽの冷蔵庫に向かって歩き出した。

お父さん思いの娘、か――。

脳内のスクリーンに、娘の夏帆の顔が浮かんで消える。

ちょっと怒ったような、それでいて淋しそうな――、私がこれまで何度も目にしてきた娘の顔だった。

あいつ、何歳になったんだっけ？

冷蔵庫から缶ビールを取り出しながら、娘の年齢を計算する。

四十五歳だった。

つまり、これから一緒に酒を飲もうという川合より、ふたつも年上ではないか。自分の子供というものは、いつまで経っても幼い存在に思えてしまうのが不思議だ。

缶ビールをひとつ川合に手渡し、互いのグラスに注ぎ合った。

「じゃあ、暇に乾杯、ですかね？」

川合が笑いながらそう言って、テーブル越しに私とグラスを合わせた。

それから他愛もない話をしながらビールを空け、その後は、日本酒をちびちびと舐めはじめた。

川合は「たぬき」で会ったときよりも、よくしゃべった。この男、取り立てておしゃべりというわけではないのだが、会話を途切れさせるようなこともしない。ゆっくりと耳に心地いいリズムで、淡々としゃべるのだ。しかも、日本各地を飛び回っている雑誌編集者という仕事柄か、見聞も広く、話題が豊富で、しゃべるより聞く方が好きな私を愉しませてくれた。

時々、私は、目の前に川合がいるということに妙な違和感を覚えた。理由は明白だ。こういった状況に不慣れだからである。そもそも一人暮らしの我が家に、人を呼び入れて酒を酌み交わすなどというのは、いったい何年ぶりだろうか。

正直、現在の私には「親友」と呼べるような間柄の人間は、一人もいない。もちろん昔はいた。数えれば片手の指で足りる人数だが、いることはいたのだ。そして、彼らは一人、また一人、とこの世を去っていったか、もしくは音信不通になった。

親友たちとの縁が切れていっても、私のそばには妻がいた。しかし、その妻が十年前に他界すると、部屋の壁掛け時計の音がやけに大きく聞こえるようになった。そして、ひとりごとため息が増えた。

妻が逝った日は、朝からひどい土砂降りだった。

私がいま座っているこの椅子から、庭の紫陽花(あじさい)を窓越しにぼんやりと眺めていたとき、病院から急な連絡が入った。私は妻の元へと駆けつけたが、死に目には会えなかった。雨で電車が遅れたせいで。

その後の通夜も、告別式も、納骨の日までも、どういうわけか、世界は生暖かい陰雨に包まれていた。

それからの私の人生は、十年間ずっと「梅雨」のなかにある。

そして雨はいつも、私の人生を冷たく濡らす。

「立派な紫陽花ですね」

ふいに、川合の声が、私の追憶のなかに割り込んできた。

「え……」

「庭の紫陽花です」

私は、川合に釣られて掃き出し窓の外へと視線を送った。やわらかな雨が紫陽花の葉っぱを濡らし、艶めかせていた。

「もう少しで咲きそうですけど、花はブルーですか？」

「ああ、そうだね」

「ってことは、酸性か」

「サンセイ？」

「ええ。土壌のｐＨ（ペーハー）が酸性だと、紫陽花の花は青くなるらしいんです」

「ほう。じゃあ、アルカリ性だと」

「赤です」

「川合さんは、博学だね」

「いえ。以前、たまたま取材した社長に教えてもらっただけで」

川合は少し照れ臭そうに鼻の頭を掻いた。そして、なかなか含蓄のある言葉を口にしたのだった。

「その社長さん、紫陽花が大好きなんですけど、好きな理由が面白いんです」

「…………」

「紫陽花は、置かれた環境によって花の色を変えるから、それが人間みたいで親しみ深いんですって」

「なるほど」

「ビジネスも同じで、紫陽花みたいに環境に敏感に反応して、ニーズに応えられたものだけが生き残れるって、そう教えてくれました」

私は、ふたたび「なるほど」と言ってしまったが、言いながら、やや偏屈なことを考えてもいた。

「要するに、うちの庭の紫陽花も、土壌にアルカリ性の肥料を撒(ま)いてやれば、赤い花を咲かせるってことだね？」

環境に合わせるのもいいが、環境を変えることだって出来るだろう。そう考えたのだ。

「え……、まあ、おそらく、そうなんだと思います」

川合は、ほんのわずかに困惑の色を浮かべたが、すぐにちびりと日本酒を舐めて表情を元に戻した。

「千太郎さんは、赤い花にしたいんですか？」

どうだろう。考えたこともない。

「いや、別に、そうは思わないよ」

「そうですか。私も、どちらかというと紫陽花はブルー系の方が好きなんです」

「どうして？」

「え……、どうして、かな」

川合はきっと真面目な性格なのだ。私のどうでもいいような質問にも、腕を組んで理由を探しはじめた。そして、記憶を辿るような目をして答えた。

「多分、ですけど――、娘が幼い頃、よく遊びに連れていった公園に咲いていた紫陽花がブルーだったから、ですかね」

「ふむ。娘さんと遊んだときの幸せな記憶のイメージが、紫陽花のブルーと結びついているわけだ」

私が頷くと、川合も同じ仕草をしてみせた。

「さすが心理学博士ですね」

「いや、そんなことは――」

私は小さく首を振って、細く千切ったあたりめを口に入れた。

「千太郎さんも、紫陽花のブルーとつながるような記憶が――」

「ないな」

あたりめをしゃぶりながら、私は言葉をかぶせた。

「え？」

「そもそも、紫陽花はそんなに好きな花じゃない」

「あ、そう――なんですか」

少し申し訳なさそうな顔をした川合に、むしろ申し訳なく思いながらも、しかし、私の口は言葉を吐き出し続けた。

「毒があるんだよ」

「え、毒？」

雨。

紫陽花。

病院からの電話の音。

私の胸の深淵から立ちのぼってくる、記憶のなかの毒——。

「紫陽花って植物はね、食べると中毒を起こすらしい」

「へえ、それは知らなかったです。つやつやした黄緑色の葉っぱなんて、むしろサラダにしたら美味しそうなのになぁ」

「…………」

「カタツムリくんに、食べるとお腹を壊すぞって教えてやらないと」

川合は、私の口が吐いた毒を、血清のような言葉で上手に打ち消してくれた。なんだか、それがありがたくて、同時に情けないような気持ちにもなり、私はため息と一緒に酒をぐいっと飲み干すのだった。

川合は続けた。

「あ、たしか、カタツムリって、地球上でいちばん歯の数が多い生き物なんですよね。たしか、一万本以上も生えているそうですよ」

「一万本も？」

「ええ。以前、沖縄でカタツムリを食材にして成功している人に取材したことがあって、その人が言ってました。歯舌っていう、ヤスリのような歯なんですって。しかも、何度でも生え変わるそうです」

「シゼッって、漢字ではどう書くの？」

「歯に、ベロの舌です」

「ほう、そう書くのか。それにしてもほんとうに博学だねぇ。川合さんみたいに取材で知的好奇心を満たせるというのは、本当に羨ましいな」

「いやぁ、カタツムリの歯の数なんて、知っていてもほとんど役に立たない豆知識ですけどね」と、川合は照れくさそうに微笑んで、かすかに視線を落とした。「実用的な心理学を知っている方が、正直、私には羨ましいです」

「ん？　心理学のすべてが実用的とは限らんよ」

私は、やんわり否定した。

それにたいして、川合は何も答えなかった。

今日はじめて、川合が沈黙を生んだのだ。

ふいにリビングが水を打ったようになり、鬱々とした雨の音が忍び込んできた。

私も、何も言わず日本酒を舐めた。

すると川合がゆっくりとテーブルに両手をついて、顔を上げ、姿勢を正した。

「あの、ちょっと千太郎さんに相談というか……」

あらたまった川合の言葉に、これまでにない湿度がにじんだ気がした。

「ん？」

そして私は、ここからが今日の川合の「本題」に違いない、と確信しながら、ふたたび日本酒をちびりと舐めた。

「ええと、相談というか、ご意見を伺いたいというか」

「ほう」

私はなるべく気楽な声色を出してやった。

「なんか、身内のことで、お恥ずかしい話でもあるんですけど」

前置きを繰り返していた川合は、景気付けのためか、ぐい呑みの酒を一気に飲み干した。

私はその空いた酒器になみなみと酒を満たしてやる。

「酒の席だし、他に人もいない。遠慮はいらんよ」

そもそも私は、そのつもりで、誰もいないこの家に川合を招いたのだ。

「ありがとうございます」

それから川合は、少し不安げに眉尻を下げ、いま現在、家庭内で起きている「異変」について切々と語りはじめたのだった。

いわく、少し前から奥さんが「紫音」という名の怪しい霊能者の女に洗脳されてしまったらしいこと。しかも、最近になって、娘の春香ちゃんまでがハマってしまったようで、ちょくちょく霊能者の事務所に出入りしはじめているらしいこと。そのことについて川合がそれとなく訊いてみようとしても、母娘そろって、のらりくらりとかわそうとすること。そして、洗脳された母と娘による「奇行」が、日増しにエスカレートしていることなどを吐露した。

「なるほど」

と答えて、私は短く嘆息した。

そういうことだったのか——。

河川敷で春香ちゃんから受けた問いと、川合が抱えている悩みが、私のなかで合致した。パズルのピースのように、ピタリとハマった感がある。

「自分なりにインターネットで色々と調べたりしてみたんですけど、洗脳された人間を、無理やり引き戻そうとすると、むしろ逆効果になることが多いらしくて……」

それで洗脳を解除するために、心理学者である私に相談をしたいというわけだ。

「申し訳ないが、私の専門は発達心理学でね、マインドコントロールについては、あまり詳しくはないんだけれども……、でも、たしかに、強引に引き戻そうとしても難しいだろうね」

「やっぱり、そうですか」

　私が専門外だと知って落胆したのか、あるいは、洗脳の解除が難しいことを確認したせいか、川合は背中が丸くなるほど深いため息をついた。そして、ぐい呑みを手にすると、底の方に残っていた酒をくるくると回しはじめた。

「異変を感じたのは、いつ頃から？」

「数ヶ月前、くらいだったと思います」

「そうか……」

　私は腕を組んだ。川合は相変わらずぐい呑みを回している。

「なんだか、このまま放っておいたら、洗脳がどんどん進んで、家庭がどうにかなってしまいそうな気がして……」

　川合はボソッとつぶやくように言う。

　私は答える代わりに、四合瓶を差し向けた。

「あ、どうも」

　くるくる回していたぐい呑みを、川合はこちらに差し出した。

　酒を注ぎながら、私は思い出していた。河川敷で目を皿のようにして固まった春香ちゃんの顔を。彼女の誕生月をたまたま言い当てた私を、霊能者なのかと疑った瞬間の顔だ。もちろん、あのとき私は「まさか、そんなわけないだろう」と笑い飛ばしたのだが。

川合は、たっぷり注がれたぐい呑みに口をつけた。

そして、どこか投げ遣りな口調で言った。

「人生、どうしてこんなことになっちゃうんですかね？」

しかし、糸口はまさにそこにあるのだ。

「むしろ、どうして、そうなったのかね？」

私が訊き返すと、川合はさらに「え？」と訊き返してきた。

「そもそも、どうして川合さんの奥さんは、霊能者に洗脳されるに至ったのか。そこがとても大事なんじゃないかな」

心の問題を解決するための糸口は、得てしてその問題の発端にあるものだ。

川合は少しのあいだ、何も言わずテーブルの上の一点を見つめていた。

そのとき、ザザザッと音がして、無数の雨粒が窓ガラスを洗った。庭に強い風が吹き付けたのだろう。そして、それとほぼ同時に川合の口が動き出した。

「そもそもは――」

このときの川合は、これまで私に見せたことのないような、くたびれた顔をしていた。

「いじめにあったんです。娘の春香が。中学校で」

「いじめ、か……」

小さく頷いた私を見て、川合は「ふう」と息を吐いた。それから、ぽつり、ぽつり、と灰色の過去を吐露していくのだった。

学校で春香ちゃんがひどいいじめにあったこと。クラスでも部活でも孤立させられ、顔に怪我まで負わされ、学校はいじめの事実をもみ消そうとし、親の勧めもあって不登校となり、やがて奥さんの素行にじわじわと異変が起きはじめて——。

「そうか……。ひどい話だね」

目を閉じて聞いていた私は、白いあご髭を撫でた。

これで平日の昼間に春香ちゃんが河川敷に現れたことも腑に落ちた。

「本当、お恥ずかしい話です……。でも、正直、贔屓目なしでも、うちの春香は素直な子ですし、あの年齢にしてはスレていないし、とてもやさしいんです。それが……」

分かるよ——、と言いそうになって、私は口を閉じた。

「可哀想に……」

川合は情けないような顔でため息をつくと、気を取り直そうとでもするように缶詰の焼き鳥をつまみ、ゆっくりと咀嚼（そしゃく）しはじめた。おそらく、いまの川合には、焼き鳥の味も香りも分かっていないだろう。

「あのね」と、私。

川合が、顔を上げてこちらを見た。

「洗脳を解くっていうのは、何度も、何度も、重ねて強く結ばれた心の紐を、ひとつひとつ順番にほどいていくことと似ているんだよ」

「…………」

「強引に紐の端っこを引っ張ったら、余計に強く結ばれてしまう」

「はい……」

私の台詞に期待を感じたのか、川合の目にかすかな生気が揺れたように見えた。私は言葉を続けた。

「だから、まずは問いかけてみることだと思うよ。ひとつひとつの結び目にたいして」

「問いかけ？」

「そう。奥さんがいま信じ込んでいるものが本物かどうか、霊能者の指示に従ったら、ちゃんと結果が出ているのかどうか——、それを奥さん自身に考えさせるための問いかけだよ」

川合は黙って、何かを考えているようだった。

「人はね、いったん洗脳されてしまうと、とても頑固になる。外部の意見を取り入れにくくなるわけだ。じゃあ、どうするかというと、彼らの内側でハッとした気づきが生じるように仕向けてやって、その気づきを自分自身で納得させるの」

「…………」

私の目をじっと見つめながら、川合は小さく頷いた。

「つまり、自分自身で結び目をほどかせること。外から説得するのは、結び目をむしろ引っ張ることになるからね。川合さんは、奥さんの内側にある結び目にたいして問いかけて、奥さん自身に間違いを気づかせ、その上で、自分の内側で結ばれていた心の紐を、奥さん自身にほどかせていくんだよ」

「問いかけ、ですか……」

「そう」

「ええと、具体的には、どんな問いを投げかければ」

川合は両手をテーブルについて、やや前のめりになってきた。

「そうだな……、例えば、奥さんが取った奇行にたいして、まずは、それをやるとどういう効果があるの？　と訊いてみる。で、奥さんが、こんないいことがあるんだと答えたなら、しばらくしてから、本当にいいことが起きたかい？　と問いかけてやるんだ。そうすると、奥さんの脳は自動的に問いに対する答えを考えはじめる。霊能者の言うとおりの結果が出たか否かを」

「なるほど……」

「それと、奥さんに問いかけるときは、問い詰めるような訊き方をしたら逆効果だからね。あくまで、さほど興味がなさそうな顔で、さらりと訊くこと」

「はい。分かりました」

「あと、春香ちゃんだけど」

「え……」

「彼女は、放っておいてあげるべきだね」

「どうして……、ですか？」

「子供ってのは、親が間違いに気づいて行動を変えれば、自然とそれに従うものなんだよ」

「うーん」

川合は小首をかしげた。納得いかないのも無理はない。なにしろ私も適当なことを言っているのだから。

「あの娘は賢い子だから、放っておいても、きっと大丈夫だよ」

「え？」

「ん？」

「あの……、どうして、うちの娘のことを？」

「あっ、いや、川合さんのような賢い人の娘さんだから、きっと大丈夫だってことだよ」

あぶない。あやうく春香ちゃんとの約束を反故にするところだった。

川合はどこか不審に思ったのか、こちらの顔をじっと見ていた。

「まあ、とにかく、だ」私は表情を変えないよう心を砕きながら、ぐい呑みを口にした。そして、なるべく落ち着き払った口調ではぐらかそうとした。「まずは奥さんに、さりげなく問いかけること。それをやってごらんなさい」

「そう……、ですね。はい。そうしてみます」

川合は、自分を納得させるように頷いた。

「しばらくそれをやってみて、駄目だったら、また相談に乗るよ」

「はい」

「専門外の私でよければ、だけどね」

川合は少し目を細めて首を振った。

「上手くいくことを祈ってるよ」

「ありがとうございます」

川合が頷いたところで、この話題にはピリオドが打たれた。

「あ、これ、もうすぐ、空いてしまいそうですね」

川合は残りわずかな四合瓶を手にして言った。

「二人で飲むと、あっという間だ」

と言っても、ほとんど川合が飲んだのだが。

川合が私のぐい呑みに酒を注いでくれた。そして、初めて会ったときのように、杯を目の高さに上げるだけの軽い乾杯をした。

洗脳問題から話が変わると、それに合わせたかのように、窓の外の様子も変化した。いきなり雨足が激しくなり、遠雷が轟（とどろ）きはじめたのだ。

そろそろ陽も暮れかけてきたので、私はリビングの照明をつけた。部屋が明るくなると、庭に面した窓ガラスが鏡になり、向かい合って座る私と川合の姿を映し出した。歳の離れた私たちは、さすがに友達には見えなかった。せいぜい親子か、元教授とその教え子、といったところだろう。

それからは、お互いの仕事について、あれこれ質問と答えを投げ合う形になった。

川合はそもそも心理学という学問と、心理学者という人間に興味があったようで、ほとんど取材かインタビューかと思うような質問の連打を浴びせかけてきた。一方の私も、雑誌の編集者という仕事を詳しくは知らなかったので、いろいろと質問をしてみた。

会話の流れのなかで、川合は心底うらやましそうな顔をしてこう言った。

「やっぱり心理学を極めた人は、他人とも、家族とも、上手にやる心理テクニックを備えているんでしょうね。生きるのがラクそうです」

これには私も苦笑するしかなかった。

「そんな器用な学者ばかりとは限らんよ」

「でも、千太郎さんは、器用な方でしょう？」

川合は少し酔っているのだろうか。口調が若干、砕けてきた気がする。

「どうして、そう思うの？」

「だって、留守中の家のドアノブに、こっそり食材を掛けておいてくれるような娘さんがいるんですよ。そんな父と娘の関係、最高に素敵じゃないですか」

自信たっぷりな顔をした川合を見て、私はしみじみ思った。

勘違いというものは、じつに簡単に起こるものだな、と。

「残念ながら、その推論は見当違いだよ」

「え、どうしてですか？」

さて、どう答えたものやら——。

そもそも、心にまつわる学問を修得することと、自分の心の動きをコントロールすることは、似て非なるモノだと私は考えている。心理学者といえども生身の人間なのだ。胸のなかには、つまらない迷いも、些細な悩みも、情けないほどの弱さも、すべてしっかり取り揃えている。

「それは、まあ、つまり――」

私が口を開きはじめたとき、

ビシャッ！

と耳をつん裂くような鋭い音が弾けた――と思ったら、目の前が真っ白な閃光に包まれた。

強烈な稲光が、窓からリビングに差し込まれたのだ。

そして次の瞬間、激しい雷鳴が轟き、窓ガラスがバリバリ音を立てて揺れた。

照明が落ち、部屋が暗くなる。

「あ――」と、川合が天井の照明器具を見上げた。

「停電か」と、私がつぶやく。

「いまの雷、かなり近くに落ちた感じですね」

「そうかも知れん」

薄闇に包まれたリビングのなかで、私はゆっくりと立ち上がった。

「蠟燭を持ってくるよ」

「え……」

「ちょっと待っててくれ」

私は廊下を挟んだ向かいの和室に行き、仏壇から二本の蠟燭を拝借してきた。それをテーブルの上に置いて、マッチで火を点ける。

川合の顔が、淡いオレンジ色に照らされ、揺らめいた。

「なんか、蠟燭って味わいがありますね」

「たまには悪くないな」

このとき私は、本当に悪くない気がしていた。少し酒に酔っていたせいかも知れないが、停電という非日常に胸を躍らせた少年時代の空気を思い返していたのだ。

「あ、そうだ。さっき、千太郎さん、私の推論は見当違いだって言ってましたよね？」

淡い光のなかで、川合が話を蒸し返した。

「ああ、言ったね」

「あれ、どういう意味だったんですか？」

編集者である川合の目には、悪気のない光と好奇心が揺れていた。私は、別に隠すことでもないさ、と自分に言い聞かせてから口を開いた。

「私と娘夫婦はね、あまり人様に自慢できるような関係じゃないんだよ」

「え？」

隠すことでもないが、口にしてみると、ため息をつきたくなってくる。

私は窓ガラスにザアッと吹き付けてくる雨を見た。

そして、その雨に語りかけるように言った。

「梅雨……なんだな」

「え、梅雨？　は、まだですけど」

「いや、私の人生は、ずっと梅雨なんだ」

誰が悪いわけでもないのに、世界は薄暗く、色彩を失い、じとじとした空気がまとわりつき、なんとなく憂鬱で、そして、終わる気配がない。

妻を失い、一人になってからの私は、ずっと生ぬるい雨のなかにいる気さえする。

「えっと……、梅雨、ですか」

「ああ、いや、違うんだ。すまん」私は、変にキザに聞こえそうな台詞を無かったことにしたくなり、首を振った。「まあ、あれだよ、長いこと冷たい関係だってことだ」

「そう……なんですか」

「ああ」

「何だか、ちょっと意外です」

そう言った川合の目の奥には、編集者らしい好奇心の光がちらついている気がした。

「そうかな」

「ええ」

川合が曖昧に頷いた刹那、窓の外でふたたび雷鳴が響いた。

と思ったら、パッとリビングが明るくなった。

早くも電気が回復したのだ。

私は「点いたね、電気」と言って、仏壇から拝借してきた蠟燭を吹き消した。

「なんだか急に明るくなると、気恥ずかしい感じになりますね」

たしかに、と思って私は小さく笑う。

「あの、千太郎さん、お孫さんはいらっしゃるんですか？」

気恥ずかしいと言っているそばから、この男はこちらが気恥ずかしくなるような身内の話題を振りはじめる。

「一応は、いるけど、何か？」

「いや、どんなお孫さんなのかなって」

私の脳裏に、凜花の笑顔が咲いた。

しかし、川合に説明したのは、その愛らしい笑みとは違う特徴だった。

「うちの孫娘はね、生まれつき少し脚が不自由なんだ」

窓の外に閃光が走り、川合の顔の左側だけが白く光った。

「名前は、凜花というんだが」

私はかすかに微笑みながら、ぐい呑みの酒を舐めた。

稲光から少し遅れて、低い雷鳴が轟いた。


【川合淳】


雷雨の上がった夜道に、ひんやりとした風が吹き抜けた。

ほろ酔いで火照(ほて)った首筋に心地いい夜風だ。

アスファルトはまだ濡れていて、所々に小さな水たまりが出来ていた。その水たまりを街灯の青白い明かりがひらひらと光らせる。湿った空気のなかには、むっちりとした甘い匂いが溶けていた。どこかの家の庭でクチナシが花を咲かせているのだろう。

俺は住宅地を抜ける裏道をのんびりと歩いていた。

千太郎さんの家から我が家までは、徒歩で約二十分ほどかかるが、酔い覚ましにはちょうどいい距離だ。

改装中のクリーニング店の前に自動販売機があった。そこで俺は冷たい無糖の缶コーヒーを買った。プルタブを起こし、苦味を味わいながらふたたび歩く。

さっきの停電のあと――、俺は、なかば興味本位で、千太郎さんが一人暮らしをしている理由を聞き出していた。きっかけは、十年前に奥さんに先立たれたことだった。当時、一人娘の夏帆さんと、その夫の圭太さんが、独り身になる千太郎さんを心配して「一緒に暮らそう」と提案してくれたのだが、千太郎さんはその申し出を頑として断ったという。それから、一人暮らしを「愉しんで」いるそうだが、夏帆さん夫妻とは「冷たい関係」になってしまったらしい。

せっかくの同居の申し出を固辞した理由については、俺にも教えてくれなかった。でも、千太郎さんから聞いた話を総合的に勘案すれば、大方の予想はついた。

おそらく千太郎さんは、夏帆さん夫婦に負担をかけたくなかったのだ。つまり、ただでさえ脚の不自由な凜花ちゃんの面倒をみている娘夫婦に、自分のような老人の面倒をみさせるのは気が引ける――というわけだ。良かれと思って同居を申し出た夏帆さん夫婦に、あのぶっきらぼうな口調で固辞する千太郎さんの絵が目に浮かぶ。きっと、それで両者の間にヒビが入ってしまったのだろう。

そういえば、一昨日の夜、俺が一人で「たぬき」に立ち寄ったとき、店長にこんなことを言われた。

「川合さん、よかったら千太郎さんの友達になってやってよ。あの人、ああ見えて、すごくやさしい人なんだよ」

店長の言いたいことは、よく分かった。ただ、やさしい千太郎さんは、そのやさしさを抱えているがゆえに意固地で不器用なところもあるのだ。いつかあの立派な洋館で娘さんたちと一緒に暮らせるようになればいいのに——、と部外者の俺は思うのだが。

千太郎さんが暮らす洋館は、どこか時代めいた貫禄を漂わせた立派な二階屋だったが、正直、掃除が行き届いているとは言えなかった。部屋のなかは雑然としていたし、床には細かい綿ぼこりが散見された。もちろん庭は雑草だらけだ。もしも釣りをせずに掃除をしたとしても、あの老体ではさすがに手に余るだろう。

そういえば、玄関を入るとすぐに独特の匂いが鼻を突いた。それは長い時間をかけて家の壁や天井に染み付いた線香の匂いだった。廊下を歩いていても、リビングで酒を飲んでいても、その匂いはゆるぎなく主張し続けてきた。

酒宴の途中、トイレを借りようと廊下に出たとき、開いたままの引き戸の奥に和室の畳が見えた。外見は洋館だが、中には和室も設えてあるのだった。見るともなくその和室に視線を送ると、そこには黒光りする仏壇が鎮座していた。そして、その仏壇だけが、あの家のなかで唯一、ぴかぴかに磨き上げられていた。

家中に染み付いた線香の匂いと、磨き上げられた仏壇。

それだけでも、亡くなった奥さんへの想いが伝わってきた。

千太郎さんは、あまり奥さんの話をしたがらなかった。娘さんの話をするときも、感情を押し殺そうとでもするように淡々としゃべった。しかし、話のベクトルが孫の凛花ちゃんに向けられると、おそらく本人は無意識だろうが、黒縁メガネの奥の目は細くなり、目尻の笑い皺も深くなるのだった。いわゆる目のなかに入れても痛くない存在なのだろう。

凛花ちゃんの年齢は、春香のひとつ上の十五歳だった。生まれつき右脚の骨が弓のように変形してしまう病気を抱えていて、幼少期からずっとギプスをつけての生活を余儀なくされているそうだ。その脚のせいでスポーツは楽しめなかったが、代わりに本をよく読み、また、近くの絵画教室で長いこと絵を習っているという。

私たちが酒を酌み交わしたリビングのサイドボードの上には、文庫本サイズの水彩画が飾られていた。高台の岬から見下ろした、きらめく青い海と空が描かれた風景画だった。その絵は無垢の白木できれいに額装され、老人の一人暮らしの殺風景な部屋にキラリと光るアクセントになっていた。そして、その絵こそが凛花ちゃんの作品なのだと千太郎さんは教えてくれた。そのときの千太郎さんの口調には、少なからず自慢の色が滲(にじ)んでいたのだが、自慢したくなるのも頷けるほど凛花ちゃんの絵は味わい深く、素人目にもなかなかに魅力的だった。

帰り際、玄関まで見送りに来てくれた千太郎さんは、アルコールで赤らんだ顔でこう言った。

「心理学者ってやつに幻滅したかな？」

もちろん俺は、首を横に振った。

「むしろ親近感を抱きました。でも、どうしてそんなことを訊くんですか？」

「まあ、あれだよ。人間の心をいくら勉強しても、結局、自分の家族とすらうまくやれないのかって……」

決まり悪そうに苦笑する千太郎さんを見て、俺はくすっと笑ってしまった。

「そんなことないですよ。一緒に暮らしていなくても、娘さんはせっせと食べ物を届けてくれるんですから。心は、ちゃんとつながっていると思いますよ」

あえて軽い口調で言って、俺は玄関に腰を下ろし、靴の紐を結びはじめた。そんな俺の丸めた背中に千太郎さんが応える。

「娘はね、私が家にいようが留守だろうが、呼び鈴を押さずに食べ物をドアノブに引っ掛けて、こっそり帰るんだよ」

「え……」

俺は靴紐を結ぶ手を止めて千太郎さんを見上げた。

もしかして、千太郎さんと性格が似てるんじゃないですか――、とは、さすがに言えず、黙っていると、千太郎さんが、また決まり悪そうに苦笑した。

「心理学者だろうが編集者だろうが、生身の家族と上手に付き合うってのは、なかなか難しいものだね」

「ですね。いま、心理学者にいっそうの親近感を抱きました」

俺の冗談に千太郎さんは目を細めてくすくすと笑ってくれた。そして最後に、「奥さんに、良い問いかけをして下さい」と言って、俺を送り出してくれたのだった。

ちびちび飲んでいた無糖の缶コーヒーが空になった。

歩きながら、ふと夜空を見上げる。

灰色がかった雲が所々で切れていて、漆黒の空間が顔を覗かせていた。その空間をよく見ると、いくつかの星がチカチカ瞬いている。

「問いかけ、か……」

俺は夜空を見上げたままつぶやいた。そして、雨上がりの澄んだ夜気で深呼吸をした。

細い住宅地の路地を抜けて左に折れると、遠くに慣れ親しんだマンションのシルエットが見えてきた。シルエットのなかには、たくさんの窓が並んでいて、それぞれに明かりが灯っていた。

あのなかに、杏子と春香がいるのだ。

変わってしまった妻と娘。

考えると、胃の奥に熱いコールタールをどろりと流し込まれたような気分になった。醒めかけていた酔いが、悪酔いになって戻ってくるようだ。

まさか自分が、家族の待つ家に帰ることにストレスを感じる人間になろうとは……。

ため息をこらえて、もう一度、雨上がりの澄んだ夜気を深く吸い込んだ。

マンションの方から穏やかな風が吹いてきて、俺の前髪を揺らした。

川の匂いのする風だった。

胃の奥が熱っぽく疼く。あるはずのないコールタールの臭いがこみ上げてきて、ぷんと鼻に抜けた気がした。

マンションの敷地に入ると、俺の歩幅は哀しいくらいに狭くなっていた。

自宅のドアの前に立った。

ふと腕時計を見ると、午後八時を少し回ったところだった。どうやら千太郎さんの家で、四時間近くも飲んでいたらしい。

俺はドアノブに手をかけるまえに、いったん呼吸を整えた。

杏子と春香による何らかの「異変」を目にしても、冷静に対処するためだ。

ドアを開け、中に入る。

靴を脱ごうとした俺は、さっそく気づいてしまった。玄関の左右に小さな白い皿が置かれており、そこにたっぷりの盛り塩がされていたのだ。

こみ上げてきたため息をぐっと飲み込んだ。そして、廊下の奥のリビングに向かっていつも通り声をかけた。

「ただいま」

しかし、リビングからも、すぐ目の前にある春香の部屋からも返事はなかった。と、次の瞬間、リビングの方から弾けるような笑い声が聞こえてきた。杏子と春香が笑っているのだ。どうやら二人の会話にまぎれて俺の声は届かなかったらしい。

靴を脱いで廊下を歩き、リビングへと続くドアを開けた。そこで、もう一度あらためて言った。

「ただいま」

「あ、おかえりなさい」

「パパ、おかえり」

テーブルに着いていた杏子と春香は、よほど楽しい会話をしていたのか、顔に笑みを残したまま俺の方を見た。テレビはついていないから、やはり二人は会話で笑っていたのだ。

「ずいぶん楽しそうだな」

「うん。ママの学生時代の笑い話を聞いてたの。もう、チョーおかしい」

春香はフォークを手にしていた。二人の前には食べかけのチョコレートケーキがある。

「淳ちゃん、どこで飲んでたの？　また、たぬき？」

俺は千太郎さんの家に行くことが決まったとき、これから飲みに行くから夕飯はいらないと杏子にメールをしておいたのだ。

「うん、そう」

俺は嘘をついた。心理学者の家だと言えば、あれこれ詮索されるに決まっている。

「パパもケーキ食べる？」

「いいね。もらおうかな。っていうか、夕食後に甘いものを食べるなんて、二人ともダイエットはあきらめたのか？」

冗談めかして言ったら、杏子がふっと口元だけで笑った。

「今週はいいの。夜に高カロリーのものを食べた方が、かえって心と身体が元気になるから」

「え、なんだ、それ……」

そう言ったとたんに、俺は後悔していた。こういうときにこそ、「良い問いかけ」をすべきなのだろう。

「だよね、春香」

上機嫌な杏子が娘に同意を求めた。

「うん。ってか、パパも早く座りなよ」

春香は、当然という顔で杏子の言葉に同意した。それが、俺の心を重たくさせる。

「ああ。その前に、網戸」

と俺は言った。ベランダに面した掃き出し窓の網戸が開いていたのだ。まだ梅雨入り前とはいえ、そろそろ蚊がちらほら姿を見せはじめているから、閉めておいた方がいいだろう。これまでだったら、こういうことには杏子が真っ先に気付いていたはずだった。しかし、このところの杏子は生活全般において奔放というか、雑になってきている。

俺は窓に近づいた。

窓辺にはフタの空いた段ボール箱がひとつ置いてあった。箱の中には使い古しのバスタオルが敷かれていて、その上で黒猫のチロリンが丸くなっていた。チロリンは俺に見下ろされたことに気づくと、長い尻尾の先を少しだけ動かしたが、それっきり興味もなさそうに無視を決め込んだ。幸福の象徴であるはずの黒猫が、俺には不吉なモノに映ることがある。

気を取り直して、顔を上げた。開け放たれた窓の向こう、ベランダ越しの夜の風景を見下ろす。

白っぽい街灯の明かりに、ぼんやりと浮かぶ桜並木。

その先には広い河川敷と、夜の川。

空に月がないせいだろうか、水面は青黒くのっぺらぼうで、まさに溶けたコールタールのように、トロリ、トロリと流れている。

俺は網戸を閉めて、テーブルに着いた。

杏子がケーキを取り分けて、ついでに紅茶も淹れてくれた。

見慣れないケーキを口に運ぶ。

「おっ、甘すぎなくて美味いね。どこのケーキ？」

目の前に座っている杏子に訊いた。

「プリズムっていう、新しく出来たお店でね――」

続けて杏子が口にしたのは、電車で三駅離れた街の名だった。そして、春香と目配せをした。

「なに？　二人で一緒に買いに行ったの？」

「うん」

杏子が答える。

「なんか、用事でもあったわけ？」

「用事というか、まあ、遊びに行ってきたの」

「遊び……って、どこに？」

「紫音さんのところ」

杏子の口から飛び出した名前に、瞬間、息を呑んだ俺は、しかし、表情を変えないよう心を砕きながら紅茶を啜った。

「その人、何をしてる人なの？」

とぼけた口調で訊ねる。

「まあ、占い師みたいな感じ、かな」

「当たるの？」

「それは、もう……、凄い当たり方をするよね？」

杏子が俺の隣に座っている春香に同意を求めた。

「うん、もう神レベルだよ」

春香の声に、いつも以上の明るさを感じた。ふと振り向いて横顔を見ると、不登校になって以来ほとんど見た事がないような、清々しい笑みを浮かべている気がした。

正直いうと、春香に奇行が見えはじめた頃から、じわじわと母娘の関係が良好になったように感じていた。しかも、二人とも機嫌のいいことが多くなったのだ。

もしかすると、このまましばらく紫音とやらに任せておくという手もあるのではないか――。

ほんの一瞬だが、俺の脳裏には、そんな愚にもつかない選択肢が去来した。もちろん、すぐに振り払ったが。

駄目だ。これは洗脳なのだ。

とにかく、良い問いかけをすることだ。

俺は、アルコールで鈍くなった頭で問いかけを考えた。しかし、不慣れなせいか、そう簡単に適当な台詞は浮かんでこない。

「えっと、神レベルって……、例えば、どんなことを当てるの？」

とりあえず、話の取っ掛かりだけでも、と思って質問をしてみた。

「もうね、何でもかんでも当たっちゃう感じ」

春香が答えた。

「具体的には？」

「うーん……、例えば、わたしがどんな人だとか、過去にどんな思いをしたとか、いま何を考えているかとか、将来はこうなるとか、とにかく何でもかんでも分かっちゃうの」

春香の言葉を聞いた杏子は、とても満足げに目を細めて頷くと、残り少ない紅茶を悠々と啜った。

「何でもかんでも、か……」

俺は、残りのケーキを口に放り込み、咀嚼しながら次の台詞を考えた。しかし、俺の口から出てきたのは、あまり良い問いかけではなかった。

「そもそも占いってのはさ、こちらの気の持ちようで、なんとなく当たってるような気になっちゃうものなんじゃないの？」

「ううん。違うよ、それは」

杏子が口を出した。しかも、やけに冷静な声色で。

「あ……、ち、違うんだ」

感情のない杏子の声に、俺は気圧（けお）されていた。

「あのね、パパ」

「あ、ん？」

「シンクロニシティって、知ってる？」

「まあ、意味くらいは知ってるけど」

「じゃあ、分かると思うんだけど、潜在意識ってあるでしょ？」

「え？」春香はいったい何を言い出すのだ。「あ、うん。人間の意識には、潜在意識と顕在意識があるよな」

俺は、すぐ隣で心理学用語を持ち出す中学二年生の娘に、そこはかとない怖さを感じはじめていた。

「うん、そう。でね、潜在意識っていうのは、世界中のすべての人たちと無意識ではつながっているんだって。だから、ある人の考えと別の人の考えがたまたま同じだったり、相手の思ったことを、その瞬間、ふと感じ取ったりすることって、じつは普通によくあることらしいよ」

「え……、普通に？」

春香のしゃべり方は、学術的なことを口にするときの杏子とよく似ていた。さすがに血は争えない。

「そう。シンクロニシティだよ。だから、べつに驚くようなことでもないし、誰でも慣れれば、シンクロニシティを起こせるんだって」

そこまで言って、春香は杏子を見た。すると杏子は、我が娘の成長をしみじみ喜んでいるような顔でこう言ったのだ。

「うん、そうだね。ある一定のレベルにまで達した人は、そうなる可能性があるのよね」

つまり、紫音という女が、そのレベルに達した人間だと、そう言いたいのだろう。

どうにも話が飛躍しすぎている。

やや狼狽しかけていた俺は、とりあえず自分の知識の範疇にまで会話を引き戻そうとした。

「そうか。春香は凄いな。シンクロニシティとか潜在意識とかって、まるでユングみたいなことを言うんだな」

「えっ、パパもユングを知ってるんだ」

「こら、馬鹿にするな。知ってるよ。と言っても、ほんの上っ面の知識だけどね。それより春香こそ、どうしてユングなんて知ってるんだ？」

俺はできるだけ呑気な口調で訊ねてみた。すると春香は、涼しい声で答えた。

「たまたま勉強したからね」

「勉強？」

「うん。図書館でね」

そういえば、最近の春香は、ちょくちょく近くの図書館に通っていると杏子が言っていた。平日の昼間――つまり、いじめを仕掛けてくる同級生たちと顔を合わせないよう、彼女たちが中学校に行っている隙を見計らって、こっそりと通っているのだ。

「図書館で、勉強か……」

「うん、そう」

「じゃあ、ユングにも、図書館でたまたま出会ったわけだ」

「そうだよ」

どうして中学二年生の少女が、図書館でユングを手に取るのか、という疑問はあるものの、これまでずっと家に引きこもってばかりだった娘が、近所とはいえ図書館まで出歩けるようになったということを素直に喜びたいという思いもある。

「しかし、図書館で勉強とは偉いな。さすが秀才を母に持った娘だね」

俺は冗談めかした。

すると春香はくすっと笑って答える。

「あ、でもね、ただ小説を読んでるだけのときもあるから」

洗脳されていても、春香の正直さは変わらないようだ。

「そうか、でも偉いよ。読書は学校の勉強に負けないくらい良いことだとパパは思ってるから」

「うん」

「春香はさ――」

ここで俺は会話の流れを変えた。

「ん？」

「いわゆるミステリーとか恋愛系の小説が好きだったよな？」

「あ、うん」

「最近は、そういう小説以外の本も読むようになったんだな」

「うん、まあ……」

俺の問いかけに若干の違和感を覚えたのか、春香は少し怪訝そうな目を向けてきた。

「例えば、ユングの他には、どんな本を読んでるの？」

「え……、とくに、こういう本って決めてないけど」

「そうか」

「あ、でもね、自分の将来に役立ちそうな本は、読みたいなって思うようになったかも」

春香の将来に役立つ本——。いったいどんな本だろう？　そう考えはじめたとき、ふたたび杏子があの冷静な声を差し挟んできた。

「将来に役に立つ本を読むなんて、凄くいいことだと思う。どんどん読みなさいね」

「うん」

春香は素直に頷いた。

と、ふいに窓の方で何かが動いた気配がした。

見ると、段ボール箱のなかから黒い塊がひょいと出てきたところだった。

俺たち家族は、揃ってチロリンを見た。

チロリンは長い尻尾をピンと立てたまま三人の顔を見比べると、ゆっくり俺の方に近づいてきた。そして、左脚の脛に艶のある黒毛をこすりつけて「みゃあ」と鳴いた。

「チロリンったら、いちばん家にいない人に媚を売ってる。餌をあげてるのは女性陣なのにねぇ」

杏子がテーブルの下を覗き込むようにして言った。

「本当だよな。お前、ママか春香に媚を売った方がお得だぞ」

俺は笑いながらチロリンに言ったけれど、内心では、図書館でひとり怪しげな精神世界の本を読み耽っている春香の姿を想像して、寒々しいような気分を味わっていた。そして、それを見透かしたような目をした黒猫は、俺をチラリと見上げるや、隣の春香の足元へとすり寄っていった。春香がすぐに抱き上げて、黒猫の顔に自分の頰をすり寄せると、「チロリーン」と甘えたような声を出した。

不思議なほど機嫌のいい娘。

その娘を見ながら納得の表情を浮かべている妻。

俺は千太郎さんの顔を思い出した。

良い問いかけをして、結ばれた心の紐をほどいていくこと――。

やるべきことは、分かっていた。

ただ、不慣れな俺には、少し時間がかかりそうだった。


【北川早苗】

娘の千恵子がプレゼントしてくれた肘掛け付きの椅子は、いつも掃き出し窓から外を眺められるように置かれている。そして、わたしは今日も、その椅子にちょこんと座って、ベランダ越しの風景を眺め下ろしていた。

くたびれた老眼鏡の向こうに見えるのは、住宅地の一画に造られた公園だ。そこは遊具も景観も少し古めかしいけれど、この地域の人たちにとっては、とても身近な憩いの場となっている。

昨夜は、しっとりとした雨が降り続いた。

そのせいで、公園にはいくつかの水たまりがあった。

でも、いまは、その水面に、澄んだ青空が揺れている。

わたしは空を見上げた。触れたらもこもこして気持ちが良さそうな白い雲がいくつも浮かんでいた。雲はゆっくりと東に向かって移動しているように見えた。

公園の周囲に立ち並ぶ樹木は、鮮やかな新緑に覆われていた。若々しい黄緑色の一葉一葉が、午後の陽光を受けて、まぶしいほどにきらめいている。

開け放ったままの掃き出し窓からは肌触りのいい風が吹き込んできて、わたしの皺だらけの頬を撫でてくれる。みずみずしい若葉の匂いを孕んだその空気を、わたしは深く吸い込んで、そっと吐き出した。

梅雨入り間近の雨上がりの午後は完璧で、すべてにおいて過不足がなかった。

わたしはもう一度、深呼吸をした。

若葉の匂い。

生きているなぁ、と思う。

もはや杖をついても自由に歩くことが難しくなりつつあるけれど、それでもまだこの世界には、味わうべき素敵なものが無限にあることを知っている。そのことに気づかせてくれたのは、他でもない、娘の千恵子だった。

わたしはふたたび明るい窓の外を眺めた。

なるべくやさしい眼差しで眺めるのがコツだ。

眼差しをやさしくすれば、わたしの目に映る世界も、いつもより少しだけやさしく見えてくるから。

塗装の剝げたゾウの形の滑り台。

ふたつ並んだ木製のシーソー。

少し砂が減ってしまった砂場。

そして座面がタイヤで出来たブランコ。

嬉しそうに声を上げて走り回る幼児たちと、それを微笑みながら見守る若いお母さんたち。

アパートの二階から、いつも、いつも、眺めているこの光景が、わたしは好きだ。愛着も湧いている。きっと、千恵子がまだ幼かった頃の幸せな記憶が呼び戻されるからだと思う。

だから、ずっと眺め続けていられる。

毎日、毎日、何時間でも、ずっと――。

これはもうほとんど趣味のようなものかも知れない。あるいは老齢で足腰の弱ってしまったわたしにとっての癒しの日課とも言えそうだ。

ちなみに千恵子は、この「趣味」を「お母さんの散歩」と冗談めかして言う。足腰が弱ってなかなか外出できないわたしに、せめて気分だけも「散歩」をさせようと、千恵子が窓辺に椅子を置いてくれたのが、この「散歩」のはじまりだった。わたし自身は密かに「心の散歩」と名付けて、愉しんでいるのだが。

毎日、飽きもせずここから小さな世界を見下ろしているせいで、いまでは少しばかりの「顔なじみさん」もできた。目が合ったときに、無垢な笑顔で手を振ってくれる子供や、軽く会釈をしてくれるお母さんたちである。

この小さな交流は、わたしをしみじみ和ませてくれる。

向こうからしてみれば、「また、あのおばあさんが見てるよ」という程度のことなのだろうが、こちらからすると、うっかりため息がもれてしまうほどの、とても貴重なふれあいなのだ。

しかし、今日はまだ「顔なじみさん」の姿が見られない。

わたしは背もたれに上体をあずけて、そっと目を閉じた。今朝、いつもより早起きしてしまったせいか、少しばかり眠気を感じていたのだ。

目を閉じるといつも、視覚以外の感覚が開くのを感じる。風の感触、空気の匂い、遠くの国道を走る車やバイクの音、子供たちの声――、そういうものの現実感が、むしろぐっと増してくるのだ。

ふいに、隣の部屋から、ころころと珠(たま)を転がすような笑い声が聞こえてきた。最近、しばしば耳にするようになった女性の声だ。続けて千恵子の嬉々とした声も届く。いったい何を話しているのだろう。打ち解けた空気が、こちらまで伝染してくるようで、わたしは目を閉じたまま口元だけで小さく微笑んだ。

思えば――、かつての千恵子は、いつだって伏し目がちで、丸めた背中を小さく見せる子だった。

そうなったのには、もちろん理由がある。

わたしの夫、つまり千恵子の父親は、いわゆる反政府の活動家だった。ある日、夫は、警察に逮捕される直前に潜伏場所から逃走したと思ったら、そのまま交通事故で亡くなってしまったのだ。そして、それが大々的に全国に報道され、自宅の前や千恵子の通う学校にまで報道陣が集まったことから、わたしと千恵子の人生は大いに狂ってしまったのだった。端的に言えば、わたしは生活苦のシングルマザーになり、千恵子は中学校でいじめられるようになった。しかも、わたしたちは世間から「犯罪者の家族」という目で見られるようになったのだ。

千恵子は、助け舟ひとつない孤独のなかを生き抜くハメになり、母親のわたしはというと、情けないことに、千恵子との生活を維持させることに必死で、娘がいじめにあっているということを、何年もの間、気づかずにいたのだった。そして、いざ、その事実を知ったときは、もはや手遅れの感があった。千恵子は重い鬱病を発症していたのだった。

高校に進学しても、千恵子の孤独は続いた。

そして、十六歳のときに自殺を図った。

風呂場で手首にカミソリを当て、力を加えたまま引いたのだ。

その日、わたしは、偶然にも仕事を早めに切り上げることができて、帰宅がいつもより早かった。それが功を奏して、なんとか千恵子は一命をとりとめた。わたしが呼んだ救急車で病院に運ばれ、しばらくその病院で入院をした千恵子は、当時の担当医の紹介で心療内科に通うことになった。そして、その治療の甲斐があってか、千恵子の心はほんの少しずつではあったけれど、やわらかさと明るさを取り戻していったのだった。とはいえ、高校の空気にはどうしても馴染めず、いわゆる「保健室登校」を試みた時期もある。しかし、それもやはり千恵子には苦痛だったようで、結局は、二年生に進級できず、高校を退学することになった。

家事手伝いという身分を得た千恵子は、ホッとしたのか、わたしといるときの口数が増えた。それどころか、たびたび笑顔も見せてくれるようになった。千恵子にとっての学校は、単純に恐怖で塗り固められた逃げ場のないコンクリートの囲いでしかなかったのだ。だから、そこから解放されたことが、千恵子にとっては何よりの薬となったらしい。

わたしが働きに出ているあいだ、時間を持て余した千恵子は、掃除や洗濯、ときには料理本を片手に夕食を作ってくれることもあった。しかし、買い物だけは好まなかった。偶然、かつての同級生と出くわしてしまったら……と考えると、足がすくんでしまうのだ。だから買い物は、仕事帰りのわたしが担当することになっていた。

仕事にくたびれた母と、心に闇を抱えた娘とのつましい暮らしは、正直、金銭的にも精神的にも根深い不安を内包していた。それでも、母娘が一緒にいる時間が長いというのは悪くなかったと思う。いま振り返ると、あの日々は、とても静かで、和やかで、思い出深い時間だった気もするのだ。

そんな日々を一年間ほど過ごした頃、ふいに千恵子は一念発起して、働きたいと言い出した。そして、わたしの知り合いのツテを頼って、小さな貿易会社の事務職に就いた。

しかし、その職場に通えたのも半年足らずだった。

繊細な思春期に痛めつけられた千恵子の心は、まだ充分にひりついていて、目には見えない血をじくじくとにじませていたのだ。だから職場での千恵子は、他人の発する何気ない言葉にも敏感に反応してしまい、その言葉の「裏の意味」を勝手に想像しては、ひとり怯（おび）えていたのだ。

一事が万事そんな具合だから、職場での人間関係を上手に構築することなどできるはずもなく、千恵子は日々ひたすら心を磨耗させ、そのまま自らを退職へと追いやったのだった。

それからの千恵子は、浮き沈みを繰り返した。

ほぼ二十年もの間、転々と職を変え続けてきたのだ。

ときには鬱病が完治したようにも見えたし、千恵子の顔に幼少期のような無垢な笑顔が戻ってきたこともある。でも、そういう時期は、あまり長くは続かなかった。ある日、なんの前触れもなく落ち込んだと思ったら、翌日から会社を休みはじめ、そして、しばらくすると退職をして家事手伝いに戻り――、また気分が上がると仕事を探しはじめて、なんとなく再就職をしてみる。それの繰り返しだった。

でも、わたしは、それでいいと思っていた。

千恵子には、千恵子の心があり、生きるペースがあるのだ。もしかすると千恵子は、わたしも知らないような夢をひっそりと抱いているかも知れないし、逆に、どうしようもない絶望に巣くわれているかも知れない。

でも、それでいいのだ。そのままで充分。

母であるわたしが望むことは、ただひとつだった。

明日も、千恵子が生きていること――。

嘘偽りなく、わたしはそのことを切に願っていた。

わたしの脳裏には、風呂場で手首から大量の血を流している娘の姿が、あまりにも鮮明にこびりついているのだ。湯船の縁にぐったりともたれて、わたしを悲しげに見上げた娘の潤んだまなざし。

「おかあ、さん……」

そう、つぶやいたときの、生気を失いかけた肌の色。

あの生々しすぎる光景は、どれほど長い年月を経ても薄れることのない記憶だった。むしろ、いまでもたびたび夢に出てきては、わたしに寝汗をかかせる。

千恵子は現在、四十路を過ぎている。

中年になるまで、生きていてくれたのだ。そして、独身のまま、わたしと二人、ささやかな暮らしを続けている。

いまの仕事も、長く続いている。

わたしには詳しいことは分からないけれど、千恵子は在宅勤務が許された、パソコンを使う仕事を見つけたのだった。ホームページを作ったり、インターネットでの物品の販売を手伝ったりと、いろいろな分野を手がけているらしい。千恵子は自分のことを「やれることは何でもやる自由業者みたいなものね」と嬉しそうに言う。たしかに時間も自由だし、会社に行く必要もないから「自由業」というのは当たらずも遠からずだった。でも、わたしには分かっている。千恵子がいまの仕事をはじめた理由は、普通の会社に就職してふたたび失敗す

ることを恐れているからではなく、身体が不自由になったわたしの面倒をみるためだという
ことを。

そんな心根のやさしい千恵子に、ようやく「友達」と呼べるような人ができはじめたのは、ほんの数年前のことだった。つまり、わたしが階段で転んで右脚の大腿骨（だいたいこつ）を複雑骨折し、歩行がままならなくなってからのことだ。たびたび自室に友達を呼び込んでは、楽しそうな笑い声を響かせてくれるようになったのだった。そして、その声を隣室で耳にするたびに、わたしは苦労ばかりだった過去を憶い、しみじみとした幸福を味わうのだ。

友達ができはじめると、千恵子はまるで全身の細胞が入れ替わったかのように、明るい女性へと変貌を遂げていった。おそらく本当の意味で、思春期の「いじめ」に折り合いをつけられたのだと思う。二十数年という長すぎる呪縛から心が解放されて、千恵子はやっと自分の人生を取り戻したのだ。

友達のおかげで、千恵子は、千恵子になれた。

そして、自分らしさを表現できるようになった千恵子は、これまでずっとたわめていたバネを一気に弾けさせるように、友達の数をぐんぐん増やしていった。そして、その数に比例して、千恵子の表情はますます豊かになり、これまで以上にやさしい女性になってくれた気がする。

わたしは思う。心に傷を負った人ほどやさしくなれる、という説は本当だと。千恵子は、死にたくなるほどの傷を心に負った。しかし、その分だけ、誰よりも敏感に相手の気持ちをおもんぱかれる能力を獲得したに違いない。だからこそ、最近は、毎日のように友達が遊びに来てくれるし、その人たちとの間に生まれた温かな交流を、夜ごと、寝室で、千恵子はわたしに話して聞かせてくれるのだ。

そして、その時間こそが、わたしにとっての至福だった。

千恵子からの、最高の親孝行だとさえ思っている。

その至福を失わないために、わたしはある自戒を守っていた。

それは、千恵子の仕事部屋に誰かが来ているとき、わたしは決して顔を出さない、という決め事だ。

わたしのような身体の不自由な母を抱えていることが知れれば、きっと友達は千恵子に配慮をして、少なからず行動に気を遣い、一定の距離を取ろうとするだろう。

わたしは、それを恐れているのだ。

かつて——、千恵子は、亡くした父親の行いが原因で、人生の宝物のような日々を丸ごと失ってしまった。

彼女自身には、ほんの一ミリたりとも罪がないのに。

そして、いま、身体の不自由な母親のせいで、ふたたび友達との幸せな時間を失わせるわけにはいかない。たとえ失うものが、ほんのわずかであったとしても、だ。

そんなわたしの強い思いを敏感な娘は察知してくれたようで、これまで千恵子はわたしに友達を紹介することはなかった。これは母娘のあいだの暗黙の了解と言っていい。友達はいつも千恵子の仕事部屋に呼んで、時間が経つとそのまま玄関から送り出している。

わたしの暮らす部屋は、いわば「開かずの間」のようなものだが、それでいいのだ。

ふたたび――、ころころと珠を転がすような笑い声が弾けた。

また隣室で千恵子と友達が笑い合っているのだ。幸せそうな二人の声が、わたしを追想の世界から現実へと引き戻した。

どうやら、友達が帰るようだ。思ったとおり玄関のドアが開く音がした。にぎやかな声で、互いにお別れの挨拶をしている。

パタン、とドアの閉まる音がした。

開かずの間にも静寂が満ちてくる。

わたしはしばらく閉じていた目をそっと開けた。そして、背もたれにあずけていた上半身をゆっくり起こす。

ふたたび、公園を見下ろした。

燦々（さんさん）と降り注ぐ初夏の陽光がやけにまぶしくて、少しばかり目を細めた。

背後に人の気配がしたと思ったら、わたしの部屋の引き戸が開かれる音がした。振り向かずとも分かっている。千恵子が顔を見せに来てくれたのだ。

「お母さん、トイレとか大丈夫？」

千恵子の声に、わたしは上半身と首をひねって振り向いた。

「うん。大丈夫。ありがとね」

「今日はいい天気だね。洗濯物もカラッと乾いてるね」

言いながら千恵子はわたしの横に来て、さりげなくこちらの顔を覗き込むようにした。わたしの体調を心配してくれているのだ。

「いい天気だね、本当に」

わたしは微笑みながら答える。

すると千恵子は、少しホッとしたような顔で「洗濯物、取り込んじゃうね」と言いながらベランダに出た。そして、物干し竿や洗濯ピンチに干してあった衣類を手際よく外していく。

ほんのついさっきまで、千恵子の重苦しい過去を追想していたわたしは、てきぱきとよく働く娘の姿を、感慨をもって眺めていた。

と、そのとき、千恵子のいるベランダのずっと先――、日差し降り注ぐ公園にちらりと動くものが見えた。

見ると、本日ひとりめの「顔なじみさん」だった。

いつも赤いリュックを背負っている可愛らしい娘さんで、目が合えば、ちょっと照れ臭そうに微笑みながら、小さく会釈してくれる。その初々しい仕草には、とても好感が持てた。わたしの「顔なじみさん」になって、まだ二週間ほどの新人さんだ。

赤いリュックの新人さんは、携帯で電話をしながら駅の方に向かって歩いていた。この公園を横切ると、駅までの近道になるのだ。

今日は、わたしに気づいてくれないかな――。

そう思った刹那、まるで心の声が届いたかのようなタイミングで、すっとこちらを振り向いてくれた。

視線が合った。

わたしは思わず微笑みかけていた。

赤いリュックの新人さんは、携帯を耳に当てたまま、いつものように照れ臭そうな笑みを浮かべて、小さく会釈をしてくれた――、と思ったら、その娘が「え？」という顔をして、立ち止まった。おそらく電話の相手が、何か驚くような言葉を口にしたのだろう。そんな感じの仕草だ。

どうしたの？

わたしは心のなかで訊ねながら、小首をかしげてみせた。

すると彼女は、わたしにたいして「あっ、違います、何でもないです」という感じで小さく首を横に振って、ふたたび歩き出した。

さようなら。またね。

わたしは手を振った。

赤いリュックの新人さんも、頬の横で小さく振り返してくれた。そして、そのまま駅の方へと歩いていった。

その娘の姿が完全に見えなくなると、入れ替わりに緑色のベビーカーを押した「顔なじみさん」がやってきた。この若いママさんは、早くも夏物の白いノースリーブを着て、つばの大きなハットをかぶっていた。どこか上品さを漂わせたきれいな人だ。

ほぼ正面の砂場の前まで来たところで、ママさんはこちらを見上げてくれた。いつものように笑顔で会釈をして、小さく手を振り合う。この人は「顔なじみさん」のなかでは古株に入るだろう。もう一年以上ものあいだ交流を続けているのだ。最初の頃、この女性はまだお腹の大きな妊婦さんだった。それが母親となり、赤ん坊が少しずつ成長し、そして、よちよち歩きをするまでになった。その成長をここから眺めていると、いつも心がほっこりする。

「お母さん」

ベランダの千恵子が、機嫌の良さそうな声でわたしを呼んだ。

「ん？」

「このところ、つくづく思うんだけど、人と人との付き合いには、年齢なんて関係ないんだね」

からりと乾いていそうな洗濯物を抱えて、千恵子が部屋に戻ってきた。わたしの横を通り、肘掛け椅子の斜め後ろの床に洗濯物をどさっと置く。そして、その前にぺったりとお尻を着いて座った。

「うふふ。どうしたの、そんなに嬉しそうな顔をして」

「最近ね、ずいぶん歳の離れた友達ができたの」

床で洗濯物をたたみはじめた千恵子が、手と一緒に口を動かす。

「ふうん。どんな人？」

「どんな人って……、ええとね、見た目は可愛らしい感じっていうか、あ、それより彼女の年齢なんだけどね――」

新緑の公園から、清々しい風が部屋になだれ込んでくる。

その風に、わたしと千恵子が吹かれていた。

とても穏やかな声で、幸せそうにしゃべる千恵子が、たしかにここにいる。

それが当然であるかのように、甲斐甲斐しくわたしの世話を焼いてくれる娘の横顔を見つめた。

ほうれい線の目立つ中年の顔になっても、娘はやっぱり娘で、可愛らしい。

わたしは、斜め後ろを振り向いている首がつらくなって、前に向き直った。そして、背中で娘の声を聞く。

「それでね、お母さんもびっくりすると思うんだけど――」

うん。うん。

衣類をたたみ、重ねながら、千恵子がしゃべる。

わたしは公園を眺めながら、聞く。

この娘の人生は、ようやく開かれたばかり。これからなのだ。

これから、ますます素敵な人生の季節に入っていくに違いない。

まぶしい新緑を眺めながら、わたしのなかにそんな確信が芽生えていた。

そうしたら――、どういうわけだろう、なんとなく、わたしはもういつ死んでもいいような気がしてくるのだった。

いや、違う――。

むしろ、この娘の身代わりとして少しでも早くあの世へと旅立ち、わたしという鎖から娘を解放してやりたいと思っているのだ。

公園には、また一人、二人と、子供連れのママさんたちが集まってきた。あちこちで幼児や児童たちの潑剌とした歓声が上がる。

さっきの緑色のベビーカーのママさんが、砂場の前でしゃがみ込んで、よちよち歩きの赤ちゃんの名前を呼んだ。すると呼ばれたその子は無垢な笑みを浮かべて、一歩、また一歩と、母親に向かって歩き出した。ママさんは「おいで、ほら、がんばって」と励ましながら、赤ちゃんの方へと両手を差し出した。そして、その伸ばした腕のなかに倒れ込むようにして、赤ちゃんが見事にゴール。

いまの、見てました？

そういう感じで、ママさんがこちらを振り向いた。とても幸せそうに目を細めている。

うん、うん、ちゃんと見ていましたよ。

わたしは胸の前で拍手の仕草をして見せた。

するとママさんは、赤ちゃんを抱えてくるりとこちらに向かせると、その小さな右手を取ってバイバイをするように振ってくれたのだった。赤ちゃんの目は、わたしの方を向いていないけれど、とても上機嫌なにこにこ顔だ。

「ねえ、お母さん、わたしの話、聞いてる？」

ふいに、後ろで不満そうな千恵子の声があがった。

「ちゃんと聞いてますよ。もしも歳が近かったら、その娘とは絶対に親友になれたんでしょ？」

「あ、なんだ、聞いてたんだ」

「そりゃそうですよ」

わたしは、ふわふわするような幸福感を覚えながら千恵子に返事をした。そして、公園のママさんと赤ちゃんに微笑みかけながら、小さく手を振る。

「お母さん」

と、ふたたび千恵子の声。

「ん？」

「さっき、お昼ご飯食べたあと、薬は飲んだっけ？」

「飲みましたよ、ちゃんと」

わたしは小さな嘘をついた。

あの薬には、そろそろ飽きていた。日々、こんなに気分がいいのに、いまさら薬に頼る気になどならない。人間には自己治癒力というものがあるのだから。それくらいは、学のないわたしでも知っている。

「そっか。なら、よかった」

「わたしは、まだ、そんなに惚けてないよ」

冗談めかして答えたら、千恵子もくすっと笑った。

公園のママさんと赤ちゃんも、相変わらずにこにこ笑っている。

「ねえ、千恵子」

ふと思いついたことがあって、わたしは後ろを振り向きながら言った。

「ん？」

「久しぶりに、アルバムを見てみない？」

「アルバム？」

「うん。千恵子が小さかった頃の写真を貼ってあるやつ」

「ああ、あれね。いいけど、どうしたの、急に？」

「なんだかね、公園で遊んでいる若いお母さんと赤ちゃんを見ていたら、懐かしくなっちゃって」

「なにそれ」千恵子は、うふふ、と笑った。「じゃあ、洗濯物をたたみ終えたら、ちょっと探してみるね」

「寝室の押入れの下の段に引き出しがあるでしょ」

「え？　うん」

「きっと、そこに入ってるよ」

「アルバム？」

「そう」

その記憶に間違いはない。わたしの大切なものは、ほとんどすべてそこにしまってあるのだから。

「ふうん。わかった。とにかく、これ、たたんで箪笥にしまっちゃうから」

残りの衣類の山を指差した千恵子に、わたしは「ありがとね」と言って、また外を眺める。

今日は、いつもより小さな子供が多いようだ。子供たちは、何かを見つけると、すぐに走り出す。歩くのではなく、走るのだ。きっと、この世に生きているだけで楽しくて仕方ないのだろう。千恵子にも、そういう時期があった。覚えていないけれど、わたしにも、きっとあったはずだ。

でも、あの娘さんくらいの年頃になると、そういう感覚も薄れていってしまうのかな——。

ふと、わたしは、さっきの赤いリュックの新人さんを思い出した。彼女は携帯で電話をしながら、ちょっと驚いたような顔をしていたけれど、あの豊かな表情は、かつての千恵子のように愛らしいものだった。

また、なるべく早く、新人さんに会いたいな――。

考えていたら、背後で声がした。

「たたむの、終わった。箪笥にしまって、アルバム持ってくるよ」

千恵子が「どっこいしょ」と言いながら立ち上がった。

そのかけ声に、わたしは小さく笑った。この子も、中年女性になったのだと、あらためて思ってしまったのだ。

「なに？」

と怪訝そうな千恵子。

「ううん、何でもない」

わたしは「アルバムお願いね」と言って誤魔化した。

【北川千恵子】

「はい、行くよ、お母さん。せーの」

よっこらしょ――。

ぼんやりと公園を眺めていたお母さんに肩を貸して、椅子から立ち上がらせた。そのまま、いつも食卓として使っているテーブルに着いてもらう。大腿骨を複雑骨折して歩くのが苦手になってからというもの、お母さんの身体はみるみる軽くなってきた。そして、その軽さを感じるたびに、わたしの心は重たくなってしまう。

「ああ、これこれ。懐かしいねぇ」

アルバムを前にしたお母さんは、目尻の皺を深めるようにして微笑んだ。わたしたち北川家の歴史で、たった一冊しか生まれなかったそのアルバムは、紅茶でもこぼしたみたいなシミが表紙にあり、中身もかなり色あせていた。

「ねえ、お母さん」

言いながら、わたしはお母さんの向かいの椅子に腰掛けた。

「ん？」

「どうして急に、アルバムなんて見たくなったの？」

表紙をめくる皺々の手を見つめながら、わたしは訊いた。

「どうしてだろうねぇ」

お母さんは、わたしの話をちゃんと聞いているのかどうか怪しい返事をしながら、「ああ……」とため息みたいな声を漏らした。

わたしは少し身体を乗り出して、お母さんが見ているページを反対側から見てみた。開かれたアルバムは、見開きに六枚の写真が並んでいる。その最初の一枚目は、生まれたばかりのわたしが淡い桃色の布団の上に寝かせられていて、ポカンとした顔で天井を見上げている写真だった。お母さんの視線は、その写真に留まっていたのだ。

「わたし、猿みたいだよね」

「赤ちゃんは、みんなそんなもんだよ。あなたは本当によく泣く子だったんだから……」

お母さんは、ふたたび嘆息して、視線を動かしはじめた。

わたしはアルバムよりもむしろ、アルバムをいとおしそうに眺めているお母さんを眺めていた。最近は食も細くなり、まるで空気が抜けていく風船のように頼りなくなってきた感がある。肉感がなくなり、全身の皮が余って皺々になり、関節の骨が浮き出て見えるようになってきた。笑ったときの細まった目は、顔の皺のひとつのようになってしまった。若い頃は、どこぞの女優さんみたいな、ぱっちりとした二重の大きな目をしていたのに。

「あ、千恵子、この先生、覚えてる？」

お母さんが一枚の写真を指差した。幼稚園の制服を着たわたしが、若くてきれいな女性の教諭に抱っこされながら泣いている。

「覚えてるよ。ええと、秋野(あきや)先生だよね」

てね」

「そう、秋野先生。あなたのこと、やさしくて賢い子だって言って、すごく可愛がってくれ
「へえ、そうだったんだ。でも、わたし、どうして泣いてるんだろう」

「覚えてないの？」

わたしは頷いた。

「このときの秋野先生は妊娠していてね、いったん教諭を辞めることになって――、で、先生のお別れ会をやったのよ。その会が終わって秋野先生と最後のさよならをするとき、千恵子はバイバイしたくないって大泣きしたんだよ」

「ふうん。全然覚えてないなぁ……」

「まだ四歳かそこらだものね」

お母さんは、幸せそうに、ふふふ、と笑ってページをめくった。

このアルバムは、所々、歯抜けのように写真が抜けている。でも、お母さんは、そのことについては少しも気にしないような素振りで写真を眺めていった。

アルバムを歯抜けにしたのは、中学生の頃のわたしだ。

苛烈ないじめにあっていたあの当時――、わたしは、いじめの原因となった亡き父が写っている写真をすべてアルバムから引き抜いて、ビリビリに破いて捨てたのだ。あのときの記

憶は、いまでも薄気味悪いほど生々しく胸の浅いところに残っている。梅雨時のまとわりつくような空気や、部屋にあった古い茶箪笥の悲しげなツヤ、ベランダで枯れかけていた名も知らぬ観葉植物の色、鬱々とした雨の音、隣家から漂ってくる幸せそうな夕餉(ゆうげ)の匂い、笑顔の父の写真を破くときの狂おしいような罪悪感と、かすかな恍惚感。そして、わたしの涙のしょっぱい味。

お母さんごめんね。お父さんごめんね。心のなかで泣き叫びながら、わたしは黙々と父の写った写真を破って粉々にしていった。そして、その写真の残骸は、お母さんに気づいて欲しくて、あえて台所のゴミ箱にまとめて捨てておいた。その夜、仕事から帰ってきたお母さんは、それに気づくと、わたしにこう言った。

千恵子、お父さんのこと、嫌い？

やさしい声だったけれど、表情にはとてつもない疲労感が浮かんでいたのを覚えている。わたしは、首を振ることもできず、頷くこともできず、ただ、はらはらと涙を流しながら、お母さんの顔を見つめていた。

それからしばらくのあいだ、お母さんは台所に立ったまま、わたしを眺めていたけれど、ふいに少し明るめの声を出したのだ。

「ねえ、千恵子。お母さん、今日、仕事で疲れちゃったから、外にご飯を食べにいかない？」

そして、わたしたち母娘は、肩を並べて駅前の洋食屋さんまで歩いて行き、二人してオムライスを注文した。あのとき、言葉少なにぼそぼそと口に入れたオムライスが、悲しいくらいに美味しくて、しかも、それが父の好物だったせいで、その後のわたしはオムライスという食べ物がなんとなく苦手になってしまったのだった。

「あ、公平くんだ。この子はずいぶんと優秀だったけど、いまは何してるのかしらねぇ」

小学生の頃のわたしの写真を見ているお母さんは、ひとりごととも、こちらへの問いかけともつかないような台詞を口にした。なんとなく、わたしが黙っていると、ゆっくりと次のページを開く。その見開きからも、二枚の写真が消えていた。それでもお母さんは、何もなかったように穏やかに微笑んでは、あれこれと写真の感想をつぶやいて、また皺々の手でページをめくっていく。

このアルバムにはもう父の姿は跡形もない。

でも、たった一枚だけ、この家のなかにも父の写真が残されている。

そのことを、わたしは密かに知っていた。

お母さんが、財布の札入れのなかに、こっそり隠し持っているのだ。

あれはもう数年ほど前になるけれど、ひょんなことでお母さんの財布から何かしらの支払いを頼まれたことがあって、そのときに父の写真を見付けてしまったのだ。いま思えば、もしかするとお母さんは、あの写真をわたしに見せたかったのかも知れない。でも、あのときのわたしは、少なからずショックを受けてしまい、写真には気づかない振りをしたのだった。

財布のなかの貴重な一枚は、年代物らしく色あせていて、角もぼろぼろに破れていたけれど、わたしのお宮参りで撮影されたということは、はっきりと分かった。背景はどこかの神社の拝殿で、白いおくるみにくるまれたわたしと、それを抱いた着物姿のお母さん、そして、その横に、とても穏やかな顔をした父が立っていた。父は真面目な性格をそのまま体現したかのように「気をつけ」の姿勢をとっていた。しかも、目鼻立ちがどこかわたしと似ていてハッとした記憶がある。

その写真を財布のなかから見付けたとき、わたしはもうすっかり大人になっていたから、抜いて、破いて、捨てるようなことはしなかった。けれど、お母さんに隠れて、トイレで少しだけ泣いた。

「あら、もう終わっちゃった……」

お母さんが、アルバムをめくってつぶやいた。

まだ最後のページではないのだが、見開きには一枚の写真も貼られていない。

このアルバムは、わたしが小学校を卒業する前の段階で終わっているのだ。父が死んでからというもの、わたしたち母娘は、日常のひとコマを写真に収めて記念に残すなどという

「ふつうの幸せ」からは、程遠い日々を送ることとなったからだ。

「まだ、集合写真はあると思うよ」

わたしは言いながら、アルバムの最後のページを開いてあげた。そこには、幼稚園、小学校、中学校時代に撮った、大判の集合写真などがまとめて挟んであるのだ。

「ああ、そうだったわね。あ、これ、小学校の遠足の——、あじさい公園に行ったときの写真でしょ？」

そう言いながら、お母さんはいったん顔を上げて、首を左右に倒した。ずっと下を向いていたから、首と肩が凝ったのだろう。

わたしは椅子から立ち上がると、お母さんの背後に回った。そして、何も言わず、そっと肩を揉みはじめた。

「ああ、気持ちがいい」

「でしょ」

わたしは、お母さんの肩越しに写真を覗き込んだ。

「これは修学旅行のときの写真ね？」

「うん」

「あ、ほら、この子。仲良しだった伊月(いつき)ちゃん。中学に上がる前にお引っ越ししちゃったからねぇ」

「そうだね」

お母さんの肩は、揉みほぐす必要なんてあるのかと思うくらい、骨と皮ばかりになっていた。わたしは、それでもやさしく、やさしく、手を動かし続ける。

「ねえ、千恵子」

「なに？」

お母さんは、伊月ちゃんが写っている集合写真をめくって、次の写真を眺めながら、ぽつりと言った。

「ごめんね……」

「え？」

ごめんねって、何のことだろう？　と思っていると、お母さんは少しかさついた声で続けた。

「あなたには、ふつうの子供らしい幸せを味わわせてあげられなくて……」

「え、ちょっと……」

なにそれ、と言おうとしたら――、
ひた、ひた。

と、透明なしずくがふたつ、集合写真の上に落ちた。

「え……、ちょっと、お母さん、どうしたの?」

わたしはお母さんの肩に手を載せたまま、横から顔を覗き込んだ。

「あは。歳をとると、涙腺が緩くなるのよね……」

言いながら、お母さんは、テーブルの上のティッシュを一枚、引き抜いて、幼い同級生の顔に落ちたしずくをそっと拭き取った。そして、そのティッシュで自分の目元をぬぐう。

思いがけないような展開に、わたしは何も答えることができずにいた。何か言おうと思っても、言葉が胸のあたりでつかえて出てこないのだ。

だから、わたしは、言葉の代わりに、お母さんの肩をふたたび揉みはじめた。

「気持ちいい……」

お母さんが、潤んだ声を出す。

公園に面した窓から風が吹き込んで、レースのカーテンが揺れた。その風と一緒に、幸せそうなふつうの子供たちの歓声が届けられる。

ふと気づけば、いつの間にか、日差しが傾いてきたようだった。

「お母さん、ちょっと暗いね。電気、点けようか?」

ゆっくりと、同じペースで痩せた肩を揉みながらわたしが言った。

「ううん、大丈夫。このままでいいよ」

お母さんが、小さな声で言う。

痩せた肩。パサついた白髪頭。曲がった小さな背中。

涙をぬぐったティッシュを握ったままの、皺々な手。

「お母さん」

「ん？」

「わたし、幸せだから……」

「…………」

「ふつうじゃなくても、幸せだから……」

そう言ってみたら、わたしの鼻の奥の方が熱を持ちはじめて、そのまま熱いしずくが頬を伝った。しずくは、丸まったお母さんの背中に落ちて、洋服の生地にすうっと吸い込まれた。

わたしは、痩せた肩を揉み続けた。

お母さんの上半身が小刻みに揺れていることに気づきながら。

「千恵子……」

「ん？」

「せっかくだし、もう一回、最初から見ようかね」

お母さんは、潤んだ声でそう言うと、アルバムの最初のページを開いた。

ふたたび、生まれたばかりのわたしが現れた。

どれだけ写真を見返しても、わたしたちの過去は変わらない――そのことを知りながらも、わたしは「そうだね。見ようか」と、静かに答えて、ぎゅっと目を閉じた。


【川合淳】


気象庁が梅雨入り宣言をして以来、空はひたすら低く、昼間でも薄暗いような日々が続いていた。

その空とは対照的に、我が家の杏子と春香は、日増しに明るさを取り戻しているように見えた。言い換えると、紫音による洗脳がますます深まり、二人の奇行が常態化したのだ。俺としては、家庭が変に明るくなればなるほど、暗澹（あんたん）たる思いに苛（さいな）まれるのだった。

千太郎さんに教えられたとおり、俺はなるべく二人と普通に接しながら、時折、杏子の脳内の結び目をほどくための問いかけをした。しかし、その効果は正直ほとんど見られなかった。俺の問いかけが下手なのか、杏子の洗脳が深刻すぎるのか。もしくは、その両方か……。

さりげなく春香にカマをかけてみたこともある。紫音についての情報をしゃべらせようと思ったのだ。しかし、春香は、杏子と紫音にきっちり言い聞かせられているのだろう、いつも核心に触れないような受け答えをするばかりだった。

春香いわく、紫音という人物は、驚くほどよく当たる占い師であると同時に「わたしが何でも話せるお友達」でもあるとのことだった。幸か不幸か、ずいぶんと可愛がられているらしいのだ。

ようするに、すぐにでも家族を洗脳から解放したい俺としては、なかば八方塞がりというわけである。

このところ、春香はかなり頻繁に外出をしているようだった。

雨が降ろうと、風が吹こうと、春香はちょくちょく図書館に出向いて勉強をしているという。だが、俺はそのことについては懐疑的だった。本当は図書館ではなく、紫音のサロンとやらに入り浸っているのではないかと疑っているのだ。

というのも、最近の様子からすると、杏子よりもむしろ春香の方が、紫音に入れ込んでいるように見えるからだ。

「春香、どこに行ってるのかな？」

と、さりげなく杏子に訊いてみても、

「え、図書館でしょ？」

などと、とぼけるばかりで、まさに暖簾に腕押しだ。


梅雨入りして最初の土曜日。

この日も、朝からたっぷりの雨が降り続いていた。

昼ごはんは、珍しく俺が台所に立って、春香の好きな葱と豚肉のお好み焼きを焼いた。

久しぶりに家族三人での昼食を終えると、春香がいそいそと外出する準備をしはじめた。

その様子を気にしながら、俺はチロリンを胸に抱いて部屋の窓辺に立った。

ベランダ越しに、雨に打たれる川を見下ろす。広い川面は、無数の銀糸と、それが作る波紋のせいで白い障子紙のように見えた。

間もなく春香の準備が整った。

俺はチロリンを床にそっと下ろして言った。

「春香、今日も図書館で勉強か？」

「うん」

春香はリュックを背負いながら頷いた。

「じゃあ、パパもちょっと散歩がてら、一緒に外に出ようかな」

「え、こんな雨なのに？」

「なんとなく、外の空気を吸いたくなったからさ」

ほんの一瞬だが、春香の視線が、ちらりと杏子に移ったのを俺は見逃さなかった。

すると、すかさず杏子が口を挟んできた。

「散歩に出るんだったら、ついでにヤマダベーカリーに行って、牛乳と食パンを買ってきてくれる？」

俺には、その言葉の意味がすぐに分かった。図書館と駅のある方角と、ヤマダベーカリーがある方角は真逆――、つまり杏子は、俺と春香を一緒に歩かせたくないのだ。

「牛乳と食パンね。了解」

俺は、とりあえずお遣いを頼まれたフリをして、春香と一緒に部屋を出た。

一階までエレベーターで降り、マンションのエントランスで傘を広げる。雨足は一段と強まっていたが、俺と春香はすたすたと外に向かって歩き出した。

雨粒が傘を叩き、靴はすぐに飛沫（しぶき）で濡れた。

マンションの敷地を出たところで、春香に声をかけた。

「じゃ、パパはパン屋に行くから。気をつけてな」

「うん、じゃあね」

軽く手を振り合い、春香は川沿いの桜並木を右へ、俺は反対の左へと歩き出した。

そのまましばらく濡れた歩道を進んで、ふと後ろを振り向いた。

五十メートルほど離れたところに、赤い傘をさした春香の後ろ姿が見えた。

その後ろ姿が、桜並木を右折して見えなくなる。

俺はくるりとUターンした。そして、いま来た歩道を足早に戻っていく。

春香を尾行するのだ。

都合がいいことに、春香は赤い傘を肩にかけて歩いていた。つまり、後ろを確認するということがないのだ。これなら素人の俺でもやすやすと尾行を続けられそうだった。

俺も桜並木を折れて、春香との距離を少し詰める。

やがて、小さな交差点が現れた。春香が本当に図書館に行くのであれば、そこを右に折れるはずだった。しかし、案の定、春香は迷いのない足取りで左に曲がり、そのまま駅の方へと向かった。

やっぱり、そうか……。

春香は、俺に嘘をついたのだ。

そもそも予想していたことだが、それが本当に的中してしまうと、さすがにこたえる。俺は少し肩を落とし、ため息をついた。雨に濡れたジーンズが、急にわずらわしく思えてくる。

春香はそのまま駅のホームで電車を待ち、やがて到着した各駅停車に乗って、三つ先の駅で降りた。電車内での尾行はさすがに緊張したが、よくある刑事ドラマのように、俺は隣の車両からチラチラと春香の様子を眺めていた。

駅のホームに降りた春香は、改札を出て、しばらく線路沿いの道を歩き、古びた公園のなかへと入っていった。水たまりがたくさんあるその公園を抜けると住宅地の路地になった。

おそらく、紫音のサロンは、この近くにあるのだろう。

考えると、俺の心臓は変に高鳴ってしまう。

春香は勝手知ったる足取りで、カーブミラーが設置された細い曲がり角を右に折れ、その先の行き止まりの右手にある二階建てのアパートの階段を上りはじめた。俺はその様子をカーブミラーを使って見つめていた。

春香は二階の角部屋のドアの前に立った。

おそらく呼び鈴を押したのだろう、すぐに内側からドアが押し開けられた。

紫音か――。

俺はカーブミラー越しではなく、直接、顔を見てやろうと思って、数歩、歩み出た。しかし、春香の赤い傘が邪魔をして、紫音の姿を見ることはできなかった。

ちくしょう。

思わず舌打ちしてしまったが、それでもとにかく紫音のサロンの場所は突き止めたのだ。

尾行した甲斐はある。

それから少し時間を置いて、俺は足音を忍ばせながらそのアパートの階段を上った。そして、春香が消えた角部屋の前に立つ。

心臓が、内側から叩かれているかのようにバクバク鳴っていた。

紫音の苗字を知ろうと思い、表札を見た。

しかし、普通なら文字が書かれているはずの表札には、ふたつの三角形を上下逆さまに重ねた「六芒星」が描かれているだけだった。

その図形の意味を考えていると、ドアのなかから笑い声が聞こえてきた。春香の声だった。かすかに話し声も漏れ聞こえてくるのだが、さすがにドアに耳を付けて盗聴するわけにもいかない。

さて、どうしたものか――。

ドアの前で突っ立っていたら、ふいに電子音が鳴りはじめて、俺は飛び上がりそうになった。スマートフォンの呼び出し音だった。

俺は慌てて階段を降りながら、傘を持っていない方の手で、ショルダーバッグのなかからスマートフォンを取り出した。

液晶画面を確認すると「千太郎さん」と表示されていた。

年老いた心理学者は、ときどき我が家の様子を心配して連絡をくれるのだ。

「あ、もしもし、川合です」

俺は、先ほどのカーブミラーのところまで駆け戻りながら電話に出た。

「ん？　いま、電話するの、まずい状況かな？」

ついつい声をひそめていた俺に、千太郎さんは怪訝そうな声で訊いた。

「あ、いえ、もう大丈夫です」

紫音のアパートから充分に離れた俺は、声のトーンを戻して返事をした。

「本当に？」

「ええ。じつは、いま、ちょっとお恥ずかしいんですけど、春香の後をこっそり付けてました……、というか、もう、終わったんですけど」

「え？　尾行、したのかね？」

千太郎さんの声がいっそう怪訝そうになったので、俺はちょっときまり悪いような思いで「まあ、そういうことです」と答えた。そして、たったいま、春香が紫音のサロンに一人で入っていったことを伝えた。

するとと千太郎さんは、電話越しにくすっと笑った。

「え……、笑いごとじゃないんですけど」

俺は、至極まじめに言っているのに、千太郎さんはまた笑う。

「春香ちゃんは大丈夫だよ、きっと」

きっと——って。無責任だなあ。

俺が、少しムッとして黙っていると、千太郎さんは続けた。

「そんなことより、奥さんにいい問いかけはしているかな？」

「してます……、けど」

「けど？」

「あまり効果がないといいますか、むしろ奇行が増えたくらいです」

「ふむ」

「でも、春香が少しずつ明るくなってきてるみたいで。それを見ている妻も嬉しそうで。それが、逆に怖いというか、何というか……」

「なるほどね。でも、まあ、そんなに慌てなくても大丈夫だと思うよ。時間をかけて洗脳されたのなら、それを解くのにもある程度の時間は必要だと思った方がいい」

「はい……」

俺は、千太郎さんの言葉を、心理学者の真っ当な意見として受け止めて、素直に返事をした。たしかに慌てるよりは、落ち着いて対処した方がいいに決まっている。とはいえ、いま、目の前にあるあの部屋に、大事な春香がいるのだ。しかも、この瞬間も洗脳されているかも知れない。そう考えると、なかなか冷静でいるというのも難しい。

「あの、千太郎さん」

「ん？」

「いま、春香が入っていった紫音のサロンを見ながら電話してるんですけど、不意をついて突入するっていうのはどうですかね？」

「突入って――、あんた、警察の家宅捜索じゃないんだから」

「でも」

「やめた方がいい。まだ法的には何も悪いことをしていない状態なんだから。突入なんてしたら、逆に訴えられるかも知れないよ」

「…………」

「それに、春香ちゃんにとっても、いいこととは思えない」

「まあ……、そうですね」

「とりあえず今日は、アジトを探り当てたんだから、それでよしとして帰りなさい。で、落ち着いて対策を考えた方がいい」

さすがに心理学者はもっともな意見をくれる。

俺は小さくため息をついて、「じゃあ、いったん帰ります」と言った。

「それがいい。何かあったら、いつでも」

「はい。相談させて頂きます」

「春香ちゃんは」

「え？」

「きっと大丈夫だと思うよ。若くて思考が柔軟だから。とにかく根気よく奥さんの方にいい問いかけを繰り返すことだよ」

「分かりました。そうします」

返事をしながら、俺は考えていた。

帰りがてら、忘れずにヤマダベーカリーに寄って、牛乳と食パンを買って帰らねば、と。

第三章　騙されたのは誰？

【紫音】


約束の時刻より三分ほど早くインターホンが鳴った。

この来客が誰なのかは分かっているけれど、わたしは念のため玄関のドアスコープをそっと覗く。

魚眼レンズの向こうには、赤い傘をさした少女の姿。

鍵を開け、ドアを内側から開けてやる。

「こんにちは」

いつものように春香は、愛嬌のあるたれ目を細めて挨拶を口にした。

「いらっしゃい。雨、すごいねぇ」

「わたし、晴れ女なのに」

「あは。さすがに梅雨前線には勝てなかったね」

「負けました」

春香は肩をすくめるようにして微笑んだ。

「あ、傘はそこに立てかけておいてね」わたしは陶製の傘立てを指し示して、春香を玄関へと招き入れる。「いま、アイスティーを淹れようとしてたの。飲むでしょ？」

「あ、はい。頂きます」

傘を立て、脱いだ靴をきちんと揃えた春香が「お邪魔します」と言って入ってくる。

このサロンは玄関を入ると目の前がキッチンなので、わたしは春香をそのままキッチンに立たせて、午前中に買っておいたシフォンケーキを切ってもらうことにした。

「四等分に切っていいですか？」

「うん、半分じゃ多いもんね」

答えながら、わたしは香りのいい紅茶でアイスティーを淹れ、カットしたレモンを浮かべて細めのストローをさす。

二人分のケーキとアイスティーが揃うと、すでに勝手知ったる春香はキッチンの棚からトレーを出し、それらを載せてサロンのテーブルへと運んでくれた。

「春香ちゃんは気が利くよね。ありがとうね」

わたしは少女の華奢な背中に話しかける。

「え、そんなこと……」

謙遜しながらテーブルにトレーを置いた春香は、いつものようにわたしの「相談者」が座るソファに浅く腰掛けた。わたしはその向かいに座る。

「このシフォンケーキ、とっても美味しいって評判なの」

「え、それって、紫音さんがこのまえ話してくれた、午前中で売り切れちゃうっていう、限定の——」

「そうそう、それ」

「わあ、買っておいてくれたんですか？」

「うん」

もちろんだ。春香の喜ぶ顔を見るのは、そのままわたしの喜びでもあるのだから。

「わあ、めっちゃ嬉しい」

春香は、少女らしい無邪気さで「いただきます」と言ってケーキを頬張った。

もしも、わたしに娘がいたなら——。

きっと、この娘くらいの年齢なのだろうな……。

そんなことを思いながら、年頃の少女の唇を眺める。

「んーっ、ふわっふわで美味しい」

幸せそうに顔を上げた春香が、笑顔のまま小首をかしげた。

「あれ、紫音さん、食べないんですか？」

「え？　もちろん食べるよ」

思わずハッとしたわたしもフォークを手にした。そして、春香のために雨のなか三十分も並んで買ってきた一日限定二〇個販売のシフォンケーキを口にする。

なるほど、しっとりとして、ふわふわで、甘さもちょうどいい。無糖の紅茶にもよく合う風味だった。人気が出るのも頷ける。しかし、これを食べたいがために、わざわざ三十分も並ぶかと問われたら、正直、もう二度目はいいかな、と答えたくなる。

「ところで、春香ちゃん、調子はどう？」

「えっと、いい感じです」

「お父さんとも？」

「はい」

春香は会話をしながら、またケーキを頬張った。よほど気に入ってくれたらしい。帰りに残った半分を持たせよう。

「よかった。春香ちゃん、少しずつ流れに乗れてきたみたいね」

もぐもぐと口を動かしながら、春香が「宇宙の、ですか？」と言った。

「そう、宇宙の流れ。春香ちゃんの心が、自然体に近づいてきたんだね」

「紫音さん、パッとわたしを見ただけで分かるんですか？」

「そうね」わたしは霊視をするときの目で春香を見て、「うん、分かる。やっぱり良くなってる。オーラが輝きはじめてるから」と答えた。

春香は、安心したように小さく頷くと、ふたたびシフォンケーキにとりかかった。

大人のような受け答えをしたかと思うと、ふいに少女じみた仕草を見せる。春香を見ていて飽きないのは、そういうところなのかも知れない。

このところ、春香は、ちょくちょくわたしのサロンに顔を出してくれる。予約を取って悩み相談に来るのではなく、わたしの空き時間に合わせて、単純におしゃべりをしに来るのだ。仕事ではないから、お金は取らない。というか、中学生を相手にお金を取ろうなんて、はなから思えないし、そもそも、どうでもいいようなおしゃべりを欲しているのはわたしの方なのだ。

もちろん、会話の内容が悩み相談になることはある。春香から見れば、わたしは何でも知っていて、すべての問いかけにズバズバ答えてくれる、いわば特別な能力を備えたメンターなのだから。でも、わたし個人としては、ごく普通の「友達」としゃべるような気楽さで、春香との時間を愉しませてもらっている。

毎日、毎日、深刻な悩みを抱えた人たちを相手にしている身としては、こういうどうでもいいような会話ができるのは、とてもありがたいのだ。

そして今日もまた、わたしと春香は、毒にも薬にもならないような戯言（ざれごと）を投げ合っては、目と目を合わせてくすくすと笑い、ときには手を叩いて大笑いをしたりして、心をじんわりと癒していく。

シフォンケーキを食べ終え、アイスティーのグラスも空っぽにして、それから十五分ほどしゃべっていると、ふいに春香が「あっ、そういえば」と両手を膝について背筋を伸ばした。

「ん、どうしたの？」

「あの……、紫音さん、この間、わたしには才能があるって言ってくれましたよね？」

「え？　ああ、うん。言ったけど」

「あれ、本当ですよね？」

「わたしが春香ちゃんに嘘をついたこと、ある？」

わたしは冗談めかした顔で春香を睨んでみせた。

「あはは。ないです」

「でしょ？」

じつは先日、わたしは春香にこう言ったのだ。

あなたのように、ひどいいじめにあった人はね、ヤスリで削られるみたいに心が痛むけど、でもね、それって、心に付いた悪いものが削り落とされてピカピカに磨かれることでもあるわけ。で、結果として、霊能者としての才能が開花しやすくなるのよ――。

「紫音さん、あの後、約束してくれましたよね？」

「約束？」

「わたしの能力を、開花させてくれるって」

「ああ」たしかに、うっかりそんなことを言ってしまった覚えがある。「そうね、うん」

「あれ、お願いしても、いいですか？」

「え、いま？」

春香は、少し姿勢を正して「はい」と頷いた。

「いま、か……。まあ、うん、できないことはないんだけど」

「けど？」

と、春香が小首をかしげる。

「正直、まだ年齢的に、ちょっと早いかなって」

「え……、駄目、ですか」

分かりやすいくらいに、春香は肩を落とした。

「あ、いや、駄目というかね、うーん……、そもそも春香ちゃんは、どうして霊能力が欲しいと思うの？」

「えっと」春香は頬に手を当てて考えると、少し声のトーンを落として答えた。「自分を変えたいから、かも……」

「なるほどね。じゃあ、自分をどんなふうに変えたいの？」

「なんか、わたしそのものというか、いまの状況とか、いろんなことを変えられたらいいなって」

賢い春香にしては、いまいち的が絞れていないような受け答えをした。でも、それも仕方がないだろう。この娘はまだ中学生だし、いじめで心に傷を負わされ、不登校をしている真っ最中なのだ。

「漠然と自分の在り方を変えたい。そのために霊能者になりたいってこと？」

「そんな感じかも……」

どこか自信なさげに頷いた春香。

「そっか。でも、一応、言っておくとね、わたしみたいにこの能力を持っちゃうと、それはそれで大変なのよ」

「どんなふうに、ですか？」

「うーん、例えばね、信頼していた人の心のなかにドス黒い部分が見えちゃって、すごく悲しくなることもあるし、大好きな人が秘密にしている悲しい未来や過去が見えちゃったりもするわけ。こういうのも、すごく胸が痛くなるんだよね」

「見たくないものまで――」

「そう。見えちゃうの」

「そっかぁ……」

「もっと霊的なことを言うと、道端を歩いているだけでいろんな霊が見えちゃうし、その霊に絡まれることもあるのよ。ひどいときはね、夜、布団に入って電気を消したら、天井にパックリと黒い裂け目ができて、そこから悪霊が出てきたの。で、しばらく天井のあたりに浮かんでいた悪霊が、わたしを見つけて、ぐいぐい憑依しようとしてきたこともあるんだよ」

「え……、そういうときは、どうするんですか？」

「まあ、そんなに強い悪霊じゃなかったから、バリアを張るみたいにして跳ね返したけどね」

「バリア……」

「しかも、そういう悪い霊に逆恨みされることもあってさ。この霊の逆恨みっていうのは本当に怖いし、正直、命の危険を感じることもあるわけ」

「…………」

「あとね、この能力を使って、他人の心の深い部分とか、過去とか未来まで霊視したりすると、その夜はもう心身ともにぐったりと疲れちゃって、ご飯すら食べられなくなることもあるのね。まあ、わたしくらい慣れちゃえば、けっこう大丈夫になるけど。でも、わたしも最初の頃は、二十四時間、布団から起き上がれなくなったりもしたんだよね」

「二十四時間、ずっと動けなくなっちゃうんですか？」

「うん。布団のなかで目が覚めても、心と体が消耗し切っちゃってて、まったく起き上がれないの。で、そのまま、また寝て。また目覚めても動けなくて、寝て――。それの繰り返しで二十四時間」

「そっかぁ……」

春香は少しうつむいて、だんだんと表情を固くしはじめた。

よし、もう一押しだ。

「この力はね、上手に使えば、得られるモノは大きいと思うよ。でも、その代わりに、失うモノもかなり大きいと思うの。春香ちゃん、それでもいい？」

「…………」

「これからの長い人生、命懸けでこの力と一緒に生きていこうっていう覚悟はある？　悪霊とか、他人の悪意とか、悪い気とかと闘っていける？　もしも春香ちゃんに、本当にその覚悟があるなら――、それなら、開花させてあげてもいいよ」

春香の顔を見た。

唇を半開きにして、難しい顔のまま固まっている。

まあ、ここまで脅せば、普通はやめておくと言うものだ。これまでだって何人ものクライアントに霊能力の開花を求められたけれど、この話をしたら全員が怖気付いてあきらめてくれたのだから。

「あの、わたし……」

「なに？」

「紫音さんみたいに――、なりたいんです」

うつむき加減の春香が、ちょっと不安げな目をこちらに向けてつぶやいた。

「え……」

わたしは、思わず息を止めていた。

このわたしみたいに、なりたい？

目の前の春香をぼうっと眺める。

思春期の少女が浮かべた切実な表情――。

わたしという存在を求めて、じっと見つめ返してくる、濡れた黒い瞳と、その純粋な光。

わたしは胸のあたりがぞくぞくして、身震いしそうだった。

まるで心臓のまわりを生ぬるい少女の指が這い回り、えも言われぬ甘美なタッチで愛撫されたような気分だ。

「紫音さんが、わたしにしてくれたみたいに……って言うか……、いじめとかで心が弱っている人を、やさしく助けられる人になれたらいいなって思って」

「春香ちゃん……」

もう一回――、もう一回、言ってみて。

「でも、やっぱり、駄目かぁ」

「え？」

「わたしの才能くらいじゃ、紫音さんみたいにはなれませんよね」

愛くるしいたれ目に、落胆の光をたたえた少女が、わたしを見つめていた。

「春香ちゃん、わたしみたいになりたいの？」

あきらめ気味に微笑みながら、小さく頷く少女。

「そっか。うん、そっか」

甘美な陶酔にくらくらしたわたしは、もはやノーとは言えなくなってしまった。

「覚悟は、あるってことだよね？」

春香は口を真一文字に引いて、こくりと小さく頷いた。

「お母さんは、何て？」

「紫音さんを信頼しているので、お任せしておけば大丈夫って」

「そう」

「はい。でも――」

もう、我慢できない。

わたしは、ふっと微笑んでしまった。

そして、言った。

「そうね。じゃあ……、うん、分かった」

「え？」

「いいよ」

「えっ？　いいって――、えっ？」

「仕方ないでしょ。だって、わたしにとって、春香ちゃんは特別な存在だからね」

あなたにとってのわたしも、特別な存在なのよね？

女子中学生を相手に媚を売るような言葉を発している自分が、どこか情けなくも思えたけれど、それでも多幸感に震えそうになっていたわたしは表情を変えずに続けた。

「春香ちゃん、この能力を手にして、何か困ったことが起こったら、すぐにわたしのところに来るのよ。必ず助けてあげるから」

「はい……」

「これは、約束よ。すぐに来ること。じゃないと、本当に危ないこともあるんだから」

わたしは、駄目押しで脅しをかける。

まだ十代前半の少女が、緊張と不安と決意の色をくるくると目に浮かべながら小さく頷いた。

この娘の霊能力を開花させる、か……。

今後、春香がわたしのところに来てくれる回数が増えるのなら、それは充分にいい話ではないか――と、わたしは、わたしに言い聞かせる。

「じゃあ、春香ちゃん」

「えっ、はい」

「さっそく、はじめようか」

「はい」

「じゃあね、まずは、そこの窓際の床で胡座をかいてくれる？」

「はい」

春香は緊張した面持ちでソファから立ち上がると、掃き出し窓の方へと歩いていった。

「ここでいいですか？」

「いいよ。窓の外を向いて座ってね」

言いながら、わたしもソファから立ち上がった。

春香がゆっくりと窓辺に胡座をかき、その後ろにわたしが立つ。

春香の後ろ姿は、背筋がすっと弓のように伸びていて、若々しく、張りがあって、頬ずりしたくなるほどに美しかった。

わたしは視線を上げて、春香が向いている窓の向こうを見た。

外は相変わらずの雨降りだ。

この世界は今日も救いようのないほど惨（みじ）めな灰色に沈み、ずぶ濡れだった。

一瞬、わたしは、自分の過去に想いを馳せる。

遠い記憶のなかに残っている映像は、どれもだいたいこんな感じの灰色をしていた。梅雨という季節は、惨めなわたしの人生とよく似ているのだ。鬱々とした雨に降り込められて、小さな屋根の下から灰色の世界に出られずにいる。ずっと。ずっと。

それでもいま——、と思い直して、わたしは胡座をかいた春香の頭を見下ろした。

さらさらの髪の毛と、きれいな肩のライン。

わたしには、この可愛らしい癒しがある。

そう、癒し。

わたしは女性に恋をするタチではない。だから、恋愛とは根本的に違った愛情をこの娘に感じているのだろうと思う。それがいったいどんな種類の感情なのかは、正直、自分でもよく分からない。けれど、もしかするとこれは「母性」に近いのではないか——と、そんな気はしていた。春香を見ていると、心の底から「守ってあげたい」という思いが湧き上がってくるからだ。

「春香ちゃん、まずはリラックスしてね。ゆっくりと三回、深呼吸をしてみて」

「はい」

と答えて、素直に深い呼吸を繰り返す少女。

「そうしたら、軽く目を閉じて。閉じたら、呼吸を自然な状態に戻してね」

「はい」

春香は、わたしの言うがままだった。わたしの言葉は何であろうと信じてくれるし、必ず

「イエス」と言ってくれる。愛くるしさに、つい後ろから抱きしめたいような思いに駆られるけれど、さすがにそれはやめておいた。

「人間の頭のてっぺんにはね、いわゆる百会（ひゃくえ）っていうツボがあるのね。ちょうどこのあたり」そう言って、わたしは春香の頭頂部に触れた。「いい？　ここは宇宙エネルギーの出入り口でもあるの。いまから、この百会を通して宇宙エネルギーを注ぎ込むからね」

「はい……」

「そうすると、春香ちゃんのチャクラが開いていくから」

「チャクラ？」

「そう。簡単に言うと、宇宙エネルギーを溜められる場所のこと。チャクラがある場所は、身体に七箇所あるの。上から順番に言うと、まずは百会のある頭頂部、次が、いわゆる第三の目が開くと言われる眉間のあたりね。そして喉、胸、鳩尾（みぞおち）、下腹部、尾骨の七つ。これからわたしが春香ちゃんの頭の上に手を当てて宇宙エネルギーを強く注ぎ込むと、上のチャクラから順番にエネルギーが溜まっていって、それが風船みたいに膨張して、最後はポンッて破裂するみたいになるから。それがチャクラの解放。解放したところから、能力が開花していくの。で、これを七つ全部やっていくからね。分かった？」

「は、はい……」

春香は自信なさげに返事をした。

それも当然だろう。いきなりこんな専門的なことを言われても、ちんぷんかんぷんに違いない。でも、むしろ、こちらとしてはその方が都合がいいのだけれど。

「呼吸、整ったみたいね」

「はい、多分」

「それじゃ――」

「あっ、あの」

「なに？」

「痛いとか、苦しいとか――」

「あはは。大丈夫よ。春香ちゃん自身は、ほとんど何も感じないから。人によってはチャクラのあるところがポカポカあったかくなったり、ポンッて解放した瞬間に違和感を覚えてビクッとなる人もいるけど、痛みとかはないからね」

「よかった……」

ホッとため息をついた少女の頭に、わたしは右手を載せた。

「じゃあ、いくよ」

「はい」

わたしは宇宙エネルギーとつながるためのマントラをぶつぶつと口のなかで唱えはじめた。

春香の緊張が、頭に載せた手のひらから伝わってくるようだ。

「まずは頭頂部から解放するから、ここに意識を集中してね。宇宙から神聖な白いエネルギーがどんどん流れ込んできて、頭頂部のチャクラの風船が膨らんでいくイメージをするの」

「はい」

「いくよっ」

わたしは少し大きな声でマントラを唱えながら、宇宙エネルギーを少女の頭のてっぺんから勢いよく注入しはじめた。

◇　◇　◇

灰色の夕暮れ時——。

薄暗い時間になっても雨足は弱まらなかった。

中学生の女の子をあまり遅くまで引き止めているわけにはいかないので、わたしは春香に帰宅を促した。すると素直な少女は「はい」と頷き、赤い傘をさして帰っていった。

一人になると、喉が渇いていることに気づいた。

わたしはテーブルの上のアイスティーの飲み残しに口をつけた。溶けた氷で薄まった中途半端な味。それをすべて飲み終えてもまだ足りず、春香が残した分まで飲んでしまった。

とりあえず喉を潤したわたしは、ふと霊能力を開花させたときの春香の表情を思い出した。

あれは、いわゆる「拍子抜け」の顔だった。

「えっ、これで終わり――ですか？」

などと言いながら、自分の手をまじまじと見つめたりしていたのだ。

「うん、終わったよ。春香ちゃんはね、存在の仕方が変わったんだよ。根本から変わって、宇宙の意識と同調できるようになってるの。あ、でもね、変わったからって、急に何でも見えたり出来たりするわけじゃないからね。霊能力っていうのは、お花みたいにゆっくりと目に見えないような速度で開花していくのね。力の使い方については、また今度ゆっくりとコツを教えてあげるから」

春香はこの説明に、「あ、はい……」と頷いてはくれたものの、なんとなく物足りなさそうだった。

本当は、もう少し喜んでくれると思っていたのに――。

「だって、仕方ないじゃない」

わたしは、ポロリとひとりごとをこぼした。

静かすぎる部屋のなか、その声はやけに大きく響いた。
チ、チ、チ、と時間を削り落としていく時計の音も聞こえる。削られた時間の滓(かす)は、雪のように一人の部屋に積み重なっていく。
ふと、やるべきことを思い出した。

わたしはテーブルの上に置いてあるスマートフォンを手にした。春香が自宅に着く前に、母親の杏子の携帯に電話をかけておかねばならないのだ。

わたしに心酔している杏子は、三コールで出た。

「どうも、杏子さん、こんばんは」

わたしは万能の霊能者らしく、堂々とした声を作った。

「わあ、どうも、こんばんは。えっと、今日もなんだか、いろいろと——」

杏子は嬉しさが声に出ないよう、低く抑えているようだった。しかも、しゃべりながらどこかに移動しているような気配がある。きっと、編集者をやっているというご主人のいる部屋から離れて、一人になろうとしているのだろう。

端末の向こうで、カチャ、とドアが閉まる音がした。

すると、杏子の声がいつものトーンになった。

「あの、ありがとうございます。春香、どうでした？」

「とっても元気そうでしたよ。いまさっき、帰しましたんで」

「いつも、すみません」

「いいのよ、わたしも春香ちゃんとのおしゃべりを楽しんでるんだから」

「なんか、紫音さんのところにお邪魔するようになってから、あの子、ますます元気になってきたみたいで」

「うふふ。それはよかった。あ、そうそう、今日ね、春香ちゃんに霊能力の開花をせがまれたの。聞いてるでしょ？」

「ええ。紫音さんにお願いしてみるって、嬉しそうに言ってました」

「ならよかった。とりあえず開花させておいたから」

「わ……、すごい。あ、料金は、今度お会いしたときに――」

「ああ、いいの、いいの。これはサービスだから」

「え？」

「だって、仕事じゃないから。春香ちゃんと雑談をしていて、その流れだから」

「でも、そういうわけには……」

「大丈夫よ。わたしがいいって言ったら、いいの。それが流れだと分かってやってるんだから」

「……えっと」

「流れを受けて、わたしがそうしたんだもん。間違ってると思う？」

「流れ――」

「そう、宇宙の流れの通りなの。だから従ってオーケー」

こういう言い方をすれば、杏子は百パーセントの確率で頷いてくれる。

「そうですか。分かりました」

ほらね、とわたしはほくそ笑む。

「あ、それとね、春香ちゃんの霊能力の開花だけど、いきなり百パーセントの能力が開いちゃうと、力をコントロールできなくて危険だから、ゆっくりと、少しずつ、目覚めるようにしておいたから」

「あ、はい」

「彼女のペースに合わせて、時間をかけながらコツコツとトレーニングをするの。で、いつかは自分の思いどおりに力を使えるようになっていかないとね。初心者なのに、いきなり力が暴走しちゃったり、その力が悪い霊とかエネルギーを呼び寄せちゃったりしたら大変でしょ？」

「そう、ですね――」

杏子は少し心配そうな声を出した。

「でも、大丈夫よ。わたしがついてるから。とにかく、霊能者になれたからといって春香ちゃんが有頂天にならないよう、しばらくは気をつけてあげてね。まだ卵から孵ったばかりのヒナみたいなものだから」

杏子は恐縮したような口調で「はい、分かりました」と言った。

これで、よし。

わたしは杏子の顔を想像した。

うっとりとわたしを見る、あの信者の目――。

杏子のようなガチガチの秀才タイプは、最初は少しばかり手こずることもあるけれど、一度、堕としたら、もはや完璧すぎるほどに盲信してくれるから、むしろ扱いやすいのだ。

「春香ちゃんにも、そのことはちゃんと伝えてあるんだけど、とりあえず杏子さんにも報告しておこうと思って。念のためね」

「はい、わざわざありがとうございます」

「ううん、いいのよ。じゃ、また遊びにいらしてね」

「ええ、わたしもまた正式に相談に伺いますんで」

「予約の電話、待ってるわね」

「はい」

「それじゃあ」

と、さよならの挨拶をして、通話を終えた。

思わず「ふう」とため息を漏らす。

わたしはスマートフォンをテーブルの上に戻した――、と思ったら、すぐに着信音が鳴りはじめた。

え、誰？

と液晶画面を見ると、二歳下の幼馴染みのルンからだった。ルンというのは、幼少期から周囲に呼ばれているあだ名だ。

わたしは置いたばかりのスマートフォンをふたたび手にして、通話ボタンを押した。すぐに、ルンの陽気な声が聞こえてくる。

「お疲れさーん。わたしだけど。いま、大丈夫？」

「うん、大丈夫。ちょうどひと息ついたところだから」

「もしかして、今日も予約でいっぱいだったの？」

「ううん。今日は雨でキャンセルがふたつ入ったから、午後はわりとラクだった」

「へえ、たまにはいいんじゃない、ラクしても」

ルンは、うふふ、と上機嫌そうに笑う。誰からも愛されるこの明るい性格は、いまは亡きルンの父から引き継がれたものだと思う。そして、この陽気な語感のあだ名をつけたのもルンの父だった。彼いわく、いつもルンルン愉しそうにスキップしていることと、本人の名前をかけあわせて「ルン」にしたのだそうだ。

「で、ルン、今日はどうしたの？」

わたしが訊くと、ルンは「とくに用事はないんだけどね、えへへ」と愉しそうな声を出す。なんの用事もないのに、ふらりと我が家に顔を出すのも、男やもめで自由そうなルンの父の十八番（おはこ）だった。

まだ、わたしとルンが幼稚園児だったあの頃、お互いの家は歩いて三十秒ほどの距離にあった。そして、ルンの父とわたしの父は、ずいぶんとウマが合うようで、よくどちらかの家でお酒を酌み交わしていたものだった。しかし、ルンの父は、生真面目なわたしの父とは正反対の、とても愉快な人だった。いつもニコニコ上機嫌に目を細めていて、「おーっす」と言いながら家に上がりこんでは、幼いわたしを見るなり嬉しそうに抱き上げ、実の娘のように戯（じゃ）れ合ってくれたものだった。

やがて、わたしの父が他界すると、ルンの父とわたしの母は、やもめ同士、ゆっくりと時間をかけて恋仲になっていった。もちろん本人たちが娘にそう告げたわけではないけれど、わたしもルンも思春期に差し掛かっていたから、さすがにそういう艶っぽい空気はしっかりと感じ取っていたのだ。どちらも淋しい一人っ子だったルンとわたしは、「わたしたち、姉妹になれるかもね――」と、淡い期待をこっそり語り合ったこともあった。

でも、結局、ルンの父とわたしの母が結ばれることはなかった。ある日、ルンの父は仕事の都合で隣県へと引っ越してしまったのだ。わたしが中学三年生のときだったと思う。

それ以来、ルンとその父が家にやってくることはなくなった。

もちろん、母とルンの父親との恋愛関係が、いつ、どうやって壊れたのかは、わたしにもルンにも分からないままだ。でも、わたしとルンの姉妹のような心のつながりは、引っ越したあとも細々と続いていた。手紙をやりとりしたり、悩みがあれば長電話をしたり。ときには電車でどこかに遊びに行ったりもしていたのだ。

やがてルンが社会人になると、それとほぼ同時期に、ルンの父の訃報が入った。葬儀には、母もわたしも呼ばれなかったけれど、後日、ルンが死因を教えてくれた。背骨にできた骨肉腫が全身に転移してしまったのだそうだ。

唯一の家族を失い、天涯孤独となったルンは、わたしへの連絡をそれまで以上に密にしはじめた。もちろん、わたしはルンを拒むようなことはなかった。むしろ、当時のわたしは、ルンの明るく人なつっこい性格に救われていた部分があったから。

「ルン、もしかして、いま、暇なの？」

あの当時の記憶をぼんやりと思い出しながら、訊ねた。

「うん、けっこう暇。昼間も暇だったよ。うちも雨のせいで三組のお客さんにキャンセルされちゃったから」

「そっか。暇だったら、これからご飯でも行く？　雨だけどさ」

「いいね。じゃあ、わたし、そっちに行くよ」

「うん、何時頃になりそう？」

「うーんと……」ルンは時計を見たのだろう、少し間を置いてから「仕事場の片付けをしてから、だから——、三十分後くらいは？」と言った。

「いいよ。じゃあ、それまでに家を出られるように、わたしも準備しておくね」

「りょうかーい。あ、そうだ。近々また紹介したい人がいるのと、あと、わりと使えそうな情報をゲットしたから、楽しみにしててね」

「うん、助かる。いつもありがとね、ルン」

「どういたしまして。んじゃ、あとでね」

「はい、あとでね」

通話を終えると、わたしはソファに腰をおろした。ついさっきまで春香が座っていた場所だけれど、もうぬくもりは残っていない。

春香と会って、すぐにルンとご飯か。

「今日は、いい日ね」

ぽつりと声に出してみた。

あれ、ちょっと乾いた声だな……、と思ったら、部屋の静寂が一気に深まって、窓辺から憂鬱な雨音がじわじわと侵入しはじめた。

ああ、駄目、駄目。この感じ。

もう一人ぼっちになるのだけは、嫌――。

わたしはおもむろに立ち上がって、窓のカーテンをすべて閉めて回った。


【川合淳】

相変わらず梅雨空が続いたままの、火曜日の朝――。

まだ誰もいない『敏腕』編集部の席に着いてパソコンを立ち上げると、二八件の未読メールが溜まっていた。これらをすべて読んで返信するだけでもひと苦労だ。

「ふう……、さっさとやるか」

ひとりごとを口にして自分を鼓舞した俺は、片っ端からメールをチェックし、急ぎのものから順番に返信していった。なかには資料を読んだり写真を確認したりしないと返信できないものもあって、やたらと時間がかかる。

そして、ようやくすべてのメールの返信を終えたのは、二時間後だった。今日は午後二時からデザイナーとの打ち合わせが入っているから、それまでに特集ページの写真を選んでラフデザインを切っておかねばならない。

俺は休む間もなく写真家から送られてきた取材写真をパソコン画面に表示させ、ひとつひとつ丁寧に見比べながら、使えそうなものをピックアップしはじめた。

十一時を少し回った頃——。

ふいに背中に声がかけられた。

「おはよう」

と、低いダミ声。

「おはようございます」

と、高くて艶っぽい声。

振り向かなくても分かる。編集長の三井公二郎と、アルバイトの羽山由美だ。

「おはようございます」

一応、振り向いて挨拶を返した。と、同時に、思わず「えっ」と声を出しそうになってしまう。由美の服装が、昨日とまるっきり同じ水色のワンピースだったのだ。よく見れば、編集長の着ているポロシャツも昨日と同じではないか。

やれやれ、それで二人そろって重役出勤ってわけか。せめて別々に時間差で出社すればいいのに。そういうことをしているから、他の社員たちに後ろ指をさされるんだよ——。俺はこっそりパソコン画面に向かって嘆息した。

一方、機嫌の良さそうな編集長と由美は、それぞれの席に着いてパソコンを立ち上げながら、景色のいい露天風呂のある温泉宿についてあれこれしゃべっている。

俺は、二人の色恋にかまっている暇などないので、すぐに写真の選別に戻った。

「川合くん、ちょっといいかな?」

せっかく集中しはじめたところで、上機嫌なダミ声をかけられた。

「あ、はい」

不機嫌が顔に出ないよう心を砕きつつ、俺は顔を上げた。

「次号の台割に関して相談したいんだけど。小会議室に来てくれるかな?」

台割というのは、ようするに雑誌一冊分のページ構成を表にしたもののことだが、そもそも社員は二人しかいない編集部なのだから、わざわざ会議室に移動しなくてもいいだろう、好きなのだ。

と思う。しかし、この編集長は、のんびりと会議室でコーヒーを飲みながら話すのが昔から
「いま、ですか？」

「うん、いま。悪いけどさ」

ため息をこらえて、俺はゆっくりと立ち上がった。

「あ、由美ちゃん、いつもの新聞記事のスクラップ、よろしくね」

編集長も愛人に声をかけて立ち上がると、会議室ではなく自販機のある方へと歩き出した。

まずは缶コーヒーを買いに行ったのだ。

編集部のある四階のフロアの小会議室には、椅子が八つある。

俺と編集長は、八人用の大きな机を挟んで、向かい合って座った。編集長のおごりで、俺の前にもブラックの缶コーヒーが置かれている。

「いやあ、やっぱり朝の一杯は美味いなぁ。目が覚めるよね」

編集長がのんきな声を出した。なんだか酒でも飲んだみたいに、嬉しそうな顔だ。

この人と俺は、仕事に対する考え方はほとんど正反対なのだが、人としてはどうにも憎めないでいる。良くも悪くも「人間味のある人」だから、ついつい俺も文句を言いそびれてしまうのだ。

「ですね。いただきます」

俺もプルタブを開けて、缶コーヒーをすすった。

「あ、そうそう、今日ってさ、駅前通りの裏手にある神社、お祭りなんだって？」

「そうなんですか？」

「川合くん、知らないの？」編集長が、どうでもいいことをしゃべり出した。「夕方、雨が上がってたらさ、ちょいと仕事帰りに寄っていこうと思ってるんだ。夜の屋台って、大人になってもわくわくするよな」

どうせまた由美を連れて歩くつもりなのだろう。会社の近くでベタベタするのはやめた方がいいのに。

「まあ、そうですね」

「よかったら川合くんも、行く？　たまには編集部三人でさ」

あ、俺のことも誘うんだ——と思ったけれど、正直、仕事が忙しすぎてそれどころじゃない。

「いや、今日は、ちょっと無理ですね」

「なに、忙しいの？」

「………」

当たり前だ。編集長のあなたが仕事をしないから、こっちは目が回るほど忙しいのだ。

さすがの俺も、ひとこと言ってやろうと思った。

「かなり忙しいですけど――、っていうか、三井さん」

「ん？」

「寝不足ですか？」

「え、なんで？」

「なんとなく、そんな気がして」

「俺、そんなに疲れた顔してる？」

「してますよ。もしかして、昨夜は、遅くまでお酒を飲んで、そのまま帰らなかったとか？」

帰れなかった、ではなく、あえて、帰らなかった、と言ってやった。

「え、そう見える？」

編集長は、自分の頬を撫でながら、どぎまぎしている。

「そう見えるから言ってるんですよ」

俺は、ちょっと意地が悪いかなと思いつつも、言わずにはいられなかった。

すると編集長は、頬に手を当ててまま、まっすぐ俺を見た。

「あのさ、川合くん」

「はい」

「そうやって霊能者みたいにズバズバ言い当てるの、やめてくれる？　朝っぱらから心臓に悪いよ」

そう言って編集長は、眉をハの字にしながら缶コーヒーを飲むけれど、この瞬間、心臓を悪くしたのは、むしろこちらの方だった。「霊能者」という単語が耳に入ったとたん、俺の心臓は一気に鉛（なまり）のように重くなってしまったのである。

父親の俺に嘘をついてまで紫音のサロンに向かった春香のことを思い出してしまったのだ。

紫音のサロンから帰宅したあとの春香は、どうも様子がおかしかった。あのサロンで何があったのかは分からないが、なぜか、やたらと勘のするどさを発揮しまくったのだ。

人生初の尾行をした、あの雨の土曜日——。

それこそ、霊能者にでもなったかのように——。

例えば、夕食後、俺がリビングの床に寝転がってテレビを観ていたとき、春香はチロリンを抱き上げながら突然こんなことを言い出した。

「ねえ、パパ、疲れてる？」

「え、なんで？」

「今日、雨のなかの散歩、ずいぶんと歩いたのかなって思って」

「え？　いや、別に、それほどでも」

一瞬、俺は尾行がバレていたのかと思って、しどろもどろな返事になってしまった。そして、怖々ながら「どうして、そんなこと訊くんだ？」と問い返してみると、春香は黙って俺を品定めするような目で眺めたあとに、ぽつりとつぶやいたのだ。

「うーん、なんとなく、そんな気がしたから」

さらに少し経って、風呂上がりの俺と目が合ったときにも、春香はふと何かを思いついた顔でしゃべり出したのだ。

「あ、そっか。そういうことか」

「…………」

「ねえ、パパ」

「ん？」

「先週、わたしが貸したＣＤ、あまり気に入らなかった？」

「え、そんなこと……、っていうか、どうして急にそんなことを訊くんだ？」

ふたたびドキリとした俺は、春香の質問から逃れるために、逆に質問をして誤魔化そうとした。なにしろ春香の言うとおり、借りていたあのＣＤは、出だしの部分を少し聴いただけで、俺の好みには合わないことがすぐに分かってしまい、そのまま聴かずにいるのだ。

「うーん、どうしてだろう。なんだかわたし、急にそんな感じがしたの。パパ、気に入らなかったんだろうなって。だから、ちゃんと聴いてないのかなって」

「え……、なんだよ、それ。気持ち悪いな」

俺は、うっかり本心を口にしてしまった。しかし、春香はそんなことにはおかまいなしに、小首をかしげたのだ。

「ねえ、わたしの言ってること、間違ってる？　それとも、正解？」

俺は、ここで嘘をついた。

「このところ仕事もバタバタしてたし、まだ聴いてないんだよ。ごめんな。そのうちじっくり聴かせてもらうからさ」

春香は、また、じっと俺を眺めるように見て、「ま、いいけど。だいたい分かったから」と、妙なことを口走った。

「だいたい分かった？」

「うん。だいたい、だけどね」

「………」

「CD、無理して聴かなくていいからね」

春香の口調は、いつもの穏やかなものだった。しかし、その目は、明らかに俺の嘘を見抜いているように余裕たっぷりに光っていた。春香に言葉を奪われた俺は、廊下をてくてく歩いて自室へと戻っていくパジャマ姿の娘の背中を、ただ呆然と眺めているしかないのだった。

そして、このおかしな父と娘のやりとりを終始キッチンから見続けていた杏子は、洗い物をしていた手を止めて、歓喜と恍惚をないまぜにしたような薄気味悪い笑みを浮かべていた。その表情を目にした瞬間、俺は思わず、ごくり、と唾を飲み込んでいた。もはや、完全に違う世界を見ているような顔だったのだ。

「おーい、川合。聞いてるのか？」

ふいにダミ声で名前を呼ばれて、俺は我に返った。

「あっ、はい……」

「なんだ、お前。ぼうっとしすぎだろう。俺より疲れてるんじゃないの？」

編集長に嫌味を返されてしまった。

「ええと、すみません。ちょっと、特集のことで考え事を――」

「ま、いいけどさ」

編集長は、缶コーヒーを少し飲んで、次号の台割についてあれこれしゃべりだした。俺は、編集長の相談に応えながら、ときどきメモを取った。そのメモ帳に、チラチラと春香と杏子の顔が浮かんでは消える。

しばらくして編集長の話が途切れたとき、俺はそっとため息をついた。

考えてみれば、明日から俺は、また新幹線に乗って一泊二日の地方取材に出なくてはならないのだった。場所は、静岡県の三島市。有名な三嶋大社の近くにある会社の社長に話を聞くことになっているのだった。

二日目の取材を終えたら、三嶋大社で参拝をして、春香と杏子が洗脳から解放されるよう神様に祈ろう。そして、せっかくだから美味しい鰻で腹を満たし、その腹ごなしとして清流・柿田(かきた)川(がわ)の湧水群でも散策するのだ。梅雨に入ってますます鬱々としてきた気分を、三島で浄化させようではないか。

ぼんやりそんなことを考えていたら、またダミ声が降ってきた。

「もしもーし。かーわーいーくーん」

「あ、はい。す、すみません」

メモ用紙の上を滑っていたはずのペンは気づけば止まっていて、俺はまたぼうっとしていたのだった。

「お前、なんか今日、おかしいな」

「え……」

「どこか具合でも悪いんじゃないの?」

「え、だ、大丈夫です」

こちらを疑いの目で見ている編集長に向かって、俺は耳の奥の方に残っていた情報で返事をした。

「えっと、アレですよね、前号で掲載されなかったネタを、今号の第三特集に回すんですよね？」

「あのなぁ」

「え……」

「三特じゃなくて、二特に回そうかって相談をしてるんだけど」

あからさまにため息をついた編集長に向かって、俺は力なく頭を下げた。

「すみません」

編集長は、何も答えず腕組みをした。

「じつは、ちょっと寝不足で、疲れてまして――」

「なんだよ。寝不足で疲れてるのは、俺じゃなくてお前じゃねえか」

編集長は呆れたように小さく笑うと、残りの缶コーヒーを飲み干した。

【宮崎千太郎】

今年の梅雨は、ため息をつきたくなるほどよく雨が降る。
しばらく釣りに出かけられないでいる私は、今日も暇つぶしにリビングでひとり文庫本を手にしていた。ここ数日は、若い頃に読んだ往年の小説家たちの作品を書棚から掘り起こしては、埃を払って読み返しているのだが、これがなかなか悪くない。初読の頃の甘酸っぱいような記憶と、大御所作家が編み上げた重厚な言葉のマッチングを味わうのが不思議と心地いいのだ。

昨夜から読みはじめた長編が、いよいよクライマックスを迎えようというとき、ふいに眼鏡の右の端っこが明るくなった気がした。

私はその光に釣られて窓の外を振り向くと、思わず目を細めた。見慣れた庭に、レモン色をした斜光が差し込んでいたのだ。

ようやく梅雨の雲が切れて、空に晴れ間が覗いたらしい。

明るくなった庭で咲き誇る、紫陽花――。

毒を持つとも言われるその黄緑色の葉っぱは、日差しを浴びてつやつやと作り物のように輝いていた。

私はゆっくりと椅子から立ち上がり、窓辺に歩み寄った。

そして見上げた空は、西の方ほど明るかった。

つまり、しばらくは雨に降られないはずだ。

とはいえ、これから川に出かけてみても、あっという間に日が暮れてしまう。竿を振れるのは、せいぜい一時間ほどだろうし、水もきっと増水して茶色く濁っている。

私は小さく嘆息すると、ふたたび椅子に腰を下ろした。

と、そのとき、テーブルの上に置いてある携帯電話が鳴り出した。

「もしもし」

電話に出ると、相手はいつもどおりのにこやかな声で「先生、こんにちは」と言った。

私が個人的に心理学を教えている弟子だった。

「やあ、君か。しっかり勉強しているかい？」

庭の紫陽花を見詰めながら訊ねた。

「しています、けど――、まだ少し足りない感じです」

落ち着いた声が、耳に心地いい。

「そうか。とにかくあの本を読んでみて、会話の例をどんどん頭に叩き込んでいくといいよ」

「はい。なるべく時間を作って読むようにしています」

「勉強熱心で偉い弟子だな」

冗談めかして褒めてやると、弟子はくすっと笑った。そして、箇条書きのメモを読み上げるように、心理学に関するいくつかの疑問を私に投げかけてきた。私はそれらの疑問に、ひとつひとつ丁寧に答えてやる。

「いいかい、騙しにくい相手と向き合う前には、あらかじめやっておくべきことがあるんだ」

「はい」

「まずは、他人を騙す前に、自分自身をしっかりと騙しておくこと。つまり、自分は選ばれし人間であると、自分自身に信じ込ませてやるわけだよ。それができてから、相手と会って、そして堂々と騙すんだ。騙すときはね、中途半端なのがいちばんいけない。最後の最後まで、これでもかってくらいに駄目押しをして、きっちり騙し切ることだよ」

「騙し……切る」

「そう。きっちりと、ね。ちなみに、その際、最初に与えるインパクトが何より大事なんだ」

「最初が大事……」

電話の向こうでメモを取っている気配がある。私はなるべくゆっくりとしゃべってやることにした。

「人間って生き物は単純でね、いったん相手のことを『凄い人だ』と感じたら、その後に起こる奇跡にたいしても、自動的に『あの人は凄いから、奇跡が起きるのも当然だ』って、以前の出来事と勝手に関連付けて考えてしまうんだよ。つまり、最初のインパクトによって、相手は次から信じやすくなる。だから今後は、いちばん最初に、いちばん驚かせられる内容を口にすること。とくに、賢くて騙しにくそうな相手だなと思ったら、そうしてごらん」

「分かりました。試してみます」

「うん」

「いつも、ありがとうございます」

「いや、いいんだよ。どうせ年寄りの暇つぶしみたいなものだから」そう言いながら、私は、大事なことを思い出した。「あ、そうそう。霊能力を開花させるという設定の場合はね、最初から何でも出来るのではなくて、少しずつ能力を開花させていくといった設定にした方が、バレにくいだろうし、説得力もあると思うよ」

「あ、はい。そこはバッチリ大丈夫です」

すでに心得ているのか、弟子は余裕の声を出した。

「そうか。じゃあ、あとは、これまでどおり、実践あるのみ、だね」

「はい」

それから私は少しばかり世間話をして、弟子との通話を終えた。

ふう、愉しいものだ……。

軽く息を吐いて、携帯電話をテーブルの上に戻した。

庭を見る。この通話の間に、さっきまで差し込んでいたレモン色の陽光が、ふたたび灰色の雲に遮られていた。艶めいていた紫陽花の葉っぱも色彩を失い、こんもりと鞠（まり）のように咲いている青い花は毒々しさを取り戻していた。

土壌のpHによって色彩を変える花。

私は、人の良さそうな編集者の顔を思い浮かべた。

川合淳、か――。

そして、いかん、いかん、と思いながらも、つい「くくく」と喉をひくつかせて笑ってしまう。

まさか、こんなところに黒幕がいて、その黒幕にうっかり悩み相談を持ちかけているだなんて――。いくら腕のいい編集者であろうと、さすがに気づきはしまい。

「ごめんな、川合くん」

私はボソッとひとりごとをつぶやくと、ふたたび読みかけの文庫本を手にして、小さな文字列の上に視線を滑らせるのだった。

そのまま三十分ほど読書を続けただろうか。

私は本を閉じてテーブルの上に置いた。ずっと同じ格好でいたせいで、肩と首の凝りを感じたのだ。

窓を見ると、外はすでにとっぷりと暮れていた。

雨音はしない。

私は椅子から立ち上がり、自宅の郵便受けを見に行くことにした。今日は朝から雨降りだったせいで、外の門柱にある郵便受けをチェックしていなかったのだ。

居間を出て、廊下を歩く。そして、サンダルをつっかけて玄関のドアを開けた。

と、その瞬間——。

「あ……」

私の喉から、小さな声が漏れていた。

薄暗がりのなか、娘の夏帆が驚いた顔をして立っていたのだ。

どうやら鉢合わせになったらしい。

夏帆は両手に白い袋をぶら下げていた。今日もこっそりドアノブに掛けて帰るつもりだったのだろう。

「お父さん……」

夏帆は小声でそう言って、次の言葉を探しはじめた。

その言葉が見つかるまでの時間がやたらと気詰まりに思えて、私は無言のままドアの外に出て歩き出した。ゆっくりと夏帆の隣を通り過ぎ、門柱の郵便受けから新聞といくつかの郵便物を取り出す。そして、くるりと踵を返した。

ふたたび夏帆の横を通りすぎようというとき、私は立ち止まってため息をついた。

「いつまでそこで突っ立っているんだ？」

「あ、ええと……」

「ほれ、また降ってきたぞ」私が手にしていた新聞に、ぽつぽつと雨滴が落ちてきた。「とにかく、家に入ろう」

「…………」

「それとも、今日も会わなかったことにして、このまま帰るか？」

どうして私は、娘にたいしてこうも不器用な台詞を口にしてしまうのだろう？　自己嫌悪で肩を落としかけたとき、ふわり、と梅雨の湿った生ぬるい風が吹いて、夏帆の穿いていた夏物のスカートの裾を揺らした。

「ううん」夏帆は、首を小さく横に振った。「じゃあ、今日は、少し上がっていってもいい？」

内心でホッとした私は、頷いてみせた。

「許可はいらんだろう。ここはお前の実家じゃないか」

そう言って先に歩き出した。そして玄関のドアを開けたまま家のなかへと入り、廊下をゆっくりと歩いた。

背中に、夏帆の気配を感じていた。だから、あえてリビングではなく左側の和室に入った。

私はその部屋の照明を点け、奥にある仏壇の前で膝を折った。手にしていた新聞と郵便物を傍に置き、代わりにライターをつまみ上げる。そのまま仏壇のろうそくに火を点けているとき、夏帆がそっと和室に入ってきた。

仏壇の前に、オレンジ色の小さな明かりがふたつ揺れた。

私はその炎で線香に火を点けると、いつものように線香立てに手向け、軽く鈴を鳴らし、手を合わせた。

おい、久しぶりに夏帆が来てくれたぞ――。

胸裏で語りかける。

妻の遺影は、いつもより穏やかに微笑んで見えた。

やがて私が仏壇の前から下がると、入れ替わりに夏帆が座り、恭しく線香を手向けた。

頭を垂れ、手を合わせる。

私は立ったまま、背後から娘を見下ろしていた。

頭の後ろでひとつにまとめた黒髪には、若い頃のようなつやがなくなっていた。細い背中。肩のあたりはだいぶ痩せたようにも見える。

私は夏帆に気取られないよう、そっと嘆息した。

脚の悪い凜花の介助をしながら主婦業もこなし、さらに、週に何度かはパートに出ているのだ。さすがに痩せもするだろう。

妻の遺影が、そんな働き者の娘を見詰めている。

「相変わらず、忙しいのか？」

分かり切ったことを小声で訊ねると、夏帆は合わせていた手をゆっくりほどいて立ち上がった。そして、「うーん、まあまあ……、かな」と、充分にくたびれた笑みを浮かべた。

「あ、そうだ。お父さん、これ」

夏帆は、畳の上に置いてあった白いビニール袋をふたたび手にして、こちらに差し出した。ぎっしりと詰まった食材。

私は、こんなふうに娘に気を遣わせている自分が情けなくもあり、気恥ずかしくもあったのだが、この思い遣りを突っぱねるほど青臭い年齢でもない。

「ああ……、悪いな、いつも」

そう言って受け取った。

「ううん。いいの」

「…………」

妻の遺影が見ている前で、私たち父娘は、やや気まずい沈黙を挟んで突っ立っていた。

「夏帆は、この後、どうするんだ？」

沈黙に耐え切れず、私が先に口を開いた。

「もう少し、いいかな？」

「え？　そりゃあ……」

「お父さん、時間、ある？」

夏帆は、鳶色の瞳にどこか切実な色を浮かべて小首をかしげた。

「もちろん、あるさ。なにしろ暇なジジイだからな。とりあえず、お茶でも飲むか？」

本当なら、酒でも、と言いたいところだが、おそらく夏帆は帰宅してからまだまだやるべき仕事が待っているはずで、それを想うと迂闊に誘うことも躊躇われる。

「うん、ありがと」

私たちは、線香の香りのする和室から出て、廊下を挟んだリビングへと移動した。私は、夏帆からもらった食材を手にしたまま、リビングとつながった台所に入る。

「お父さん、お茶、わたしが淹れるよ」

「そうか。じゃあ、頼む」

そう言って私は、ビニール袋の食材を冷蔵庫やストッカーのなかに仕分けていく。

「ねえ、お父さん」

ストッカーの最下段の引き出しを開けて、しゃがみ込んでいた私の背中に、夏帆の声がかかった。

「ん？」

顔を上げずに答える私。

「今日は、ちょっとね、あらためて、話をしたくて来たの」

「…………」

私は顔を上げた。

夏帆は、お茶を注いでいて、こちらを見ていなかった。

「あらためて——って、何の話だ？」

だいたい予想はついていたが、私はそう訊いた。

夏帆は相変わらずこちらを見ないまま口を開く。

「うーん……、未来の話。家族のね」

家族のね、と言ったその声が、死んだ妻とそっくりなことに気づいて、私は一瞬、返事が出来なくなっていた。

「…………」

そして、このとき、なぜだろう、私の脳裏には川合淳の顔が浮かんでいたのだ。しかも、その川合は、どこか、からかうような口調でこう言っている気がした。

ほら、千太郎さんも、そろそろ年貢の納め時ですよ――。

私は、ふたたび食材をストッカーにしまいはじめた。

気づけば、いつの間にか、雨音が大きくなっている。

「お父さん、雨、強くなってきたね」

夏帆が、ぽつりとつぶやいた。

お父さん、と呼ぶ声もまた、妻に似ていた。

私はため息をこらえながら、ストッカーに向かって返事をした。

「ああ。今年の梅雨は、よく降るな」

【北川千恵子】

右手で傘をさして、雨のなかを歩く。

傘のグリップの「J」の形をした部分には、ケーキの箱が入った手提げ袋を引っ掛け、左手にはスーパーのビニール袋をぶら下げている。

長時間、雨のなかにいたせいで、靴の先から水が染み込み、靴下はじっとりと濡れていた。

本当に鬱陶しい雨……。

わたしは根を張ったように動かない梅雨前線を恨めしく思いながら、薄暗いねずみ色の空を見上げた。

今朝——。

母が、珍しくわがままを口にした。

一日二〇個しか販売されないという、レアなシフォンケーキを食べたいなどと言い出したのだ。このケーキ、たしかに味は折り紙付きなのだが、手にするためには長い行列に三十分は並ばなければならない。もちろん母は、駅前のその小さなケーキ屋に行列ができることを知っている。しかも今日はざあざあ降りの雨。

それなのに——。

正直、このお遣いを頼まれたとき、わたしはあからさまに嫌な顔をしてしまった。それでも、母は「千恵ちゃん、一生のお願い。どうしても食べたいのよ」と、両手を合わせて拝み倒すのだ。

生まれてこの方、母のこんな姿は見たことがなかった。しかも母は脚が悪いから、自分の好きなところへ自由に歩いていくことができない。そう思うと、こちらとしても断りにくい。

「分かった。じゃあ、行ってくるよ」

わたしはため息まじりにそう言って、朝っぱらから家を出た。そして、雨のなか開店前から行列に並び、とくに食べたくもないシフォンケーキを手にしたあと、ついでに食材を買うためにスーパーに寄って、いま、帰途にあるのだった。

うっかりスーパーで牛乳とペットボトルのジュースを買ってしまったせいで、左手のビニール袋が指に食い込んで痛い。

やれやれ——とこぼしたくなる台詞を喉もとに留めたまま、近所の公園にさしかかった。この公園の広場を横切ると、うちへの近道になるのだ。

無数の水たまりを避けて歩きながら、わたしは傘を少し傾けた。そして、自宅のあるアパートの部屋を見上げた。

小さなベランダのある掃き出し窓の向こう——、わたしがプレゼントした窓辺の椅子には、なぜだろう、母の姿がなかった。

あれ？

と、わたしは小さく首をひねる。

いつもだったら、母はあの椅子から、公園を通る人たちを眺めているはずなのに。

自分で杖をついて、トイレにでも行ったのかな……。

わたしは、そう考えて、ひとり納得した。

思えば梅雨に入ってからの母は、どこか淋しそうだった。普段、母が「顔なじみさん」と呼んでいる人たちが、雨のせいで公園に来てくれないから、ひとりぼっちでいる時間が長いのだ。

「明日は、晴れるといいね」

わたしは、何度となくそう励ましたのだけれど、母はいつも「まあ、梅雨だからねぇ」と、あきらめ顔で微笑むばかりだった。母は、わたしに淋しさを気取られないよう、空元気を装っているのだった。

水たまりだらけの公園を抜けると、やがて自宅のドアが見えてきた。わたしはアパートの階段を上り、ドアを開け、なかに入った。

「ただいまぁ」

奥のリビングに向かって声をかけた。

閉じた傘を狭い玄関の隅っこに立てかけ、靴を脱ぐ。

母からの返事がないことに気づいて、

「お母さん、シフォンケーキ買ってきたよ」

今度は少し大きめの声を出してみた。それでも返事がない。

わたしはケーキとスーパーの袋を手にしたまま、窓のある部屋に入った。

しかし、いつもの椅子にも、食卓のテーブルにも、母の姿は見られない。

「え……」

しんと静まりかえった部屋。

嫌な予感がした。

ふたつの袋を床に置き、わたしはもう一度、母を呼んだ。

「お母さーん」

ふすまを開けて、隣の和室を覗いてみる。

母は、いない。

やっぱり、トイレかな——。

と考えて、すぐに思い直した。トイレは玄関のすぐ近くにあるのだ。さっきのわたしの声が聞こえなかったとは考えられない。

わたしは少し足早になって、それでも念のためトイレに向かった。

「お母さん」

声をかけ、ノックをする。返事はない。

ドアの鍵は――、かかっていなかった。

「開けるよ」

と言いつつドアを開けた。

しかし、ここにも母の姿はなかった。

「え、ちょっと、どこなの……」

まさか押入れに隠れているなんて、子供じみたことをするはずもないし……、と思ったとき、わたしはハッとした。

この狭い家のなかで、唯一、探していない場所に気づいたのだ。

お風呂場――。

わたしはトイレのすぐ隣にある古びたドアを引き開けた。

なかを覗き込む。

「おかあ……」

さん——、という語尾が、喉元で詰まった。

水を張っていない浴槽。

そのなかに、老婆の姿があった。

わたしは、すうっと大きく息を吸ったまま、両手を口にあてて固まった。

母は服を着たまま、まるでお湯にでも浸かっているような格好でぐったりとしていた。丸まった背中を浴槽の壁にあずけ、首はガクンと前にうなだれている。顔は、髪に隠されていて見えない。

わたしは、止めていた息を吐いた。

ふたたび空気を吸い込もうとしたら、呼吸が震えていることに気づいた。

生臭い鉄錆のような臭いが鼻をつく。

なかば無意識のまま、わたしは、一歩、二歩、と浴槽に近づいた。

力なく垂れ下がった母の左腕——。

その手首から先が、どす黒い色に染まっていた。

乾きかけた血だ。

さらに、もう一歩、近づく。

奥の右手が見えた。

その手には、刃を出したままのカッターが握られていた。

思考が飛んだ。

わたしの頭のなかに、真っ白な空白が生まれていた。

その空白を埋め尽くした静謐の真ん中で、ぼうっと佇んでいたら、左手首の古傷がぴりぴりと痛みを主張しはじめた。

それは、ずっと、ずっと昔、わたしが、わたしを殺そうとしたときの傷だった。

その痛みが、かゆみに変わった刹那、ふいに、どこか遠くから、気のふれたような女の悲鳴が聞こえてきた。

ああ、なんて気味が悪く、耳障りな声だろう――。

わたしの心の一部が、嫌悪すべきその声を拒絶しはじめた。

思わず耳を塞いだとき、わたしは気づいたのだった。

その悲鳴が、自分の喉から発せられているということに。


【川合淳】

静岡県三島市での取材は、天候に恵まれなかった。

一泊二日のあいだ、ひたすらやむことのない霧雨が、穏やかな街並みを濡らしていたのだ。

とはいえ、取材は、まずまず順調に終えられた。というのも、取材先はペットのお菓子を開発・製造・販売している会社だったから、社長のインタビューを会議室でさせてもらい、撮影もおおむね工場内で済ませることができたのである。

二日目の撮影を終えたあと、予定どおり俺とカメラマンは霧雨のなか三嶋大社を参拝し、その足で美味しい鰻を食べに行った。しかし、さすがに傘をさして柿田川のほとりを散策する気分にはなれなかった。三島で鬱々としていた気分を浄化させよう、という密かな目標は、雨のせいで中途半端になってしまった。

そんな三島取材から帰社したあとも、俺はバタバタと仕事に追い立てられていた。帰宅も五日続けて深夜になったし、もちろん土日もへったくれもありはしない。

六日目にして、ようやく少し早めに帰宅できた——、と思ったのだが、それでも夜の十時は回っていた。

その夜、俺は久しぶりに自宅のテレビで深夜のお笑い番組を見ながら、ゆったりと晩酌をしていた。酒は安物の白ワインで、肴はホタテの缶詰だ。明日は午後に出社しても問題がないから、少し深酒をしてやろうという気分になっていた。

春香はすでに自室に引き上げて寝ているか、ベッドで本でも読んでいるようで、リビングにいるのは俺と杏子の二人だけだった。

杏子はテーブルを挟んだ向かいの椅子に座り、一緒にテレビを眺めていた。下戸だから、酒の代わりに炭酸水を飲んでいる。

しばらくして、テレビがコマーシャルになったとき、杏子が「あのさぁ」と言った。

「ん？」

俺はグラスを置いて杏子を見た。

「最近、春香の精神状態、すごくいいと思わない？」

「ああ、うん。笑うことが多くなった気がするよ」

たしかに明るくはなってきた。しかし、その理由を想うと、手放しに喜ぶことなどできやしないのだが。

「でしょ」杏子は炭酸水をひと口飲んで続けた。「でね、わたし、そろそろ学校に行かせてもいいんじゃないかって思うようになってきたんだけど」

「えっ？　いやぁ、それは、ちょっと、どうかな」

「だって、いまの春香は、いじめられる前の春香より、ずっと優れた春香になってるんだし」

優れた春香――。

俺はその妙な言い回しに不吉さを覚えた。しかし、まずは話を聞いてみるべきだと思って、「で？」と続きを促した。

「淳ちゃんだって、春香の成長、感じてるでしょ？」

「成長か……。まあ、そうだね」

話を合わせてはみたものの、正直、俺が感じているのは「成長」などという一般的な喜ばしいものではない。むしろ、予言じみた奇妙な発言が増えたことと、しかも、それが偶然とは思えないような確率で当たってしまうという薄気味悪さだった。

「いまの春香の能力があれば、いじめっ子も、頼りない先生も、手玉にとれそうっていうか、そんな気がするのよね」

「春香の、能力って？」

たまらず俺は訊き返した。

「あ、わたしの言う能力っていうのはね、ええと……」杏子は少しだけ狼狽したけれど、すぐにいつもの冷静な研究者の目に戻った。「まあ、いわゆる人間力みたいなことかな」

「人間力……」

俺は、続きの言葉を探しながら白ワインを舐めた。

すると杏子も釣られたように炭酸水を飲んで、ふたたび口を開いた。

「でね、具体的に学校に復帰する時期なんだけど、わたしと春香で話し合って決めてもいいかな？」

「え？」

俺だけ蚊帳(かや)の外ってことか？

「別に、いいよね？」

「え、ちょっと待てよ。どういうことだよ、それ」

俺はグラスを置いた。

不平が顔に出ているのが、自分でも分かる。

「あ、ごめん淳ちゃん。違うの。ええと、ちょっと待って」杏子は右手を前に出して、待ったのポーズをしてみせた。「あのね、いまのは、わたしの言い方が悪かったよね。えっと、ようするに、わたしと春香じゃなくて、春香本人に判断させるってこと」

「俺に、相談は？」

「春香が決めたときは、ちゃんと淳ちゃんにも報告させるよ」

相談ではなく、報告？　俺には事後報告ってことか？　そもそも、どうしてこんな大事なことに関して、主導権を杏子だけが握っているのだ？

このところの疲労のせいか、ワインを飲んでいるせいか、俺は少なからずイラついてしまった。しかし、春香の部屋に声が届くのはよくない。だから俺は、なるべく声を抑えながら反論した。

「あのさ、最終的に春香が決めるのは当然だとしても、俺にだけ事後報告ってのはおかしくないか？」

「だって、仕方ないじゃない」

「何が？」

「決めるのは春香なんだから。決めたあとに伝えたら、それはどうやっても事後報告になっちゃうでしょ？」

「いや、そういうことじゃなくて、すべて決めちゃうその前にさ、俺と話し合ってもいいわけじゃん。春香はまだ中学生なんだぞ。心に深い傷を負ってるわけだし」

「ああ、違うの。もう、そういう次元じゃないの」

次元？

杏子がまたおかしな単語を持ち出してきたとき、テレビのコマーシャルが終わり、ふたたびお笑い番組の司会者がしゃべりだした。客席のわざとらしい笑い声が耳障りで、俺はテレビを消した。

テレビの音が消えると、リビングにずっしりと重たい静寂が満ちた。

俺は、あらためて杏子と向き合い、そして口を開いた。

「その、次元ってのは、どういう意味だよ？」

「うーん、淳ちゃんに言っても伝わりにくいと思うから、細かくは説明しないけど——、まあ、ようするに、さっきわたしが言った春香の成長のこと。あの子は最近、一気に成長して、ひとつもふたつも上の次元に行けたわけ。だから、もうレベルの低い同級生とか先生にやられたりはしないってこと」

「杏子、お前、それ、本気で言ってるのか？」

「は？　こんなこと、冗談で言うわけないでしょ？」

冗談であってくれたら、どんなにラクだろう——。

俺はそう思いながらも、とにかく現実的な理屈でもって説得を試みるしかなかった。

「いいか、春香が成長しても、次元とやらが上がったとしてもだよ、学校に行って友達がいなかったら、ひとりぼっちなんだぞ。それだけで淋しい思いをするだろう？　少しは自分の身に置き換えて考えてみろよ」

「だーかーら、もう、春香はそういう次元で友達を見ていないんだってば」

杏子は、とても面倒臭そうにため息をついた。まるで理解のない夫に愛想を尽かした、とでも言いたげな顔だった。

その顔を見た刹那、ふいに俺の感情に火が点いた。

小さなその火は、これまでずっと胸の奥に抑え込んでいた腐臭のするガスに引火して、爆発を起こし、まさに決定的な単語となって喉から飛び出したのだった。

「紫音か」

「え……？」

杏子の顔が硬直したのが分かった。

ひるんだその表情が、ふたたび引火を誘発させる。

「紫音なんだろ？」

「…………」

「霊能者だか占い師だか知らないけどさ、大切な春香の未来を、そんないい加減なものに左右させるわけにはいかないからな」

「は？　いい加減？」

「そりゃそうさ」

俺は、熱くなった気持ちを少し冷ましたくて白ワインを口にした。でも、薄い琥珀色の液体はすでにぬるくなっていた。

ぬるいな、と思ったら、なぜだろう、じわじわと後悔の念が胸の奥に湧き上がってきた。

この展開は、千太郎さんがいちばんやってはいけないと言っていたパターンだということを思い出したのだ。

「淳ちゃん」

「…………」

「最近の春香を見て、何も気づかないわけじゃないよね？」

「え？」

「自分の娘の変化を、ちゃんと見てないの？」

「見てるよ。当たり前じゃないか」

「ううん。見てないよ。仕事が忙しいのは分かるけど、ちゃんと見てたら、はっきりと変化が分かるはずだから」

分かるよ。変化は。でも、俺は——。

認めたくないのだ。

命より大切な春香が、怪しい霊能者に洗脳された挙句、予言めいた不可思議なことを口にしはじめているということを。

「俺、決めた」

「え？」

「今度、俺も、その紫音とやらに会うよ」

「え――」

「会って、いったいどういうつもりなのか、きっちり問い質す」

「ちょっと、なに言ってるの？　紫音さんは、ただのわたしの友達だよ？」

「友達？」

「そう、友達」

俺は、小さくため息をついた。

「なあ杏子、俺、知ってるんだよ。紫音のことはインターネットでいろいろと調べたからさ」

「…………」

「最近、風呂のなかに溶かしているピンク色した岩塩だって、紫音のところで買ってるんじゃないか？　この水晶のブレスレットもそうだろ？　紫音のサイトをチェックしていれば、それくらい分かるって」

俺は、水晶のブレスレットを巻いた自分の左手首を見せながら言った。

「…………」

しかし、杏子は、きゅっと口を閉じたまま、冷静な目を俺に向けていた。おそらく、次の最適な言葉を探しているのだ。

ここまで来たら、俺だってもう後戻りはできない。

残念ながら、千太郎さんのアドバイスからは大きく道が逸れてしまった——、というか、ほとんど真逆のことをしてしまったけれど、俺は紫音のところに乗り込んで、本人と交渉し、必ず洗脳を解かせてやる。もう、それしかないだろう。

「なあ、杏子。俺、春香が図書館に行くフリをして、紫音のサロンに入り浸ってるのも知ってるんだよ」

それまで冷静だった杏子の目に、一瞬、感情の揺れが見てとれた。

「俺、そういうのをすべて知った上で、黙って二人の様子を観察してたんだ。春香を心配してたのはもちろんだけど、どんどん変わっていく杏子のことも、すごく心配してたんだからな」

「…………」

杏子は、俺の目を見たまま、ひたすら黙りこくっている。

「俺はさ、とにかく、俺の大事な家族を救いたいだけなんだよ」

「…………」

「昔みたいに和気あいあいとした、明るくて愉しい家族に戻そうよ。な、杏子」

俺は心を込めてそう言った。しかし、杏子は、とても残念な生き物でも見るように眉をハの字にすると、小さく二度、首を横に振ったのだ。

「淳ちゃん、どうして昔に戻るなんて言うわけ？」

「え……」

「ちょっと考えてみてよ。昔の状態だったとき、春香はどうなったの？」

「…………」

「いじめられて、地獄のような日々を送ったでしょ？　分かる？」

杏子の口調はまるで、出来の悪い小学生を諭そうとするかのようだった。

「…………」

「人間はね、成長しながら、生きる次元を上げることができる、この宇宙で唯一の幸せな生き物なの。うっかり過去に戻って次元を下げても意味がないよね？　戻ってまたいじめられたら、春香が可哀想だよね？」

次元、宇宙――、俺は頭痛がしそうになったけれど、ぐっとこらえた。

「そういう考え方も、紫音に吹き込まれたんだろ？」

「吹き込まれたんじゃないの。教えてもらったの」

「世の中では、それを洗脳って言うんだぞ」

「…………」

「頼むから、目を覚ませよ、杏子」

「ふう……」

やれやれ、という感じで杏子はため息をついた。

「お前、騙されてるんだって。紫音とかいう詐欺師にさ。いい加減、気づいてくれよ。俺、そいつと会って、ちゃんと話すからさ。そのうち紫音のサロンに一緒に行こう」

「会わないよ」

「え？」

「紫音さんと淳ちゃんは、会わないはず」

「会わない、はず？　なにそれ。どうしてだよ？」

「生きている次元が違いすぎて、会おうと思っても宇宙意識が自然と二人をすれ違うようにすると思うし、それに、万一、会えたとしても、会話がまったく嚙み合わないから意味がないと思うよ」

「なんだよ、その理屈。意味不明すぎるぞ」

「まあ、いまの淳ちゃんの次元だと、意味不明に感じるかもね」

「…………」

「たぶん紫音さんは、きっとすでに淳ちゃんの念には気づいていると思うから、なおさら会わないいんじゃないかな。無駄なエネルギーを費やさないためにも」

「はあ……」今度は、俺がため息をつく番だった。「じゃあ、分かった。俺とは会わないって向こうが思っていても、俺は勝手に会いに行くから。会えるまで通うよ。それが駄目だって言うのなら、もう警察に相談するしかないな」

「警察？」

「うん」

「どうしてそこで警察が出てくるわけ？」

「そりゃそうだろ。大切な家族が詐欺師に騙されてるんだから」

このとき、ふいに杏子の目の色が変わった気がした。ときどき見せる、あの乾いた洞穴のような目をしたのだ。

「駄目だからね。そんなことしたら」

「え？」

「警察に相談だなんて、淳ちゃん馬鹿じゃないの？　紫音さんに迷惑をかけたら失礼でしょ？　絶対に駄目。わたし、許さないから」

冷静な口調のままそう言って、杏子はすっと椅子から立ち上がった。

く。
そのまますたすたと歩き出した杏子はテーブルを回り込んだ。そして、廊下へと進んでい

「おい、どうした……」

「ちょ……、待てよ、おい、杏子」

春香に聞かれないよう低く抑えた俺の声は、杏子の頑(かたく)なな背中に跳ね返されてしまった。

玄関の手前まで進んだ杏子は、そのまま春香の部屋の向かいにある夫婦の寝室に入った

――、と思ったら、カチャ、と内側から施錠をする音が聞こえた。

え……。

今夜、俺は、どこに寝るわけ？

俺は、イライラと、焦燥と、後悔がないまぜになったような熱い息を吐き出した。そして、

少しの間、杏子が消えた薄暗い廊下を眺め続けた。

やっぱり、まずいことをしてしまったな――と、素直な反省の念がこみ上げてきたのは、

さらにそれから一分ほど経ってからのことだった。

ふと思い立った俺は、テーブルの上で充電していたスマートフォンを手にした。本来なら、

ここで千太郎さんに相談の電話をしたいところなのだが、いまは深夜だ。さすがにこの時間

にかけるわけにはいかない。

俺は、スマートフォンの液晶画面に杏子の名前を表示させた。

正直、かなり不本意ではあるけれど、とりあえずは「ごめんな」と謝って杏子を落ち着かせたうえで、あらためてまた冷静に話をさせてもらう以外に解決策はなさそうだった。

通話ボタンをタップして、杏子をコールした。

しかし、杏子は出なかった。

夜中だというのに誰かと通話中らしく、すぐに留守電になってしまうのだ。しかも、何度かけ直してみても、結果は同じだった。

この時刻の、この状況で、杏子があえて長電話をする相手といえば——、もはや紫音しか考えられない。

俺は、スマートフォンをテーブルの上に置き、代わりにグラスを手にした。底の方に少しだけ残っていたワインを、ひと息で飲み干す。生ぬるい液体は、味も香りも感じさせないまま、つるりと喉の奥へと落ちていった。

酒を飲む気力すら萎(な)えてしまった俺には、もはややることがなかった。こうなったら、さっさと風呂に入って、テレビでも観ながらソファで寝るしかない。

そう思って椅子から立ち上がると、廊下の奥でかすかにドアの開く音がした。

杏子か——。

反射的に音の方を振り向くと、薄暗い廊下には、杏子よりひと回り小さな影があった。

「春香……」

パジャマ姿の春香は、足音を忍ばせるようにしてリビングまで歩いてきた。

「ん、どうした、眠れないのか？」

俺は、あえて何事もなかった顔でそう言った。しかし、春香は「ううん、そうじゃなくって」と首を振り、さっきまで杏子が座っていた椅子に腰掛けた。

そして、またしても予言めいた台詞をこぼしたのだ。

「パパ、ママと何かあったの？」

「え……」

どうして分かったのだ。俺も杏子も声をひそめてしゃべっていたから、春香の部屋にまで声が届くとは考えられない。

「喧嘩っぽい感じかな？」

「春香、どうして、そんなこと訊くんだ？」

たまらず俺は訊いた。

「うーん、なんとなく、かな」

「なんとなく？」

「うん、分かるから」

「分かるって、どういうことだよ」

それが当然とでも言いたげな顔をしている春香に、ぞくりとした俺は、うっかり杏子との喧嘩を否定することを忘れていた。

「わたしもよく分かんないけど。でもね、とにかく、ママは、しばらく情緒不安定になると思うよ」

「え……」

「だから、パパはそっとしておいた方がいい気がするの」

春香は、ちょっと怖いくらいに淡々としゃべる。

「あのさ、春香」

「ん？」

「その、なんていうか――、いわゆるそういう予言っぽいモノの言い方……、前はしなかったよな？」

「そう？」

春香があまりにもとぼけた顔をするから、俺は少しばかりムキになりかけた。

「しなかっただろう。なあ、どうしちゃったんだよ、春香まで」

しかし、俺の言葉はまさに暖簾に腕押しで、春香はしれっと微笑んだのだ。

「わたし、いま、パパと喧嘩したくないから」

「え？」

「そうやって問い詰められるのも、ちょっと嫌なの」

「いや、別に、問い詰めているわけじゃ――」

「ごめんね、パパ」

春香は俺の言葉にかぶせながら、軽いノリで謝罪を口にした。

「いや、そうじゃなくてさ、パパは春香のこと、問い詰めたりはしないし、ましてや喧嘩なんてまったくする気はないって」

「そっか。じゃあ、よかった。ありがとう」春香は、たれ目を細めてにっこりと笑うと「じゃあ、わたし寝るね」

「え……」

「なんかね、このところ、変に疲れちゃってて」

「………」

「おやすみ」

そう言って春香は椅子から立ち上がり、廊下を歩いていった。

俺は、その後ろ姿をぼけっと見つめていた。

「あ、春香、ちょっ――」

俺が中途半端な声をかけたとき、すでに春香は自室のドアを開けていて、そのまま中へと入ってしまった。そして、すぐに、カチャ、と内側から施錠をした音が聞こえた。

リビングにひとり取り残された俺は、なんだかたまらない気持ちになって、思わずチロリンの姿を探していた。立ち上がり、窓辺へと歩み寄ると、最近のチロリンのお気に入りの段ボール箱のなかを覗き込んだ。

黒い仔猫は、予想どおり箱のなかで丸くなっていた。うっすら目を開けて、俺の様子を窺っている。

「やっぱり寝てたのか。ごめんな、チロリン」

俺は、口先だけで謝りながら、小さな黒い生き物を両手で抱き上げた。

「みゃあ」

チロリンは不満そうな声を漏らして俺を見た。

「だから、ごめんって言ってるだろ。眠いのは分かるけどさ、ちょっとだけ相手をしてくれよ」

俺は自分勝手なことをつぶやいて、抱いたチロリンの首筋を撫でた。幸運を呼び込むはずの黒猫は、軽く爪を立てて俺の肩のあたりにしがみつこうとしている。

「爪が痛いって」

俺は黒猫を抱き直しながら、なんとなく窓の外を見た。

小雨のなかに横たわる黒々とした流れ。

今夜の水面にはコールタールのようなトロみはなく、むしろさらさらとした墨汁のように見えた。

「みゃあ」

腕のなかで不満そうに俺を見上げる黒猫。

川の黒も、猫の黒も、今夜の俺には、家族の未来を塗りつぶす不吉な色にしか見えなかった。


【北川千恵子】

肺のなかにあったすべての空気を悲鳴に変えたわたしは、風呂場の床にお尻から崩れ落ちた。いまにも呼吸の仕方を忘れてしまいそうなほどパニックに陥っているのに、意識の隅っこの方では、ああ腰が抜けるってこういうことなんだ――、などと、変なことを考える自分もいた。

　冷たい床にぺたんとお尻を付けたまま、わたしはしばらくの間、不規則な荒い呼吸を繰り返していた。それがどのくらいの時間だったのかは分からない。でも、生臭い鉄錆のような臭いが、母の手首から滴った血の臭いだということに思い至ったとき、なぜか少しずつ現実が見えてきて、冷静さを取り戻しはじめたのだった。

　ゆっくりと起き上がり、ふたたび浴槽に近づいた。

　脚がガタガタ震えていて、少しでも気を抜いたら、ふたたびへたり込んでしまいそうだ。

　首をがくんと前に落とした母は、さっきから微動だにしていない。

「お、お母さん……」

　わたしの喉から、かすれた声が漏れた。

「ねえ……」

　もう一度、小声でそう言ってから、恐るおそる母の首元に手を伸ばした。脈をとろうとしたのだ。しかし、土気色のたるんだ首筋に指先が触れた刹那――、わたしは反射的に手を引っ込めていた。

　中途半端にひんやりとしたその感触は、常温にさらされて腐りかけた鶏肉の皮を彷彿とさせた。それがまさに「死にたての温度」であるということを、わたしの本能は瞬時に理解していた。

死んでる。

お母さんが。

指先に残る「死にたての温度」が、じわり、じわり、とわたしの内側に向かって侵食しはじめた。

どうしよう。どうしよう。

声に出さず、後ずさりをして、脱衣所に戻った。そして、血の臭いから逃げるように、ふらふらと居間へ行き、なかば放心状態でテーブルに着いた。椅子に座ったまま両手を胸にあて、深呼吸を試みた。

とにかく、落ち着かなくては。

そう思っても、呼吸が震えてしまって上手くいかなかった。

それでもわたしは、無理やりにでも「ふう、ふう」と唇で音を立てながら呼吸をし続けた。

ようやくまともに呼吸ができるようになると、テーブルの隅にある小さな紙切れが目に付いた。それは一枚の古ぼけた写真だった。わたしは胸に当てていた手を伸ばし、もしや、と思いつつ、おもむろにその写真を引き寄せた。

予感は、当たった。

その写真は、母がこっそり財布のなかに隠していた唯一の父との思い出――わたしが赤ん坊の頃のお宮参りの写真だったのだ。

ふいに、ゴロゴロと重低音が響いた。

遠雷だった。

不穏なその音に、わたしは写真から視線を剝がした。そして、公園に面した窓を見遣った。なぜだろう、窓は数センチだけ開いていて、そこから息苦しいような雨音と生ぬるい風が忍び込んでくる。

雷鳴は響くが、まだ稲光は見えない。

わたしは椅子に座ったまま、ガラス越しに黒い空を見上げた。

遥か遠くの、禍々(まがまが)しい雷雲を思う。

すると、知らずしらず、わたしの思考も遠い過去へと飛んでいくのだった。

苛烈ないじめにあい、鬱病を患っていたわたし――。

あの頃、わたしの心を隅々まで塗りつぶしていた乾きかけの黒い血のような感情が甦(よみがえ)ってくる。そして、それが胃のあたりでとぐろを巻いていく。

鬱だったときのわたしは、日々、死ぬことばかりを考えていた。そんなわたしを、ただ一人、必死になって守ろうとしてくれたのが母だった。でも、いつしかその母までもが、心の病を患ってしまったのだ。原因は、分かり切っていた。

わたしだ。

大人になっても真っ暗な底辺から這い上がれず、苦しみ、もがいているわたしと一緒にいたがために、母まで底辺に引きずり下ろしてしまったのだ。

だから、これからは、わたしが母を守る番。

わたしが這い上がって、母を引き上げる番。

そう思うようになると、不思議とわたしの心は少しずつ回復していったのだ。しかし、それと反比例するかのように、母の心はじわじわと壊れていった。

以来、母は今日までずっと心の病を抱えたままだった。

もちろん通院はさせていたし、薬も処方されていた。でも、ここ最近の母は、薬を飲まないことが多かった。わたしが「飲んだ?」と訊けば、「飲んだよ」としれっと言うけれど、こちらはこっそり薬の数を数えていたから、その嘘は明白だった。そして、わたしは、その嘘を受け入れていた。あえて騙されたフリをし続けていたのだ。あの薬を飲めば、頭と身体が朦朧（もうろう）として、何も考えられなくなる。そして薬効が切れたとき、こんな薬を飲んでまで、なぜわたしは生きているのか、と問いかけたくなるのだ。あの陰々滅々たる感覚を、経験者のわたしはよく知っている。だから、調子が良さそうなときは、あえて飲まなくてもいいだろうと思っていたのだった。

　でも……。

　わたしは窓の向こうの黒雲から視線を戻した。足元に、ついさっき買ってきたシフォンケーキの箱があった。

　それを見たとき、ようやく気づいた。

　母がわがままを言ってまで、わたしを行列に並ばせた理由に。

　わたしを外に出すことで、自殺を図るタイミングを得るためだったのだ。

　また、遠雷が轟いた。

　さっきよりも、音が大きい。

　不穏な黒雲が、じりじりと迫ってくる。

　ふたたびテーブルの上の写真を見た。

　そこには、真面目そうに口を引き結んだ父と、おっとり微笑む母がいた。白いおくるみにくるまれた赤ん坊のわたしは、母の胸に抱かれて安らかに目を閉じている。

　それは、どこにでもありそうな――ふつうの幸せのなかにいる、やさしい三人家族の姿だった。

　わたしたち、なにも悪くなかったのに……。

それなのに、正義に燃えた父は事故で命を落とし、おとなしいわたしはいじめを苦に自殺未遂をし、そして今日、過去のわたしと同じやり方で自殺を遂げた母が、すぐそこで眠っている。

なんで？

どうして、わたしの家族だけ、こうなっちゃうの？

神様、不公平じゃない？

胸裏で問いかけがはじまると、ほとんど自動的に、わたしの頭は鈍く、怠(だる)くなっていき、シャッターを閉じはじめた。あの薬を飲んだわけでもないのに、脳の血管に粘土でも詰められたような朦朧とした感覚になっていく。

身体は生きているけれど、心はゆっくりと死んでいく。

そういう感じだ。

いや、本当は「死んでいく」のではない。

心を「殺している」のだ。

わたし自身によって。

心の自殺——。

それは、わたしが、わたしの人生を、わたしとして生きていくために身につけた、もっとも効果的な防御策だった。

いま、こんなに悲しいのに、こんなに虚しいのに、わたしの目から一滴の涙すら出てこないのは、きっとそのせいだ。

でも……、いつかはきっと、わたしも泣くのだろう。気が触れたように取り乱しながら。

そんな恐ろしい未来をイメージしたら、背中に鳥肌が立った。それと同時に、わたしの理性の欠片がほんのわずか顔を覗かせた。

あ、そうだ。

電話、しなくちゃ。

どこかに。

どこの、誰に？

わたしは買い物に持っていったショルダーバッグのなかから、ひどく緩慢な動作でスマートフォンを取り出し、電源を入れた。頭がぼうっとしはじめているのに、まだ、手は震えている。

「ええと、ええと……」

鈍った頭を働かせたくて、わざと声にした。でも、その声はずいぶんと遠くに聞こえた。

一一〇番かな？　いや、一一九番？

「ねえ、どっちにかければいいの？」

お母さん。

無意識に母に訊こうとしてこぼれた言葉が、空虚な部屋を漂って霧散する。

困ったよ。どうしよう。

誰か、助けて——。

と思った刹那、シャッターが下りかけていた頭に、チラリとあの顔が浮かんだ。

そうだ。ルン。

ルンならきっと、あの朗らかな声で教えてくれる。にっこり笑いながら。やさしく。あの頃みたいに。

わたしは着信履歴からルンを呼び出そうとした。でも、手が震えているせいで端末を落としてしまった。

ゴト。

テーブルの上に落下したそれは、不自然なほど大きな音を立てた。そして、画面を下にしたまま静止した。

うつ伏せで、死にかけているみたい——。

なぜだろう、わたしはスマートフォンの姿を、自分の未来と重ね合わせていたのだった。

わたしも、スマートフォンも、可哀想だなぁ、と思ったとき、

「あ、そっか……」

わたし、この先ずっと、ひとりぼっちなんだ――。

心のなかでつぶやいたら、目の前が暗転するほどの絶望に飲み込まれそうになった。

絶望は、わたしの「心の自殺」を一気に加速させた。

ルン。

希望の二文字も、無慈悲に塗りつぶされていった。


【川合杏子】

淳ちゃんと喧嘩をして寝室に逃げ込むなんて、結婚して以来、はじめてのことだった。これまで口喧嘩でわたしが劣勢に立たされたことはなかったし、そもそもこんなふうに喧嘩がこじれることもなかったのだ。

でも、逃げ込んだ――ということは、わたしが負けたってこと？

自問しかけて、やめた。

違う。

わたしはただ紫音さんの存在を守ろうとしただけ。

そう自分に言い聞かせる。

わたしはスマートフォンを手にした。

そして、あの神々しい微笑みを思い浮かべながら、紫音さんの番号をコールした。とにかく、いまの淳ちゃんの状況を紫音さんに伝えたうえで、わたしはどうするべきか相談しておきたい。

しかし、紫音さんへの電話はつながらなかった。電源が切られているのか、すぐに留守電になってしまう。

じつは、ここ数日間、わたしは紫音さんと連絡が取れずにいた。朝昼晩、いつ電話をしてみても、紫音さんは出てくれないし、折り返してもくれないのだ。幾度か留守電にメッセージを残したけれど、その返事もない。もちろんメールをしてみてもレスはこなかった。

――お前、騙されてるんだって。紫音とかいう詐欺師にさ。

さっきの淳ちゃんの言葉が、胸のなかで膨らみかける。

いや。まさか、そんなはずはない。

あの紫音さんに限って。

きっといま、紫音さんと連絡が取れないのは、宇宙の流れがたまたまそうなっているだけなのだ。その証拠に、春香はちょくちょく図書館に行くと言って、紫音さんと会っているではないか。

大丈夫。すべてはきっと上手くいくから。不安を抱いちゃ駄目。ネガティブな意識が生む波動は、宇宙のネガティブなエネルギーと共鳴して、ネガティブな未来を呼び込んでしまう。大丈夫。大丈夫。紫音さんは裏切らない。信じていれば未来は開ける。

胸のなかでぶつぶつ言いながら、わたしはベッドに潜り込んだ。

淳ちゃんには悪いけど、今夜はソファで寝てもらおう。そうしなければ、わたしの内側にネガティブな意識が発生して、春香の未来にも響いてしまう。それだけは避けなければならない。

春香は、母親のわたしが守り抜く。

本当に幸せな春香の姿を目にすれば、淳ちゃんもきっと理解してくれるはず。

紫音さんに出会えたことで、ここまで来られたのだ。紫音さんのおかげで、春香の次元は格段に上がった。

だから、あと少し。

ほんの少しで、わたしの家族は救われる。
幸せに、手が届く。
わたしは横になって目を閉じた。
深呼吸をしたら、ひとすじの涙がこぼれて枕を濡らした。
この涙は、何を意味するんだろう？
考えてみても、答えは浮かばなかった。

喧嘩の翌朝——。
淳ちゃんとは普段どおりに接するよう心がけた。家に春香がいる手前、そうせざるを得ないのだ。淳ちゃんも、わたしの思いを察してくれたようで、表面上はいつもどおりに対応してくれた。もちろん、お互いのあいだに、ぎこちない空気が流れていることは否めない。けれど、これは次元の違いが生む空気感なのだと思えばあきらめもつく。
春香のことが完全に落ち着いたら、あらためて紫音さんに相談して、淳ちゃんの生きる次元も引き上げてもらおうと思う。そうでなければ、夫婦関係を維持することが難しくなりそうな気がする。

淳ちゃんを会社に送り出したあと、少しホッとしたわたしは、キッチンで食器洗いをはじめた。リビングのテーブルには、まだパジャマ姿の春香がいて、時々あくびをしながらテレビを観ていた。

「ねえ、春香」

「ん？」

こちらを振り向いた春香は、いままでと変わらぬ、たれ目のおっとりした少女だった。しかし、その中身は、宇宙とつながり、大きく変貌を遂げつつあるのだ。

「ちょっと訊きたいことがあるんだけど」

「なに？」

「最近、紫音さんって、元気にしてる？」

この数日、連絡が取れなくなっていることは、春香にも伝えていない。

「紫音さん？」

小首をかしげた春香は、じっとわたしの目を見つめてきた。霊視のはじまりだろうか。

「そう」と答えたわたしは、目をそらさず、愛くるしい娘のたれ目を見返した。

「最近は会ってないから分からないけど」

「え……」

「電話をしても出ないし」

春香は、さらっと答えた。べつに霊視をしていたわけではなかったようだ。

「ううん。サロンに顔を出してるんじゃないの？」

「春香は、サロンに遊びに行ったときはママに言ってるじゃん。最近は、本当に図書館に行って、本を読んでたよ」

「え……、そっか」

「うん……」

「まあ、そうよね。電話で約束もしていないのに、勝手に押しかけるのは失礼だもんね」

「紫音さん、忙しいから、急に行っても誰かにセッションしている最中かも知れないし」

「それは迷惑すぎるもんね」

わたしは自分に言い聞かせるように頷きながら、ため息を堪えた。

まさか、春香まで連絡を取れずにいたなんて。

ということは、いったい紫音さんは、どこで、何を……。

考えはじめて、すぐにやめた。邪推はよくない。紫音さんだって一人の人間だ。ふいに思い立って、どこかへ旅に出ているのかも知れない。まだ梅雨だから夏休みには早いけれど、長期休暇中という可能性もある。もっと言えば、病気や怪我で入院中――、そういう可能性もゼロではない。でも、それは考えるべきではない。考えたらネガティブな流れにハマってしまいそうだ。

「あ、そうだ、ママ」

食器洗いの手をとめて、ぼうっとしていたら、今度は春香に呼ばれた。

「え、なに？」

「パパのことだけど――」

冷戦状態にあることがバレたのかと、一瞬、どきりとしたが、春香は予想外な言葉を続けたのだった。

「やっぱり、浮気はしてないよ」

「え？」

「安心して大丈夫だから」

「それ、どうして……」

「あ、わたし、ほら、もう分かるから」

春香がにっこりと笑った。たれ目が細くなって、いっそう可愛くなる。

「あ、そっか。うん。なら、よかった」

わたしは少しだけホッとしたけれど、むしろ、やっぱりそうだよね、という思いの方が強かった。淳ちゃんは、そういうタイプの人間じゃないはずだから。

「それにしても、春香、すごいね」

「なにが？」

「なにがって、その、開花中の力だよ」

わたしが褒めたら、春香は「えへへ」と少し照れくさそうに笑った。

いい笑顔が咲いたな、と思う。

これは、いじめにあう前の、春香らしい、純粋で、愛くるしい笑い方だ。

やっぱり、わたしたち家族は、あと少しで取り戻せる。

本当の、幸せな日々を。

◇　◇　◇

午前中に「図書館に行ってくるね」と、雨のなかを出かけていった春香が、ちょっと慌てた様子で帰宅したのは、午後一時すぎのことだった。

「ねえ、ママ！」

ただいま、も言わず玄関で靴を脱ぎながら、春香はリビングのソファにいたわたしを呼んだ。

「なあに、そんなに慌てて」

春香は、わたしの言葉を無視して、廊下を早足で歩いてくるなり続けた。

「紫音さんに会わないと」

「え？」

「なるべく、すぐに会わないと」

「え？　ちょっと」わたしはソファから上体を起こし、春香に向き合った。「なに、急に……」

よく見ると、春香の穿いている細身のジーンズが、膝の上までびっしょり濡れている。雨のなか、かなり急いで帰宅したのだろう。

「わたし、分かっちゃった気がするの」

「え、分かったって――」

「無意識に、霊視してたみたいなの」

「え？」

「紫音さんと連絡が取れないのはなんでだろうって思ってたら、急に宇宙とつながって」

「…………」

娘の切迫した様子に言葉を失っていると、春香は、少し言葉を選びながらしゃべりはじめた。

「まだ、百パーセントの確信は持てないんだけど。っていうか、持っちゃいけないのかも知れないけど……、でも、分かっちゃうから、わたし」

「ちゃんと話して、春香」

春香は、困ったように眉をハの字にして頷いた。

「もしかすると、紫音さんのお母さんがね……、亡くなっちゃったんじゃないかって思うの。思うっていうか、そう感じるの」

「え……」

「紫音さんとしばらく連絡が取れなかったのは、そのせいだと思う」

「春香、それ、本当？」

「本当かどうかは――、でも、勝手に分かっちゃうんだもん。そうだろうなって、感じちゃうんだもん……」

開花しつつある、春香の能力。

信じるに値すると、わたしは確信した。

「ねえ春香、わたしたち、どうしたらいい？」

自然と、大人のわたしが、中学生の娘に頼りはじめていた。

「ええと――、ママは、紫音さんにメールをして」

「メール？」

「うん。すぐに」

「内容は、なんて？」

「春香が霊視をして分かったんですけど、もしかしてお母様が亡くなっていませんか？　春香が紫音さんを救いたいと言っています、って。そう書いて送って」

「え……、春香が、救うの？」

あの、神様みたいな人のことを？

「そうだよ。できないかも知れないけど。でも、とにかくメールして、ママ」

「う、うん。分かった」

宇宙とつながった春香がそう言っているのだ。従わなければ。

わたしはソファから起き上がると、テーブルの上に置いてあるスマートフォンを手にし、春香に言われたとおりの内容でメールを送信した。

しかし、紫音さんからのレスは、すぐには来なかった。

三十分が経ち、一時間が経ち——、待ちくたびれたわたしたちはお腹が空いて、少し遅めのお昼ご飯を食べた。会話の少ないランチは、ほとんど味がしなかった。それから、さらに一時間が過ぎた頃、ふいにメールの着信音がリビングに響き渡った。

わたしと春香は同時に「あ」と言って顔を見合わせた。わたしは急いでスマートフォンを手にして、メールの画面を開いた。送信元の欄には、紫音さん、と表示されていた。

「来た。紫音さんから」

「ママ、なんて?」

わたしは、メールの本文をそのまま口にして読み上げた。

「こんにちは。春香ちゃん、すごい力ですね。わたしが驚くほど素晴らしいです。でも、急で申し訳ないのですが、わたしは霊能者をやめることにしました。勝手なことを言ってごめんなさい。春香ちゃんにも、本当にごめんね、とお伝え下さい」

読み上げながら、わたしは軽い目眩(めまい)を覚えていた。

「ママ、それだけ?」

「うん」

本当に、それだけだった。

呆然としているわたしを横目に、春香が自分のスマートフォンを手にして、「わたし、電話してみる」と言った。

しかし、春香がコールしても紫音さんは出なかった。

「ママ、行こう」

「え？」

「急いで、紫音さんのところに行かなくちゃ」

「いま？」

「そうだよ。早く。宇宙の意識がそう言ってるから」

春香に腕を引っ張られ、わたしは椅子から立ち上がった。そして、急いで髪を整え、服を着替え、最低限の化粧をして、春香と一緒に傘を片手に玄関から飛び出そうというとき――、春香が「あっ」と声を上げた。

「ママ、わたし、また、つながった」

「え？」

「宇宙とつながったの。パパも呼んだ方がいいって」

「え、パパも？」

わたしは、つい眉をひそめていた。喧嘩をしたままであることはもちろん、紫音さんと淳ちゃんを会わせることに抵抗を感じたからだ。

「そう。パパも一緒に行かなくちゃ」

「でも、パパは——」紫音さんを詐欺師呼ばわりして、警察に訴えるつもりなんだよ、と胸のなかでつぶやきながら、口では「いま、仕事中だよ」と言った。

「そんなの、関係ないよ」

「え……」

「ママ、お願い、わたしの力を信じて」

「でも……」

「紫音さんを救うために、パパは必要になるから」

狭い玄関で、わたしは娘をじっと見た。春香は成長していた。いつの間にか、わたしと目線の高さが変わらなくなっていた。

「ママ。紫音さんを救えば、わたしたちも救われるの」

切実で、愛くるしいたれ目。

「分かった」

わたしは、春香を信じることにした。それはきっと、春香の能力を引き出してくれた紫音さんを信じることでもあるはずだから。

「ママ、ありがとう。わたし、パパにメールする」

そう言って春香は、背中の赤いリュックのなかから自分のスマートフォンを取り出した。

【川合淳】

今日の『敏腕』編集部は、やけに静かだった。

アルバイトの羽山由美が風邪で休んでいるせいで、編集長がおとなしく仕事に精を出しているのだ。

こういう日は、仕事がはかどるから助かる――。

そう思いつつ、若手のフリーライターから届いたばかりの原稿をリライトしていると、デスクの上のスマートフォンが振動した。ちらりと液晶画面に視線を送ると「春香」という文字が見えた気がした。

え？　と俺は液晶画面を二度見した。仕事中に春香から連絡が入ったことなど、これまでに一度もなかったのだ。

胸の片隅に嫌な予感を抱きつつスマートフォンを手にした。メール画面を開いてみる。そして、短い文章を読みはじめるのとほぼ同時に、俺は椅子から立ち上がっていた。

「編集長、ちょっと、外に出てきます」

「んあ、急に、どうしたぁ？」

パソコンから顔を上げた編集長の間延びした言葉には答えず、俺は《了解。すぐに行くよ。駅の改札で待っててくれ》と入力して、春香に返信した。

「おい、そんな怖い顔して、どうしたんだ？」

「え？　あ、ええと、ちょっと急ぎの用件を思い出したんで」

俺は開いていたノートパソコンを閉じ、鞄を肩にかけた。

「急ぎって。いったいどこに――」

「すみません。ホント、かなり急ぎなんで。後で説明します」

俺は編集長に最後まで言わせず、足早に編集部を後にした。

廊下に出て、閉まりかけていたエレベーターに駆け込んだ。一階のボタンを押す。エレベーターが降下しはじめたとき、春香からのメールの内容を胸裏で反芻した。

《パパ、仕事中にごめんね。いまから家族三人で紫音さんのところに行きたいの。そこで、すべて解決させるから。なるべく急いで来て欲しいんだけど、大丈夫？　来て欲しい場所は――》

春香が指定した場所は、自宅の最寄り駅から三つ離れた駅だった。つまり、そこは、俺が春香を尾行したときに降り立った駅だ。

エレベーターが一階に着いた。ゆっくりと開く扉がもどかしく感じる。扉が開くと同時に、俺は半身になって外へと飛び出していた。

社屋を出たとき、思わず目を細めた。梅雨の晴れ間の日差しが眩しかったのだ。俺は街の雑踏をかき分けるように進んだ。その間、脳裏には春香と杏子の顔が何度も去来した。

駅に着くと、ちょうどホームに入ってきた快速に乗れた。空いている席に腰掛けて、ふたたびスマートフォンを手にした俺は、さっきのメール画面を開き、あらためて春香にメールを送った。

《いま電車に乗って、そっちに向かってるよ。四十分くらいで着くはず。すべて解決させるって、どういうこと？》

俺はスマートフォンを手にしたまま、春香からの返信を待っていた。スマートフォンが振動したのは、快速電車が二つ先の駅に着いたときのことだった。

《よかった。パパ、ありがとう。改札を出てすぐ左にある喫茶店で、ママと一緒に待ってます》

どうやら春香は、俺からの問いかけに答えるつもりはないようだった。

仕方がない。会ってから聞くか——。

俺はスマートフォンを鞄にしまうと、「ふう」と嘆息して、こめかみを揉んだ。

◇　◇　◇

待ち合わせの喫茶店は「檸檬(レモン)」という名の古びた店だった。扉を押し開けると、コロン、コロン、と甘いドアベルの音がした。濃密なコーヒーの香りのなか、昭和の趣を残した店内を見渡す。左手奥のテーブルに杏子と春香の姿が見えた。二人もこちらを見ている。

「おまたせ」

大股でテーブルに近づきながら、俺は、とりあえず二人にそう言った。まだ昨夜の喧嘩の仲直りをしていない杏子は、少し気まずそうに俺を見上げたが、春香はむしろホッとしたような顔をした。

「すぐに行くのか？」

俺は立ったまま春香に言った。

「うん、行く」

春香は杏子に向かって頷いてみせた。俺は伝票を取り上げて会計を済ませた。

喫茶店を出ると、春香を先頭に紫音のサロンに向かって歩き出した。駅前の住宅地を通り、若葉萌える公園の中へと入っていく。足元には、所々、小さな水たまりが残されている。

「なあ、春香」

俺は華奢な背中に呼びかけた。

「ん？」と、歩きながら振り向く娘。

「さっきメールにあったけどさ、すべて解決させるって――」

「あ、それは、大丈夫だから」

春香は俺の言葉を遮るように声をかぶせた。もしかして、杏子に聞かれたくないのだろうか。何となくそう感じた俺は、斜め後ろにいた杏子の顔をちらりと見た。杏子はわずかに眉根を寄せて春香を見ている。

「ママ、心配しなくて大丈夫だよ。わたし、ただ、宇宙からのメッセージを紫音さんに伝えるだけだから」

春香はまるで、杏子の心をなだめようとでもするかのような声色で言った。しかし、その内容には大きな違和感を覚えてしまう。

「おい、春香、その宇宙ってやつは――」

「大丈夫だから」

「え……」

春香のたれ目が、暗黙の了解を求めてきた。

　俺は頷く代わりに、小さなため息で応えた。

　公園を抜け、その先の路地へと入っていくと、見覚えのあるアパートが目に入った。俺たちはアパートの階段を上り、角部屋の前に立った。少し不安げな杏子とは対照的に、春香が躊躇（ちゅうちょ）なく呼び鈴のボタンを押した。

　いよいよ、紫音との対面だ――。

　六芒星が描かれた怪しい表札を見つめながら、俺はまた「ふう」と息を吐いた。緊張しているのが自分でもよく分かる。

　ドアの向こうで人の気配がして、すぐに、カチャ、と内鍵の外れる音がした。

　ドアノブが動く。

　ゆっくり押し開けられたドアの隙間から顔を覗かせたのは、長い黒髪を耳にかけた、肌つやの悪い痩せた中年の女だった。

「紫音さん……」

　杏子が、ひとりごとのようにつぶやいた。

　この、冴えない女が……。

　俺は、想像とのギャップの大きさに絶句した。

「杏子さん、お久しぶりね。春香ちゃんも」

くたびれた笑みを浮かべた女の目が、こちらに向けられた。

「杏子さんの、ご主人？」

そうです——、と俺が答える前に、春香の口が開かれていた。

「紫音さん、わたしの父です」

「やっぱり、そうなのね」紫音は、春香に微笑みかけると、あらためて俺の方を向いて、ドアの隙間から「はじめまして」と小さく会釈をしてみせた。

「あ、ど、どうも」

俺は、完全に拍子抜けして会釈を返していた。

それから紫音は「お茶菓子もないけど」と言いながら、俺たちをサロンのなかに招き入れた。

俺と杏子をソファに座らせた紫音は、春香と一緒にキッチンに立ち、紅茶を淹れてくれた。

その間、杏子はじっと黙って紫音の後ろ姿を見つめていた。

やがて紅茶の置かれたテーブルを挟んで、俺たち家族三人と紫音が向き合って座った。気まずさと気安さの両方をはらんだ妙な沈黙が、殺風景な部屋に満ちていく。

俺は、あらためて紫音を観察した。糸くずのようなゴミの目立つ黒いワンピース、深いほうれい線、痩せた肩、毛先がパサついた長い髪、神経質そうな細い指——。紫音には、人を惹きつけるような、いわゆるオーラが感じられなかった。その辺のスーパーで普通に買い物でもしていそうな、パッとしない中年女なのだ。

この女が、多くの人たちを虜にしている霊能者だなんて……。

「あの……、紫音さん、ちょっと痩せました？」

杏子が沈黙を破った。すると紫音は「ふふ」と小さく笑って「そうね、少し痩せたかもね」とかすれた声を出した。

「霊能者、やめちゃうんですか？」

杏子と俺の間に座っている春香が、少し切実な声色で言う。

「ごめんね、春香ちゃん。いろいろと考えて、やめることにしたの」

「そんな……。どうして、急に――」

杏子の上半身が少し前のめりになった。すると紫音は、空っぽなため息をついて、自嘲的にも見える薄ら笑いを浮かべた。

「ちょっとね、疲れちゃったの。もういいかなって。近いうちに、どこかに引っ越して、普通の仕事をしようかと思って」

「引っ越すって……。わたしたち、ようやくここまで来られたのに。紫音さんがやめちゃったら、わたしと春香はどうすれば――」

杏子の声が感情的になりつつあった。その声を、そっと上からかぶせるように鎮めたのは、春香だった。

「ママ、大丈夫だよ。心配いらないよ」

「え、春香……」

「わたしが紫音さんの代わりになるから」

突拍子もない台詞に、春香以外の三人は息を飲んだ。

「紫音さんの代わりって……、春香、あなた何を言ってるの？」

「だってママ、わたし、霊能力を開花させてもらったんだよ」

「たしかに開花はさせたけど、春香ちゃんは、まだ初心者なのよ……」

会話に割って入った紫音は、まばたきもせず春香を見ていた。まるで春香の心を読み取ろうとでもするかのような顔だ。

「じゃあ、これから証明するね。わたしが紫音さんの代わりになれるってこと」

春香は、そう言ってにっこり笑うと、紅茶のカップに口をつけた。そして、おもむろに立ち上がると、「紫音さん、あそこの椅子、借りますね」と言って、掃き出し窓の前に置かれた事務椅子に腰掛けた。換気のためか、春香の背後の窓は少しだけ開けられていた。窓にはレースのカーテンがかけられていて、それが梅雨の晴れ間の陽光を受けて白く光っていた。

なんだか春香に後光が差したかのようにも見える。

「ええと……、じゃあ、まずは」春香はいったん「ふう」と息を吐いて、いかにも精神を集中させているような素振りを見せた。「パパとママのことを言い当てちゃおうかな」

「え……」

俺は、思わず声を出して杏子を見た。杏子も、こちらを振り向いていたから至近距離で目が合ってしまった。

「えっとね……、パパとママは、昨夜から波動の質がすごくズレてる感じなんだよね。わたしに内緒で何かあったでしょ？」

まさか、昨夜の喧嘩がバレているのか？　俺たちは極力、声をひそめて言い合いをしていたはずなのに。

「あ、そうか。パパとママは、何か言い合いしてたのかも。違う？」

春香が、俺と杏子の方を見て、小首をかしげてみせる。

なるほど、たしかに正解だが――、これは、たまたま夫婦喧嘩の声が春香の部屋に漏れ聞こえただけだろう。決して霊能力などではない。俺がそう確信したとき、春香が信じられないような台詞を続けたのだった。

「あと、パパは、首の辺りにエネルギーの乱れがある気がするんだけど、大丈夫？」

「え……」あまりに驚いて、俺は自分の首筋を右手で押さえてしまった。じつは、昨夜、ソファで寝たせいで、首を寝違えていたのだ。

「春香、何で、それを？」

「え？　何でって——、ただ、感覚的に分かっちゃうの」

神々しいような白い後光のなか、「えへへ」と照れくさそうに笑った春香が、今度は紫音の方を向いてしゃべり出した。

「紫音さんは、わたしたちにたくさんの隠し事をしてますよね？」

くたびれた紫音の目元が、わずかに硬直したのが分かった。そして、それを見ていた杏子もまた、不安をそのまま顔に出した。

「紫音さん——っていうか、本名は、北川さんっていうんですね」

春香は、そう言って、やわらかな笑みを浮かべた。しかし、神々しい光のなかで、その笑みはどこか怖いものにも見えた。俺は紫音を見た。紫音は本名を当てられたことによほど衝撃を受けたのか、ポカンと口を開けたまま、瞬きさえ忘れて春香を見詰めていた。杏子も、それと同じような顔で春香を見ている。

「紫音さんは、わりと最近まで、介護の経験があると思うんですけど……。ありますよね？」

春香の問いかけに、紫音は幽霊でも見たような顔で固まっている。しかし、春香はかまわずしゃべり続けた。

「それはきっと、身近な人の介護で……、でも、最近、その人を失ってしまったの」

「春香、それ、もしかして――」

杏子が、かすかに震える声で訊いた。

「うん。紫音さんの、お母さんだと思う。紫音さんはね、とてもやさしい人だから、お母さんのことをすごく大事にしていたはず。多分、二人きりで暮らしていたんじゃないかな。でも、いまはその人の波動が感じられないの。だから、きっと亡くなったんじゃないかって思ったの」

春香の眉がハの字になり、悲しそうな表情になる。

「春香ちゃん、どうして、それ……」

言葉を失いかけていた紫音が、途切れ途切れのしゃがれた声を出した。しかし春香は、何も答えず、ただ、その目に同情の色を浮かべて頷いてみせた。

気づけば紫音のサロンに、異様な空気感が満ちていた。そして、その空気を支配しているのは、他でもない俺の愛娘なのだった。

「あとね、紫音さんには親しい人がいる気がするの。ええと……、その人はね」そこまで言って、春香は少しのあいだ目を閉じた。それはまるで念でも飛ばしているような素振りだった。そして、ゆっくり目を開いてから、こう言ったのだ。「うん、見えた――、ママくらいの年齢の女性で、いつも人に触れながら仕事をする人だと思う」

「え……」

紫音の目に動揺が走ったのが分かった。

「その人ね、うーん……、きっと『る』ではじまる、二文字の名前の人じゃないかな」

「春香ちゃん」紫音が、春香の言葉を遮った。「ちょっと待って」

「はい」

「あなた、どうしてわたしの母が亡くなったこと、知ってるの？」

「え？　知ってるというか、分かっちゃったんです。紫音さんに能力を開花させてもらえたから」

春香は事務机の上にそっと両手を置いて、微笑みながら紫音を見つめた。紫音の顔が、みるみる引きつっていく。

「紫音さん」ふいに杏子が硬い声を出した。「春香の言ってること、やっぱり当たってるんですか？」

杏子は春香の不思議な力について確証を得たいのだろう。

しかし、紫音は何も答えず、ただ、じっと春香を見つめていた。

「あれ？　ママ、まだわたしのこと信じられないの？」

「そういうわけじゃ……」

「じゃあ、ママのことも当ててあげるね」

「え……」

　春香は、白い後光のなかで姿勢をすっと正すと、杏子の方をまっすぐに見た。そして、その目を少し細めて、杏子の頭から足先まで、ゆっくり視線を動かしてみせた。


【川合杏子】

　娘が、母親であるわたしを霊視しはじめた。

　わたしはちらりと目の前の紫音さんを見た。紫音さんは、しかし、これまでの紫音さんではなくなっていた。驚愕と不安を同居させたような顔で、まじまじと春香のことを見詰めているのだ。

「あ、そっか」ふいに春香がしゃべり出した。「ママってガチガチの理系だと思ってたけど、案外、文系っぽいところもあるんだね。本当は、理屈の前に、人の気持ちを考えちゃうタイプなんだ」

「…………」

わたしは、何も答えなかった。というか、答えられなかったのだ。たしかに、そういう側面が自分にはある気がしたから。

「それと、ママは子供の頃から自由な性格だったのに、誰かのために自分が我慢しちゃうところがあったみたい。そうでしょ？」

「まあ、そう、かも……」

「でしょ。あ、ママ、子供の頃、ちょっと怖い思いをしてるんだね？」

「え？」

「仲のよかった友達が、グラウンドで怪我をしたことない？」

唐突な質問に、わたしは遠い記憶を振り返った。すると、幼馴染みの日菜子（ひなこ）の顔が思い浮かんだ。たしか中一のとき、日菜子が鉄棒から落ちて腕を折ったのだ。わたしはそのシーンを鮮やかに思い出していた。

「うん。ある。大怪我をしたよ」

「やっぱりね。いま、わたしの頭のなかには真っ白な包帯が見えてるの。怪我をした人って、女の友達だよね？」

「そうだけど……」

男か女かを当てるのは、確率でいえば五割だ。

「そのお友達、やわらかい女の子らしい名前の人で、ちょっと笑顔が印象的な人だったはず」

「え……」

たしかに日菜子という名前は、女性らしい名前だ。しかも、春香の言うとおり、日菜子の笑顔は印象的だった。なにしろ笑うと歯茎が露出するのだ。

「うん、笑顔が印象的な子だった。すごく」

「だよね。そのお友達、ママの実家からそんなに遠くないところに住んでいたと思うんだけど」

日菜子とわたしの家は、歩いてわずか数分の距離にあった。これも当たっている。

「うん。近かった」

「子供だけじゃなくて、親同士も知り合いだったよね？」

これも完全に当たっている。

「うん……」

「で、ときどき、そのお友達、ママの家でご飯を食べた？」

また当たった。わたしの脳裏には、日菜子と二人、食卓に並んで座ったときのシーンが思い出されていた。

「うん、食べた。何度も」

「うふふ。いまね、わたしの頭のなかに、楽しそうな二人のイメージが浮かんでるの。でも、そのお友達とは、いまは、当時と違って距離があるみたいだね」

まさに、そのとおりだ。日菜子もわたしも結婚したときに引っ越して、いまはとても遠くに住んでいる。そして、すっかり疎遠になってしまったのだ。

春香の霊視は、最初から最後まで完璧だった。

わたしは、だんだんと自分の気持ちが高ぶってくるのが分かった。もしかすると、春香は本当に紫音さんの代わりになれるのかも知れない。というか、もはや、代わりになる必要すらない。だって、そもそも、わたしは、春香が幸せになってくれさえすれば、それでよかったのだし、そのために紫音さんの力を借りてきたのだから。いま、春香が紫音さんと同じ力を得たのであれば、これからはただ自分の人生を豊かにするために、その特別な能力を利用してくれればいい。そうすれば春香は、いともたやすく幸せを手にしてくれるだろう。

「ねえ、ママ、当たってる？」

「うん。当たってるよ。最初から最後まで、ひとつ残らず、全部ね」

「うふふ。やった」

微笑んだ春香の後ろで、レースのカーテンがひらりと揺れた。白い光のなか、霊能者となった春香が幸せそうにこちらを見ている。

「杏子、本当に当たってたのか？」

淳ちゃんの眼差しには疑念が含まれていた。

「うん。もう、パーフェクトだった」

「マジかよ。どういうことだよ……」

淳ちゃんは、信じられない、という顔で首をすくめてみせた。紫音さんも、春香の開花のスピードに驚いたのだろう、まだ啞然とした顔で春香を見詰めている。

「じゃあ、次はパパのこと、当ててあげるね」

楽しそうな声で言って、春香が淳ちゃんを見る。

「え？　いや、俺は――」

淳ちゃんが訝しげな顔をしていたから、わたしは言ってやった。

「少しでも疑ってるなら、春香の力、試してみたら？」

しかし淳ちゃんは、首を横に振ったのだ。

「俺は、いいよ。さっき首のことを当てられただけで充分だよ」

ようやく認めたのだ。淳ちゃんが。春香の力を。つまり、偉大な紫音さんの力を。そして、宇宙の力を。

急に気持ちがホクホクしてきたわたしは、淳ちゃんに「首、痛いの？」と訊いた。

「まあね。寝違えてるんだ、じつは」

淳ちゃんは自分の手で首をさすった。その様子を見ている春香も満足げだ。

「じゃあ、今度は紫音さんを霊視しちゃおうかな」

春香が言うと、紫音さんは「え……」と不安げに顎を引いた。

「紫音さん、いいですか？　全部を言っちゃって」

「全部って……」

窓からやわらかな風が吹き込み、春香の背後のレースのカーテンが揺れた。

神々しいような光も一緒に揺れる。

そして、春香はたれ目を細めて、どこか妖しくさえ見える微笑を浮かべてみせたのだ。

「紫音さんの霊能力のネタばらしです」


【川合淳】

紫音の霊能力のネタばらし？

この瞬間、いちばん驚いた顔をして固まったのは杏子だった。

紫音はというと、しばらくの間、こわばった顔のまま春香のことを凝視していたが、ふと何かを観念したのか、薄く開けた唇から「うふふ」と小さな笑い声を洩らしたのだった。

「春香ちゃんが、わたしのネタばらし。ふう……。悪くないかもね、そういうの。お好きにどうぞ」

紫音はくたびれた声でそう言うと、力なくソファの背もたれに背中をあずけ、軽く目を閉じた。

「紫音さん……」

杏子がつぶやいても、もはや紫音は微動だにしない。

春香は白い光のなかで鷹揚(おうよう)に微笑んでいたが、その笑みには、どこか淋しげな色が見え隠れしているようにも見えた。

「いま、わたしの霊能力、パパもママも信じたでしょ?」春香の台詞に、俺も杏子も返事ができず固まっていた。「これから、ネタばらしするね」

俺は、ふと紫音を見た。肌つやの悪い中年女は、目を閉じたまま、お腹のあたりで手を組んで、口を引き結んでいる。

「じつはね、わたしがこの椅子に座ったところから、もうはじまってたの。すぐ後ろに窓があって、レースのカーテンがほんわか白く光ってるでしょ。その光のなかにいるだけで、わたしが神々しく見えやすくなるの。でね、ここから先は、すごく単純な種明かし。パパとママの喧嘩を当てたのは、二人の声がわたしの部屋に少し聞こえてきたからだよ。パパが首を痛めているのを当てたのも、朝、首が痛そうな素振りをしてたし、さっき喫茶店で会ってからも、右を向きづらそうだったから、痛めてるんだろうなって推測しただけ。そういうのを波動の質とかエネルギーの乱れとか、紫音さんの使うもっともらしい言葉で言えば、いかにもそれっぽく聞こえちゃうの」

「じゃあ、紫音さんの苗字を当てたのは？」

複雑な表情で眉をひそめていた杏子が訊いた。

「このサロンの隣のお部屋の表札を見たことある？」

「…………」

杏子が、かすかに首をひねった。

「お隣りは、北川さんっていうんだよ」

「え……」

俺と杏子の声が重なった。

「あのね、わたし、ここに遊びに来るときは、すぐそこの公園を通り抜けてるんだけどね、その公園を歩いているときに、いつも隣のお部屋からやさしそうなおばあちゃんが手を振ってくれるから、わたしも振り返してたの」

紫音は閉じていた目を開けて、背もたれから上体を起こした。

「春香、ちゃん……」

紫音に名を呼ばれた春香は、ゆっくりと頷いて見せた。

「おばあちゃんは、いつも同じ椅子に座って、同じ窓から公園を眺めていたんだけど――、ある日、紫音さんが、そのおばあちゃんと一緒にいて、お世話をしているのがチラッと見えちゃったの。それからわたし、公園を歩くときはこっそりチェックするようにしてたんだけど」

「そうか」膝を打ちたくなった俺は、思わず声に出してしまった。「このところ、そのおばあちゃんの姿が見られなくなった。だから春香は、亡くなったんじゃないかと――」

「うん」春香は眉尻を下げて頷いた。「おばあちゃんと紫音さんが一緒に暮らしている――ってことは、ほぼ間違いなく母娘でしょ。母娘ってことは、紫音さんの苗字も北川さんだって分かるし、いつも同じ椅子から離れられないおばあちゃんだもん、紫音さんの介護が必要だってことも想像できるよね？　わたしね、サロンに来ない日も、ときどきその公園には来てて、今日もおばあちゃんいないなあって心配してたんだよ。で、おばあちゃんの姿が見られなくなった頃から、紫音さんと連絡が取れなくなったの」

そこまで言うと、春香は口を閉じた。

すると、入れ替わりに紫音の口が開かれた。

「そういうことだったのね……。春香ちゃん、その赤いリュック、いつも背負ってたもんね」紫音は、春香がさっきまで座っていたソファの足元を指差した。そこには春香の赤いリュックが置かれている。「わたしのお母さん、赤いリュックを背負った若くて可愛い娘さんがときどき公園を通るって言ってた。あれ、春香ちゃんのことだったのね」

紫音は「はあ」とため息をついて抜け殻みたいな顔をしたが、春香の推測を否定することはなかった。ということは、やはり紫音は母親を亡くしてしまったのだろう。

そんな紫音を見て、春香もそっと嘆息した。

「パパ、ママ、分かってくれた？　わたし、霊能力が開花したように見えたかも知れないけど、ネタばらしをするとこんな単純なことで、ぜんぶ嘘なの。だから――」

「ちょ……、ちょっと待って」杏子が小さく頭を振りながら、春香の言葉にかぶせた。「じゃあ、紫音さんに親しい人がいるって……、それが『る』ではじまる二文字の名前の人だって――、それって、誰なの？」

すでに紫音に洗脳されている杏子は、まだ春香の言葉を信用し切れていないらしい。

「ママ……、それ、美容師の瑠美さんだよ」

「…………」

春香の言葉に、杏子は絶句したようだった。

「わたし、ママに連れられて、はじめてこのサロンに来たとき、紫音さんに霊視をしてもらったでしょ。あのとき、じつは、こっそりスマホで会話を録音しておいたの」

会話を、録音？

思いがけない台詞を口にした春香は、着ていたパーカーのポケットからスマートフォンを取り出すと、そっと事務机の上に置いて、その音声を再生してみせた。スマートフォンの小さなスピーカーから、紫音と春香と杏子の声が流れてくる。

再生させたまま、春香は続けた。

「ママも紫音さんも、あの日のこと、覚えてるでしょ？」

杏子は声を出さずに、小さく頷いた。紫音は、表情を変えず、ただじっと事務机の上に置かれた春香のスマートフォンを見つめている。

「あの日、わたしもママも、紫音さんの能力に驚くことばかりだったけど、いまなら、ぜんぶネタばらしできるよ」

春香はスマートフォンから流れていた会話の音声を止めた。そして、しんとなった部屋のなか、ぽつりぽつりとそのときの紫音の霊能力のからくりについてしゃべりはじめたのだった。

「あの日の紫音さん、初対面のわたしにいきなりこう言ったの。『あなたは紅茶派みたい』って。それがたまたま当たっていたから、うっかりわたしは驚いちゃったんだけどね、でも、もし違っていたら――、きっと紫音さんは、すかさずこんな感じのことを言うはずなの。『そうかしら、本来のあなたは紅茶の方が向いているのよ』とか、『あなたは気づいていないと思うけど、将来、きっと紅茶が好きになるはずよ』とかね」

「そんな……」

杏子が、口を挟んだ。しかし、春香は構わず続けた。

「次に驚いたのは、わたしがレーズンを苦手だってことを言い当てたことなのね。でも、あれは、紫音さんが、わたしにお菓子を盛り付けさせて、最後に少し迷ってからレーズンのビスケットをお皿に並べたのをちゃんと見ていて、この子、レーズンは苦手なんだろうなって想像しただけだと思う。その後、わたしが嫌いなレーズンのビスケットを、お母さんは好きだって当てたのも、単純なトリックなんだよ。だって、自分が嫌いなのに、あえてお皿に並べたとしたら、それはお母さんのためだろうなって紫音さんは想像つくでしょ？　そうですよね、紫音さん」

春香が紫音を見て、小首をかしげた。しかし、紫音は表情を変えずに「続けて」とだけ言った。

「じゃあ……、はい、続けます。紫音さん、わたしの守護霊を母方のおばあちゃんだって言ったでしょ？　でもね、それを言う前に、紫音さんはわたしにこう訊いてきたの。『春香ちゃん、おばあちゃんは好きだった？』って。そうやって過去形で訊かれて、わたしがもしも、いまでも好きですよって答えたら、おばあちゃんはまだ生きてるってことでしょ？　でも、あのとき、わたしが過去形の質問をすんなり受け入れて返事をしたから、すでに亡くなっているってことが紫音さんには分かったはずなの。だから、わたしの守護霊はおばあちゃんだって堂々と言えたんだよ。で、その後、紫音さんは、死んだおばあちゃんの特徴をいくつか挙げたでしょ？『あんまり背が高くなくて、にこやかで、どちらかといえばゆっくりしゃべる人で、眼鏡をかけてた』って。すごく具体的なところまで当てちゃうから、あの日は本当にびっくりしちゃったけど、でも、それって、じつは、どこにでもいる当たり前のおばあちゃん像を並べただけなんだよね。だって、長身のおばあちゃんなんて滅多にいないし、孫ににこやかなのは当たり前だし、お年寄りだからゆっくりしゃべる人が多いし、眼鏡をかけているのも当然でしょ？　裸眼でばっちり見える老人を探す方が大変だもん。ようするに、当たるのが当たり前なことを並べて言ってただけなの。もしも、並べた特徴が当たっていなかったら、きっと紫音さんは、こんな感じのことを言うはずなの。『あら、そう。じゃあ、この守護霊さんは、ひいおばあちゃんなんだね』って」

そこまでしゃべって、春香は一旦、深呼吸をした。

「ねえママ、思い出して。紫音さんは、あのとき、亡くなったおばあちゃんからのメッセージを教えてくれたよね？　おばあちゃん、わたしの視力を心配してるって。あれも単純なことなの。最近、わたし視力が落ちてきてるから、遠くを見るときに少し目を細める癖があるのね。それを紫音さんは観察してただけだと思う。あと、わたしのことを、気持ちをぐっと飲み込んじゃうタイプだって言い当てたけど、考えてみたら、学校でいじめられて登校拒否をしている子って、たいていそういうタイプなんだよ。だから、別に、霊視なんてできなくても、誰でも言えちゃうことなの。それなのに、あのときのわたしたちは、紫音さんのことを神様みたいに思っちゃってたから、そういう当たり前のことでも、また当たった！　ってびっくりしちゃってただけなんだよ。あとね、紫音さんは、わたしに八方美人だって思われないように気をつけてとか、男性関係に注意してって言ったけど、あれも、考えてみれば当たり前なの。わたし、女子たちに妬まれていじめられたんだもん。八方美人って言われたり、男子との関係で問題があったりする可能性は高いでしょ？　しかも、もしも、そうじゃなかったとしても、紫音さんはただ、注意してねって言ってただけだから、それはただのアドバイスで、霊視がハズレたことにはならないの。そういうしゃべり方をしているだけなの」

春香は、杏子のことをじっと見詰めた。ママ、分かるよね？　つやつやと光るたれ目が、そう言っているように見える。

正直、春香の言葉には、たしかなリアリティがあった。しかし、それでもまだ杏子は納得し切れていないように見えた。いや、むしろ、心情的に納得したくないのだろう。

「でも、紫音さんは、春香が美術が得意だってことを――」

「うん。言い当てたよ。でもね、あのとき紫音さん、美術の話の他に、パパのことも言ったのを覚えてる？　『春香ちゃん、お父さんのこと、正直、あんまり好きじゃないでしょ』って」

「覚えてる、けど……」

杏子は、両膝に両手をついて、少し前のめりになっている。

「あのとき、わたし、ほんの一瞬だけ、紫音さんの能力を疑ったの。だって、わたし、パパとは小さい頃からずっと仲良しじゃん？」

春香がちらりと俺を見た。目が合うと、少し照れ臭そうな顔をした。

「あのとき、紫音さん、はじめて完全に間違ったことを言ったの。それがずっと引っかかってたんだけどね、後で、録音した会話を聴き返していたとき、わたし大事なことに気づいてハッとしたの。パパとはあまり仲良くないって、わたしが勘違いさせてしまった人が、たった一人だけいたことに気づいたんだよ」

　切々としゃべる春香を、大人三人がじっと見据えた。

「パパとしゃべるのは音楽のＣＤを貸し借りするときくらいだって、うっかりわたしが言っちゃった相手」

「それが……」と杏子。

「うん。美容師の瑠美さんなの」

「ってことは――」俺は、久しぶりに口を開いた。「その瑠美さんという人が、春香に関する情報をこの人にこっそり伝えていた。そういうことだな？」

　この人、と言いながら、俺は紫音を見た。

「うん、そう」春香は小さく頷いた。「しかも、絵本作家になりたかったたっていう夢も、わたし瑠美さんに話したでしょ？　そのことも筒抜けだったたから、紫音さんはわたしに美術が得意だろうとか、色彩に関する仕事に就くといいとか、もっともらしいことを言えたの」

　春香の後ろのレースのカーテンが、はらりと揺れた。
　チ、チ、チ、と壁かけ時計から秒針の音がこぼれ落ちてくる。
　重苦しい沈黙のなか、春香は穏やかに語りかけた。

「ママ、もう分かるよね？　あのときの瑠美さん、わたしにたくさん質問をして、その後、わたしとママを紫音さんに会わせようとしていたでしょ？　あれは、美容院で仕入れた情報をまるごと紫音さんに伝えられるからだったんだよ」

「ようするに、グルだったんだな、その美容師が」

ふたたび俺が言うと、春香は頷いた。しかし、杏子は苦悶の表情を浮かべて、ゆっくりとうつむいてしまった。そして、小声で春香に訊き返したのだ。

「じゃあ……、さっき、春香がやってみせた霊視は……。力が開花したっていうのも、嘘なの？」

「ごめんね、ママ。ぜんぶ嘘だよ。それも説明する？」

傷ついた母をいたわるような声色で春香が言うと、杏子は下を向いたまま、こくりと小さく頷いてみせた。

「あれはね、霊視なんかじゃなくて、詐欺師がよく使うコールドリーディングっていう話術なの」

「コールドリーディング？」

はじめて耳にする単語に、俺は思わず訊き返してしまった。

「うん。例えばね、わたし最初に、『ママってガチの理系だと思ってたけど、案外文系っぽいところもあるんだね』って言ったでしょ。あれもひとつの話術なの。その人らしい特徴と、それと正反対のことを並べて言うだけで、相手を驚かせることができるの。パパが相手だったら、『あなたは忙しい編集者だけど、じつはのんびりした一面もあるんだね』って言えばいいだけなの。そういう言い方をされると、人はうっかり自分の頭のなかで、そのとおりの答えを探し出しちゃうの。わたし、そういう話術を使っていただけなの」

「なんか――、よく分からない。もっと分かりやすく説明して」

うつむいていた顔をわずかに上げた杏子が、ぼそっと訊いた。

「え？　うーんと……」説明に難儀した春香は、頬に指先を当てると、ゆっくり噛みしめるような口調で続けた。「じゃあ、例えばね、さっき、わたし、『ママが子供の頃、仲のよかった友達がグラウンドで怪我をしたことない？』って訊いたでしょ？」

「…………」

杏子は黙って聴いている。

「小中学校に九年間も通ったら、友達が怪我をするシーンなんて、誰だって一度や二度くらい見るよね？　だから、わたしに問いかけられたママは、勝手に、そういうシーンを記憶のなかから探し出して、ある！　って驚いただけなの。その後に、わたしが『真っ白な包帯が見えてるよ』って言えば、いかにもそれっぽくなるでしょ？」

誰も返事をしないから、俺が合いの手を入れてやった。ちらっとこちらを見た春香は、小さく頷いて、さらに続けた。

「なるほどな」

「その怪我をした人のことを、女性だって言ったのは、ママの友達だから、きっと女友達の方が多いだろうなって思ったからなの。やわらかい女の子らしい名前っていうのも、当たり前と言えば当たり前でしょ？　たいていの女子は、そういう名前だもん。ごっつい男らしい名前の女子なんてほとんどいないじゃん？　笑顔が印象的だったって言ったのも同じなの。わたしがそう言えば、ママの脳は勝手にその人の印象的な笑顔を思い出しちゃうし、そもそも記憶のなかの女性の笑顔って印象的なんだよ。ママの実家からそう遠くないところに住んでいたことを当てたのだって、公立の同じ小中学校に通ってる友達なら、そんなに遠くに住んでるわけがないでしょ？　学区があるんだし。だからそう言ってみただけ。そうしたら、ママが『近くに住んでた』って言ってくれたから、なるほど、かなり近くに住んでたんだなって予想したの。で、かなり近くに住んでいて仲良しの女友達なら、きっとＰＴＡとかで親同士は知り合いになるじゃん？　さらに、ご近所さんで、親同士が知り合いで、仲良しの友達なら、一緒にご飯くらい食べるよねって、わたしが連想するのも当然だよね？　そんなふうに連想をしながら、わたしはいかにもそれっぽくしゃべっていただけなんだよ。で、ママは、わたしの言葉から勝手に自分で記憶を探し出して、当たってる、これも当たってる！って驚いていただけなの」

そこで春香はひと息ついた。うつむき加減で話を聞いている杏子と、虚ろな目をした紫音を順番に見たあと、どこか救いを求めるように俺を見た。俺も、正直、ぽかんとしていたのだが、とにかくいまは娘を後押ししてやるべきだと、内心で自分を叱咤した。

「なるほどな。もっと言うと——大人になった杏子はいま、仲良しだったその女友達のことを家族に話していない。ってことは、いまは疎遠になっているだろうなって春香は想像できたわけだろ？」

「うん。パパ、正解」春香は、眉尻を下げたまま、口元をわずかに緩ませた。「だからわたし、そのお友達とは『距離があるみたいだね』って言ったの。距離があるっていう言い方をすれば、近くに住んでいないっていう意味と、いまはとくに仲良くないっていう意味の両方に取れるでしょ？　そのどちらかが合っていれば、ママの頭は勝手に、当たってる！　って思ってくれるの。ようするに、ぜんぶ、そういうこと。曖昧な言葉を使ったり、相手の行動を観察して予想をしたり、どちらとも取れる言葉を使ったり——、コールドリーディングにはいろんな話術があるの。紫音さんの場合は、そういう話術にプラスして、相手の情報をこっそり教えてくれる秘密の仲間がいたでしょ。だから、まるで神様みたいな人に見えちゃったんだよ」

春香は、しゃべり切った感があるのか、そこで「ふう」と息をついた。見慣れたはずの娘が、やけに大人びて見えた——というか、正確に言うと、俺は妙な違和感を覚えていたのだった。いまの一連のネタばらしは、中学生にしてはあまりにもきれいすぎて不自然ではないだろうか。理路整然としたしゃべりで紫音の秘密をそこまで完璧に暴けるとは、いくら賢い杏子の娘だとはいえ……。

そんなことを思っていたら、隣の杏子がゆっくりと顔を上げた。そして、その顔を、春香ではなく、テーブルの向こう側に向けた。

「紫音さん——」

呼びかけた杏子の声はかすれていたが、重みがあった。ぐっと押し殺している感情が、声にぎっしり詰まっているのだ。

紫音は何も言わず、杏子の方に顔を向けた。

「いま、春香が言ったことって……」

嘘ですよね——、杏子はきっとそう言いたかったのだろう。しかし、末尾まで言わず、杏子はじっと紫音を見据えていた。

俺も、春香も、紫音を見た。

三人の視線を浴びた紫音は、ひとつ肩で呼吸をした。

チ、チ、チ……。

時計の秒針からこぼれ落ちる小さな音が、殺風景な部屋のなかに鉄粉のような重さをもって満ちていく。

「ごめん、なさい……」

乾いてカサついた紫音の唇が、小さく動いた。

「…………」

杏子も、春香も、しばらくは何も言えずにいた。

「春香ちゃんの言ったとおり……。ぜんぶ、嘘でした。ごめんなさい」

俺は隣の杏子を見た。両手を膝の上に置いた妻は、軽く下唇を嚙んだまま黙り込んでいた。

その横顔には、怒りと悲哀と無念さが複雑に入り交じっているように見えた。

杏子は——、このまま泣き出すだろうか？　あるいは、この詐欺師を罵倒する？　もしくは、ため息をついて、すべてを受け入れるのだろうか？

しかし、現実の杏子は違った。

俺の想像とは、かけ離れた行動に出たのだった。

「んふふ……、んふふふふふふふ」

笑ったのだ。口を閉じたまま、鼻で。

それは、明らかな自嘲だった。

「お、おい……、杏子」

俺が声をかけるのとほぼ同時に、杏子の口が開かれていた。

「ごめんなさい？　何なの、それ。ふざけないで」

決して大きな声ではなかった。しかも、語尾が震えていた。

膝の上に置かれていた両手は、ぎゅっと握り拳になっている。

紫音は何も言わなかった。ただ、気まずそうに眉尻を下げ、まっすぐ杏子を見ているだけだ。

「わたしたち……、これまで、どういう思いで、あなたに……」

杏子の下まぶたに透明なしずくがぷっくりと溜まった。そして、まばたきと同時にしずくがつるりと頬のカーブを伝い、顎の先からこぼれ落ちた。

「紫音さん……、あなた、心に傷を負った人を……いったい、何だと……思ってるの？」

杏子の涙声が、しんとした部屋に重たく浸透した。

そして、その声に応えたのは、紫音ではなく――。

「ママ、ちょっと、いいかな……」

春香だった。

それまで紫音を見据えていた杏子の濡れた瞳が、ゆっくり春香の方へと移された。

「ええと、ママ、あのね、わたしがこんなこと言うの、ちょっと変かも知れないけど」春香はおずおずと前置きを口にした。ついさっきまで霊能力のネタばらしをしていたときとは、声の張りが随分と違って、本来の春香に戻った感がある。「ママに思い出して欲しいんだけど……、わたしたち、ママの言うとおり、最初はすごく傷ついていたけど、でも、紫音さんのおかげで――というか、紫音さんの嘘のおかげで、少し救われていたと思わない？」

「え……」

思いがけない娘の言葉に、杏子は唇を半開きにしたまま固まった。紫音も同じだ。

沈黙のなか、春香が俺を見た。

杏子とよく似た、聡明な光をたたえた目で。

俺はそんな娘に向かって、ゆっくりと頷いて見せた。

大丈夫。しゃべってごらん――。

春香も頷き返す。そして、続けた。

「ママとわたしには事情があって、紫音さんの霊能力に頼りたくなったでしょ？　きっと、紫音さんにも、わたしたちみたいに事情があったと思うんだけど……」

最後は少し首をすくめるようにして、春香は言った。しかし、杏子も紫音も黙ったままだ。だから俺は、娘に助け舟を出すことにした。ここまで来たら、言いたいことはすべて言わせてやりたい。

「ようするに、アレだろ。この人にも、霊能者のフリをしなくてはならない事情があったんじゃないかって、春香はそう思うんだよな？」

春香は、控えめに頷いた。その目は、まっすぐ杏子を見ていた。

それでも杏子は、口を開かずにいた。

「ママ、わたしね、紫音さんは嘘をついていたけど、でも、百パーセント悪い人ではないと思う――、っていうか、本当はね、やさしくて、いい人なんだと思う」

「春香、ちゃん……」

紫音の唇から、消え入るような声がこぼれた。

時計の秒針の音がさらに積み重なり、静寂を深めていく。

その静寂を押し殺した声で破ったのは、杏子だった。

「じゃあ、説明して下さい」

紫音が杏子を見た。

「もしも、紫音さんに事情があるなら、わたしたちにはそれを聞く権利があると思います」

三人の視線が紫音に集まった。

紫音はその視線が痛いのだろう、テーブルの上の紅茶を見詰めながら、つぶやくように言った。

「わたし、同じだったの。境遇が。春香ちゃんと――」

「え……」

と薄く開いた春香の唇から声が漏れた。

「どこから話そうかしら……。やっぱり、子供の頃の話からがいいわね」

紫音はゆっくり顔を上げて、春香を見た。

春香が、憐憫（れんびん）をにじませた目で頷く。

「いまさら何を話しても、言い訳にしかならないけど――」

静かに前置きをして、紫音は少し遠い目をした。そして、自らの過去をしゃべりはじめたのだ。どこにでもいる普通の女が、カリスマ霊能者として崇められるようになるまでの道のりを。

「わたしの名前は、春香ちゃんの言うとおり北川っていうの。下の名前は、千恵子です」

子供の頃――、千恵子は活動家だった父を事故で失い、それをマスコミに拡散されたことをきっかけに、学校でいじめられるようになった。千恵子は春香のように不登校となり、やがて重い鬱病を患い、風呂場で自らの手首を切った。しかし、そのときは、たまたま早帰りをした母に発見されて救われたそうだ。

一命はとりとめたものの、心を病んだ千恵子は社会に溶け込めないまま絶望的な日々を送ることとなった。そして、そんな千恵子を、常に陰になり日向になり愛をもって支えてくれたのが、母の早苗だったという。母はどんなことがあっても明るく振る舞い、いつだってお日様のような笑顔を千恵子に向け、大切に育ててくれたそうだ。

ところが、大人になった千恵子が、ようやく少しずつ社会に馴染みはじめた頃、今度は、その母の心が壊れてしまう。心療内科に母を通わせながら、千恵子は誓った。

今度は、わたしがお母さんを守らなくちゃ——。

そして、ちょうどその頃、かつて姉妹のように育てられた幼馴染みの「ルン」こと、美容師の菊池瑠美が、千恵子のもとを訪ねてくる。

瑠美は、窮地の千恵子を救うために、あるアイデアを持ちかけてきた。

「千恵ちゃん、霊能者になりなよ」

当時の瑠美は、数人の芸能人のヘアメイクを担当していたのだが、そのなかの一人に、御子柴龍泉という名の霊能者がいた。以前、杏子が春香に勧めた、あの怪しい本の著者だ。しかも瑠美は、御子柴に雇われて陰で働く「内通者」の一人でもあったのだ。例えば、テレビの収録の前に、瑠美は楽屋を出入りしつつ共演者の情報をこっそり集めておき、それを御子柴に伝えておく。そして御子柴は、番組中に、絶対に知り得ないはずの情報を口にすることで、共演者たちを驚かせていたのだ。瑠美は、その時々の情報に相応したギャラを御子柴からもらっていたという。

「千恵ちゃん、わたし、霊能者のやり方、たくさん教えてもらってるからさ、心配いらないよ。千恵ちゃんは賢いから、きっとできるって」

もちろん千恵子は躊躇した。そもそも引きこもりの自分は、人としゃべるのが何より苦手なのだ。そんな自分に霊能者のフリなんてできるはずがない。しかし、瑠美のアイデアは、そのときの千恵子にとって魅力的でもあった。理由は単純だ。

霊能者を仕事にできたら――、心の壊れた母をひとり家に残して仕事に出ずに済む。母の介護をしながらお金を稼ぐことができる。稼いだそのお金で、できる限りの親孝行をしてやれるかも知れない。わたしは、自分のために心を壊すほど愛してくれた母を、幸せにしたい。しっかり看取りたい。そのためなら、残りの人生すべてを費やしてもいい。

「ルン。わたし、やってみる」

千恵子が決断をすると瑠美は喜んだ。瑠美は瑠美で、これまで威張り腐ったエセ霊能者の片棒を担ぎながら芸能界での仕事にすがってきたが、その生活に飽き飽きしていたのだ。

「じゃあ、わたしも芸能界の仕事、辞めるよ」

そう決めると、千恵子はすぐに行動に出た。瑠美に言われるままに、コールドリーディングをはじめとする話術を学びつつ、スピリチュアル系の書籍を片っ端から読み漁ったのだ。それと同時に、二部屋並びで借りられるアパートを探して引っ越し、並んだ部屋のひとつを生活用、もうひとつを「サロン」とした。簡易的だがホームページの立ち上げにも取り掛かった。

千恵子が準備をしている間に、瑠美は芸能界での仕事から足を洗い、町場の美容院に勤務するようになった。そして、その店で受け持った顧客から個人的な情報をコツコツと集めはじめた。

二人の準備が整うと、瑠美の元から千恵子へ「相談者」が送られてくるようになった。もちろん、その「相談者」に関する様々な裏情報も添えられて。

千恵子は内心どきどきしつつも、イメージどおりの霊能者を演じることに腐心した。まるで女優にでもなったつもりで。そして、心に傷を負い、悩みを抱えた人たちと、日々、接する生活がはじまっていったのだった。

霊能者、紫音の誕生だ——。

実際にやってみて分かったのだが、霊能者という仕事は、千恵子にとっては「天職」だった。幼い頃からずっと絶望のなかを歩んできた千恵子には、傷ついた人たちの悲しみや痛みがとてもリアルに理解できたのだ。それゆえ、千恵子の発する言葉は、結果として、多くの顧客たちの心を癒してきたし、癒された人々は口コミでさらに顧客を連れてくるようになった。顧客が増えれば「霊視」の場数が増える。場数をこなせば話術のレベルが上がり――、千恵子はいつの間にかカリスマ的な存在となっていたのだ。すでに内通に慣れた瑠美は、千恵子のアドバイザーとして手腕を発揮し、顧客を送り込んだときには、千恵子からバックマージンを受け取っていた。

千恵子の母には、パソコンを使った在宅勤務の仕事をはじめたと伝えておいた。母は千恵子の嘘を疑いもせず、仕事を見つけたことを心から祝ってくれたそうだ。

相談者との「セッション」は予約制にしたため、それ以外の空き時間は、ほぼすべて母のために費やせるようになった。つまり、千恵子は霊能者という生き方に満足していたのである。

サロンに入れ替わり立ち替わり顧客がくると、壁の向こうにいる母はその気配を察知して喜んでいたらしい。ずっと孤独だった娘に友達や仕事仲間ができたものと勘違いしてくれたのだ。そして、千恵子もそれをあえて否定しなかった。母が安心し、幸せを感じてくれるのなら、たとえそれが嘘であろうと構わない。千恵子はそう考えていたのだという。

「美談にするつもりはないけど、恩返しだけはしたくて……。わたしには、母がすべてだったから……」

ぼそぼそと、ひとりごとのように自らの生い立ちをしゃべり続ける紫音。ふと、その声が止んで、部屋に沈黙が降りてきたとき、俺は訊いた。

「で、そのお母さんは？」

紫音は、ほんの一瞬、瞳の奥に痛みをにじませた。

「やっぱり、春香の言うとおり――」

杏子は最後まで言わず、静かに問うた。

「はい……」

紫音は頷いた。

そして、紅茶のなかを見詰めながら、母が、かつての自分と同じ方法で手首を切ったことを告げた。

そんな――。

俺たち家族は言葉を失った。

「でも、母の死因は、自殺によるものではなかったんです」

「え――」と、俺。

「母は、本気で死のうと思っていたんでしょうけど、でも、結局、死因は心筋梗塞だったって……、後日、検視の結果を警察から伝えられました」

紫音いわく、カミソリで切った母の手首は、水に浸けなかったため、血液は乾いて固まり、失血では死に至らなかったのだそうだ。

「わたし……」母を思い出したのだろう、紫音の声がじわりと潤んだ。「本当に、何をやってたんだろう……」

「…………」

俺たち家族は、じっと口を閉じたまま、うなだれた紫音を見ていた。

「せめて、最期は……、母のそばで、手を握って……、わたしを産んでくれてありがとうって……」

潤んだ声が、そこで途切れた。

両手で口を押さえ、肩を震わせながら、カリスマ霊能者だった女はむせび泣いた。

そもそも、紫音が霊能者になったのは、母のためだったのだ。とすれば――、肝心の母を亡くしたいま、もはや霊能者などやっている意味はない。きっと紫音はそう考えたのだろう。

「ふう……」ずっと口をつぐんでいた杏子がため息をついた。そして、静かな声で問いかけた。「それで、もう霊能者をやめると……、急に連絡が取れなくなったのも、そういうことだったんですね」

ほろほろ涙を流しながら、紫音は頷いた。

杏子がさらに続ける。

「連絡は無視するつもりでいたけれど、ふいに春香から、あなたのお母さんが亡くなっているっていうメールが届いて——つい、それに驚いて、返信をしてしまったってことですね？」

紫音はもう、頷かなかった。それでも、肯定の意思はこちらに伝わってくる。

「ねえ、ママ」

娘は、いまにも、もらい泣きをしそうな顔をしていた。

「なあに？」

「紫音さんね、前に、わたしに言ってたんだよ。自分を頼って相談に来てくれる人たちには、本当に幸せになって欲しいって。あと、あんまりお金儲けには興味がないって」

春香のその言葉には、信憑性を感じた。なぜなら、そのとき、俺は紫音のホームページを思い出していたのだ。サイト内での物販もさほど高価ではなかったし、顧客たちの感想が掲載されたページでは「廉価で助かる」といった言葉をいくつも目にしていた。紫音の暮らしぶりを見ても、贅沢とは無縁そうに見えた。もっと言えば、顔出しで掲載されていた紫音の顧客たちは、みな一様に、幸せそうな笑顔だった。あの笑顔は、作り物とは思えない。

「紫音さん、そうなんですか？」

杏子が静かに問いかけた。

紫音は洟をすすりながら小さく頷いた。そして、途切れ途切れの言葉で、自らを釈明したのだった。顧客の幸せを願っていたことに嘘はないこと。そして、なにより、過去の自分と似た境遇にいる春香のことは、特別な存在に思っていたこと。だから春香には決して自分のような人生を送らずに済むよう、導いてやりたかったこと。しかし、ある日、春香が、自分のような霊能者になりたい、と言ってくれたことが嬉しくて、つい……。

「力を開花させる、なんて——」

言いながら、杏子は小さく首を振った。

「ごめんなさい……」紫音はこうべを垂れて、「これまで頂いたお金は、返金させて頂きます」と言った。

杏子は答えなかった。いろいろと思うところがあるのだろう、ただ、じっと紫音を見つめていた。俺はテーブルの上の紅茶を口にした。もう、すっかり冷め切っていたが、渇いた喉を潤すには充分だ。

すると、春香がしゃべり出した。

「ねえママ、ママがわたしを紫音さんと会わせようとしたのって、わたしを救おうとしたからでしょ？」

ふいの言葉に、杏子は「え……」と怪訝そうに娘を見た。

「わたし、いま、正直、けっこう救われてるよ。紫音さんの霊能力に救われたわけじゃないけど、でも、ボロボロだったわたしがいま、ママを救いたいって思ってる」

「春香……」

「ねえ、パパ、ママ。今回のことでは、誰が悪者なの？」

「え……」俺と杏子の声が重なった。

「悪意を持って人を不幸にしようとしている人は、いる？　紫音さんは悪意を持って生きてきたのかな？」

春香の台詞に、俺たちは何も言えずにいた。すると春香は、高ぶる感情を抑えるような声色で続けた。

「わたしが一人でこのサロンに通うようになったのはね、わたしが通えばママが来なくて済むと思ったからなんだよ。そうすればママの洗脳は進まないでしょ？　わたし、ママの代わりに紫音さんに洗脳されたフリをして、パパとママのことも騙していたの。敵を欺くにはまず味方から、でしょ？　でもね、現実は、わたしが思っていたのと少し違ってきちゃったみたいなの。たしかに紫音さんはわたしを騙していたし、わたしも紫音さんを騙していたのに、でも、なんだか、紫音さんにたいして心が冷たくならなかったっていうか――」

そこまで言って、春香は口を閉じた。

杏子が、娘の名を呼んだ。

「ねえ春香」

「…………」

「どうして、そこまで紫音さんをかばうの？　そもそも騙されていたのは、わたしたちだよ？」

そう問いかけた杏子は、少し落ち着きを取り戻しつつあるようだった。しかし、春香は何も答えなかった。しゃべる代わりに、白い後光のさす席からゆっくり立ち上がると、デスクの脇を回ってソファへと歩いた。そして、紫音の隣にそっと腰を下ろしたのだ。

紫音は、春香を見て固まった。

春香はしかし、杏子をまっすぐに見ていた。

そして、春香は、春香らしい、穏やかな声でこう言ったのだ。

「好きだから」

え？

「紫音さんは嘘つきだけど、やさしくて、好きだから」

春香の目には誠実な光が宿って見えた。

「春香……」

と、杏子がつぶやく。

「紫音さんは、わたしとは歳が離れてるけど――」

そこから先はスローモーションだった。

春香が、ふんわりと微笑んだ――、と思ったら、微笑んだまま、震える涙声でこう言ったのだ。

「それでも、わたしのね……、お友達、だから……」

愛すべきたれ目から、しずくがぽろぽろこぼれ落ちた。

次の瞬間、部屋のなかに嗚咽が響いた。

嗚咽したのは、いま、まさに春香が好きだと言った「嘘つきなお友達」だった。


【川合春香】

紫音さんのサロンから帰る途中、うちの最寄り駅の近くにある喫茶店に寄っていこうとパパが提案した。喉が渇いていたわたしは賛成したけれど、ママは「お二人でどうぞ。わたしは夕飯の買い物に行くから。ちょっと一人で頭を冷やしたいしね」と苦笑いをして、スーパーの方へ歩いていってしまった。

「え、ママ、ちょっと――」

歩き出したママの背中を呼び止めようとしたら、パパがわたしの肩に手を置いた。

「大丈夫だよ。ママは賢い人だから。そっとしておいてあげよう」

「……うん」

「心配ないって。いまの苦笑い、見ただろ？」

パパはどこか自分に言い聞かせるようにそう言ったけれど、たしかに、あの苦笑いは、かつてのママがよく見せていた表情にも思えた。だから、わたしもママを信じることにした。

パパと二人で喫茶店に入り、窓際の席に座った。

コーヒーとオレンジジュースを注文すると、予想どおり、パパからの質問攻めがはじまった。やわらかい言葉とゆったりした会話のリズムでわたしを安心させつつも、知りたい情報はしっかり確実に引き出していく。

編集者って、こういう感じで取材をするのかな――。

わたしはそんなことを思いながら、パパの質問ひとつひとつに答えていった。

コールドリーディングの手法についてあれこれ答えているとき、パパは「ところでさ」と言って椅子に座り直した。「そういう話術、どこで、どうやって習得したんだ？」

いよいよパパに肝心な秘密をバラすときがきた。

少し緊張したわたしも椅子に座り直した。

「じつはね、わたし、ある心理学者の先生に弟子入りして、いろいろと教えてもらってたの」

「え？」

と、パパは固まった。それから三秒ほどして、ハッとした顔をした。

「えっ、春香、まさか……」

「うん。そのまさか」

「千太郎さんか？」

わたしは頷いた。

「えっ、おい、ちょっ……、なんだよ、それ、いつの間に……」

「パパが千太郎先生と知り合って、わりとすぐだよ」

「はあ……。じゃあ、けっこう前じゃないか」

秘密をバラしても、パパは怒ったりはせず、むしろ情けないような顔で半笑いになっていた。

「うふふ。そうだね」

「いやぁ、ぜんぜん気づかなかったな」

「あのね、梅雨の間、わたしがよく図書館に通ってたのは、千太郎先生に勧められた本を読んだりして、わたしなりに話術とか心理学の勉強をしてたからなの」

「うわぁ……」

やられた、とばかり天井を仰いでいるパパの元に、コーヒーが運ばれてきた。わたしの前にはオレンジジュースが置かれる。わたしはそれをストローでひと口飲んで、続けた。

「敵を欺くにはまず味方からだよって千太郎先生に言われて、わたし、その言葉を信じてずっと先生の言うとおりに動いていたの」

「だよなぁ。春香ひとりじゃ、あそこまで……。はぁ……、そういうことだったのかぁ……」

納得しつつ、脱力もしているパパに、わたしは千太郎先生とのやりとりについて詳しく話してあげることにした。

「最初はね、川原で釣りをしている千太郎先生に、わたしから思い切って声をかけたの」

あのとき千太郎先生は、初対面のわたしの話をじっくりと聞いてくれた上で、できる限りの協力を約束してくれたのだった。それから日を置かず、わたしは紫音さんのサロンで録音した音声を千太郎先生に聴いてもらった。すると千太郎先生は、あっさりとコールドリーディングを使った偽物だと見抜いた。そして、わたしに思いがけない作戦を授けたのだ。

つまり、ママの洗脳を解くために、まずはわたしが同じ話術を習得して、紫音さん並みにママを信じ込ませること。その後、一気にすべてのネタをバラす――、という奇抜な作戦だった。

その際、わたしの話術のレベルが高ければ高いほど、ママを深く洗脳することができ、結果、ママの心の深いところまで洗脳を解いてあげられるはずだと、千太郎先生は教えてくれた。

わたしのがんばり次第で、ママが……。

責任重大となったわたしは、さっそく千太郎先生に弟子入りし、コールドリーディングを必死に勉強しながら、ときどき、その成果を見極めるためにパパとママを実験台にしていたのだった。

「そうか。それで俺は春香のことを、うっかり――」

「凄い霊能者になったたって思った？」

「凄いっていうか……、はっきり言って、気持ち悪かったよ」

困ったような眉をして、ため息をついたパパ。

わたしは思わず、くすっと笑ってしまった。

「なあ、春香」

「ん？」

「それにしても、よく、そんな思い切った作戦を引き受けたな」

「だって、虎穴に入らずんば虎子を得ず、でしょ？」

「え、そりゃ、まあ……」

「でもね、勇気をふりしぼって虎穴に入ってみても、そこには虎の子なんていなかったけど」

「…………」

パパが黙っているから、わたしは続けた。

「いたのは、昔いじめられっ子だったやさしいおばちゃんと、年をとったそのお母さんだけだった」

「なるほど……っていうか、春香、虎穴に入らずんばなんて言葉、よく知ってるな」

「前にパパに貸したCDのなかの楽曲に、それが使われた歌詞があったんだけど」

「ってゆうか、パパ、せっかく貸したのに聴いてないでしょ？」

パパは素直に「あ、ごめん」と首をすくめた。

それはラッドウィンプスというロックバンドの『ヒキコモリロリン』という楽曲だった。不登校で家にこもりがちなわたしとしては、ちょっと気になるタイトルだったから、歌詞をじっくり読んでみたのだ。

「英語が多くて解りにくい歌詞だったけどね、でも、そのなかの一節に『虎穴に』があって、ネットで意味を調べてみたの」

「なるほど」

「帰ったらパパも聴いてみなよ」

「了解」と言ったあと、ふいにパパは何かを思い出したような顔をした。「あ、そうだ。もうひとつ春香に訊いておきたいことがあったんだ」

「え、なに？」

「そもそもさ、どうして紫音のサロンに行くのを今日にしたのかってこと」

今度は、わたしがため息をついた。

「それは、もちろん、紫音さんのお母さんが亡くなったのもあるけど、パパとママが、わたしにこそこそ隠れて喧嘩してるんだもん」

「え……」

「このまま離婚とかされたら困ると思って、わたし、今日の午前中に、こっそり千太郎先生に相談したんだよ。そしたら、じゃあ、急いでネタばらしをしちゃいなさいって言われて――」

正直、わたしとしては、もっと話術のレベルを高められるように勉強と練習をしておきたかったのだけれど、最近のパパとママの様子を見ていたらどうにも不安だったのだ。二人の会話は明らかによそよそしいし、紫音さんはパパが浮気しているようなことを言って、ママもそれを多少なりとも信じていそうだったから。

「そうか。なんか、ごめんな。じつはさ、パパはパパで千太郎さんからママの洗脳を解く方法を授かってたんだけど、ちっとも効果がなくてさ。しかも最後は逆にママを怒らせちゃって」

「うん。知ってる。そのことも千太郎先生から聞いてるから」

「マジか……。パパ、すっかり千太郎さんにしてやられたなぁ」

そこでようやくパパはコーヒーを飲んだ。そして、おどけたように「参っちゃうよな、ほんと、あのじいさん」と苦笑いを浮かべた。さっきのママの苦笑いと、いまのパパの苦笑い。

どちらも肩の力が抜けていて、わたしを少しホッとさせてくれた。

「あのね、パパ」

「ん？」

「なんか、今回のことで、わたし、人にはそれぞれ事情があるんだなあって、あらためて思った」

「ほう」

「もしかしたら、わたしを学校でいじめた子たちにも、なにか家庭で事情があったりするのかもなぁ……って思えるくらいにはなった気がする。だからって、許せるわけじゃないけどね」

「そっか。春香、そこまで考えられるなんて、大人だよ」

パパは、意外そうに眉を上げつつも、ちょっと嬉しそうに微笑んだ。

「でしょ」

と、わたしも冗談めかして微笑み返す。

本当は、千太郎先生に教わったのだ。

人は誰でもそれぞれ事情を抱えているもので、そういう事情を抱えながら右往左往して生きてきた結果、いまのその人があるんだよって。

「せっかくだから、もっと大人なことを言ってもいい？」

「え？　いいよ、もちろん」

パパは微笑みを少し大きくして、わたしを見た。

「じゃあ、いくね」

「どうぞ」

「えっと……、人を傷つける人は、自分の心が傷ついている可哀想な人。人を騙す人は、人に騙されて世界を信頼できなくなった淋しい人」ここでいったん息継ぎをして、わたしは蛇足を口にした。「だから春香ちゃんは、紫音という霊能者を恨まない方がいいかも知れないよ――って、千太郎先生に言われたの」

パパはしばらくの間、言葉の意味を噛み締めていたようだった。そして、ふとため息みたいにこう言った。

「春香、あの人に弟子入りして、よかったな」

ためらいなく、わたしは「うん」と答えた。

本当によかったと思う。千太郎先生に「人の見方」を教わったおかげで、わたしをいじめた子たちのことを、少し上から見られるような気分になれたから。彼女たちも、もしかしたら傷ついていたり、淋しい人たちだったりするんじゃないかと思えるようになったのだ。もちろん、そんなふうにちょっと上から見ただけで、わたしの心の傷が癒えるわけではないけれど、でも、なんとなく、ほんのちょっぴりだけど――、気持ちがラクになった気がするのだ。

それと、もうひとつ弟子入りしてよかったことがある。わたしはそのこともパパに教えてあげたいと思った。

「わたしが千太郎先生に習ったコールドリーディングってね、本当は霊能者のフリをして何かを言い当てたりするためじゃなくて、相手との心の距離を上手に縮めて仲良しになるためにあるんだって。だから千太郎先生、わたしの今後の人生に、きっと活かせるよって言ってくれたの」

わたしはまたオレンジジュースをひと口飲んだ。

「そうか。よかったな。うん、よかった」

パパは、少し細めた目でわたしを見ながら、二度も「よかった」と言った。わたしは、なんとなくそれが嬉しくて、真似をした。

「うん。よかったよ。凄く、よかった」

するとパパは、コーヒーカップを手にして笑った。

「春香、まだパパに話してないこと、あるか？」

「え？」

「なんでもいいから、あったら言ってくれよな」

パパは、ズズズと音を立ててコーヒーを啜ると「ああ、すっかり冷めちゃったよ」とボヤいた。でも、そのときの顔が、なんだかとても平和な感じだったから、わたしまで穏やかな気分になってきた。

「あのね、パパ」

「ん？」

平和な顔をしたパパを見ていたら、わたしは、ずっと心の奥にしまってあった台詞を、自然な感じで口にすることができたのだった。

「わたし、転校したい」

「え……」

パパは、手にしていたコーヒーカップをそっと置いた。

そして、まっすぐにわたしを見た。

「春香……」

「……駄目、かな」

パパは、微笑みながらゆっくりと首を横に振った。

「ううん。パパは賛成だよ」

「…………」

「家に帰ったら、ママにも相談しよう。きっと賛成してくれるよ」

そう言って、パパはテーブル越しに両手を突き出してきた。

わたしは、その大きな手に自分の両手をぶつけた。

パチン！

父娘のハイタッチは清々しいほどいい音が鳴って、狭い喫茶店の隅々まで響いてしまった。

パパは「やばっ」とつぶやいて、笑いながら肩をすくめた。

わたしも肩をすくめて「えへへ」と笑ったのだけれど、そのとき、うっかり涙をこぼしてしまったことは、パパだけの秘密にしておいてもらおうと思う。


【川合淳】

長かった梅雨が終わると、世界はパッと光であふれ、まばゆい夏になった。

我が家もまた、梅雨明けと同時に空気が明るくなっていた。

玄関からは盛り塩が消え、あちこち意味不明な場所に置かれていた観葉植物も、とりあえず見栄えのいい場所に移動させた。ベッドの向きも元どおりになり、杏子が作ってくれる食事も、日々、違う献立になった。

あの日以来、紫音はプツリと消息を絶っていた。電話もメールもつながらず、ホームページも消されていた。春香は少し淋しがっているが、もはやこれ以上、深入りするべきではないだろう。我が家は、紫音にたいして返金の請求はしなかった。杏子と話し合って、今回のことは人生の「勉強代」ということで、大目に見ることにしたのだ。春香の「友達」に請求はしにくいし。

杏子は、ときどき思い出したように春香に疑問をぶつけているが、春香はその問いかけひとつひとつに理路整然と答え続けていた。つまり「霊能力」の種明かしが続いたのだ。そのおかげもあるのだろう、「理路整然」が大好きな理系の妻の表情は、まさに憑きものが落ちたように明るく、こざっぱりとして、ほとんど以前と変わらぬ知性と笑顔を取り戻してくれた感がある。

ただし、紫音から購入したピンク色の岩塩は、「捨てたらもったいないし、お肌がツルツルになるから」と杏子が言い張って、いまでも湯船に溶かして使っているし、幸せを運んでくるという小さな黒猫もリビングに堂々と居座っている。

今日は、久しぶりの平穏な休日だった。

杏子と春香は、朝から一緒に買い物に出かけてしまったので、リビングにいるのは俺とチロリンだけだ。

正午前。俺はふと思い立って、冷蔵庫から缶ビールを取り出してきた。ひとりソファに腰掛け、プルタブを開けると、そのままごくごくと気持ちよく喉を鳴らした。

そして「ぷはぁ」とやったとき——、ようやく取り戻せた「当たり前の日々」という幸福が、じわじわと胃のあたりから込み上げてきて、無意識にため息をこぼしてしまった。

開け放った窓から、夏の風と蟬の声がなだれ込んでくる。

レースのカーテンが、ひらりと揺れた。

俺は、紫音のサロンでのひとコマを思い出した。霊能者になりきった春香の背後で揺れていたレースのカーテンとダブったのだ。

あのときの春香の台詞を思い出す。

ねえ、パパ、ママ、今回のことでは、誰が悪者なの？

「悪者、か……」

ぼそっとひとりごとを口にして、俺はまたビールを喉に流し込む。

たしかに、俺と、杏子と、春香の三人は、常にお互いの幸せを願っていた。一方の、紫音と、その母と、瑠美という美容師の三人もまた、お互いの幸せを願っていたのだ。

どちらも「三人」だったんだな……。

俺は、娘が生まれて「春香」と名付けたときのことを思い出した。春香の「春」の字は、「三」「人」の「日」というパーツで作られている。つまり、家族「三人」そろって、ぽかぽかの「春」の陽光を浴びている幸せな「香」り——、そういうイメージでつけた名前が「春香」なのだ。

悪意のない人たちが、騙したり、騙されたり。

人生いろいろって言うけれど、本当だよなぁ……。

そう思いながら俺は、残りの缶ビールを飲み干した。

空いた缶を捨てようと、おもむろにソファから立ち上がったとき、テーブルの上のスマートフォンが短く鳴った。

見ると、杏子からのメッセージだった。『お昼は春香と外で食べるから、淳ちゃんは冷蔵庫のなかのものを適当に食べてね』とある。

いいのだ。こういうのが、平和なのだから。

俺は軽く苦笑いをしながら、いい風が吹き込んでくる窓を見た。窓の外は、いかにも夏らしい勢いのある陽光で満ちている。

ふと思い立って、携帯を手にしたままベランダに出てみた。

広々とした、ふたつの空――。

梅雨が明けたばかりの雨上がりの川は、夏色のブルーを映してひらひら揺れていた。

ひとつ「んー」と伸びをして、汀のあたりを見遣ると、釣り竿を手にした千太郎さんが、いつものように折りたたみ椅子に腰掛けていた。

しかし、いつもと違うものがふたつあった。

ひとつは、夏の日差しを避けるため、麦わら帽子をかぶっていること。

そして、もうひとつは、千太郎さんの隣に、金属のギプスを右脚にはめた、ちょうど春香と同年代くらいの少女の姿があることだった。きっと、孫娘の凜花ちゃんだろう。

私の人生は、ずっと梅雨なんだ――。

そう言ったときの、淋しげな老人の瞳の色を思い出した。

俺はスマートフォンを操作して電話をかけた。

携帯が鳴っていることに気づいた千太郎さんは、あたふたした様子で椅子から立ち上がると、釣り竿を孫娘に預けた。そして、携帯電話を耳に当てた。

その一連の狼狽っぷりを遠くから見ていた俺は、つい、くすっと笑ってしまった。

「もしもし」

いつものしゃがれた声が聞こえてくる。

「こんにちは、川合です」

俺が名乗ると、千太郎さんはこちらを振り向いた。

「やあ、今日も釣れないよ」

「あはは。でも、ようやく梅雨が明けてよかったですね」

なんとなく俺は、千太郎さんの人生の梅雨明けを確信してそう言ったのだ。

「ああ、でも、暑くてたまらん」

千太郎さんの目線を追うように、隣にいた凜花ちゃんもこちらを向いた。俺はベランダの柵にもたれるようにして、小さく手を振った。

ぺこりと、凜花ちゃんが会釈を返してくれる。

「千太郎さん、そのうちまたお時間のあるときに、梅雨明けの乾杯でもしませんか？」

「いいね。じゃあ、また、うちに来るかい？」

「いいんですか、お邪魔して」

「まあ、前回より少しばかり賑やかになったがね」

やっぱり千太郎さんの人生も梅雨が明けたのだ。

俺は思わず、おめでとうございます、と言いそうになったが、喉元で堪えた。そういう照れ臭いような台詞は、きっと苦手だろうから。だから、代わりにこう言ってやった。

「やっぱり、私の予想どおりになりました」

「ん、何が……」

「千太郎さんの家の人数が三人ほど増えて、賑やかになることです」

すると千太郎さんは、ふふん、と鼻で笑った。

「あんたがそんな予想をしてたとはね」

「もちろん、していましたよ」

「ほう。それじゃ、まるで霊能者みたいだな」

俺は、吹き出しそうになるのを堪えて、こう切り返した。

「そうでしょう。なにしろコールドリーディングという話術の使い手ですから」

千太郎さんが先に小さく吹き出した。

「そんな単語、私は聞いたこともないな」

そのとぼけた言い草に、俺もつい、くすっと笑ってしまう。

「千太郎さん」

「ん？」

「賑やかなお宅にお邪魔したときに、ぜひとも聞かせてもらいたいことがあるんですけど」

「ほう、何かな？」

春香の師匠にして、俺にとっての黒幕は、あくまでとぼけた台詞を貫くつもりらしい。

「心理学者が、いったいどんなふうに若い弟子に入れ知恵をしていたのか、隅から隅まで白状してもらいたいなと思いまして」

「くくく」と千太郎さんは、声に出して笑った。そして「そこに賢い弟子はいるかい？」と訊いてきた。

「いいえ、いまは妻と一緒に買い物に出かけています」

「そうか。それはいい傾向だ。二人は元気なんだね？」

「ええ、おかげさまで」

「なら、いい」

ちっとも、よくない。こちとら心理学者にいいように手玉に取られていたのだ。

「それにしても、私のことを、ずいぶんと上手な嘘で騙してくれましたよね。本当にお見事です」

俺は、冗談めかしてそう言ってやった。

すると、千太郎さんはあっさり開き直ったのだ。

「そりゃそうだな」

「え……」

「え、じゃないよ。私は、あんたとはじめて会ったとき、居酒屋たぬきで言ったはずだぞ」

「たぬきで？」

「そう。もしかして、覚えてないのかな？」

「えっと……、何でしょう？」

答えあぐねている俺に、黒幕は「ふふふ」と不敵に笑った。

そして、きっぱりとこう言ったのだ。

「釣り師は嘘つきだってね」

上手いこと言うけど、それを言ったのは、たぬきの店長でしょ。

俺は声を出して笑った。

と、その刹那——。

凜花ちゃんが手にしていた釣り竿が、手元からぐいっと大きくしなったのが見えた。

「おっ、孫に大物がきた。またかけるよ」

そう言って、千太郎さんは慌てた様子で通話を切った。

俺はスマートフォンをズボンのポケットにしまった。

あちこちで蝉が鳴き、遠い街並みの上には真っ白な入道雲がもこもことせり上がっている。

がんばれ、凜花ちゃん。

大物を釣って、じいさんを喜ばせてやるんだぞ。
心で声援を送りながら、小さな二人の背中を見ていたら——、
ぽしゃん。
水面を裂くように銀鱗が跳ねて、夏色のブルーを映した「下の空」をキラキラと輝かせた。

解説

山田ルイ53世（髭男爵）

幻冬舎の担当氏が、『雨上がりの川』の解説文の執筆者として、「〝髭男爵〟の太ってる方とかどうすか？」と僕に白羽の矢を立てたのは、〝春香〟や〝紫音〟（こと北川千恵子）と共通点があったからだろう。

即ち、「不登校」、「ひきこもり」である。

いかにも僕には、中2の夏から不登校となり、20歳手前までの6年間ひきこもり生活を送ったという過去があるが、それにしても……。

当方、しがない漫才師。その名の通り、髭を蓄え頭にはシルクハット、手にはワイングラスで「○○やないかーい！」とツッコむ乾杯漫才、あるいは、「ルネッサーンス！」の人……まあ何でもいいが、10年程前に1回売れただけで、現状サッパリの〝一発屋〟である。「私の人生は、ずっと梅雨なんだ」とは千太郎翁の言だが、45年の人生をざっと振り返ってみても、失敗塗れだ。

先述の〝ひきこもり〟に終止符を打つべく、大検を取得し地方の大学に潜り込んだときも、長続きはしなかった。

ある日、周囲の誰にも告げず、失踪同然で上京。芸人を志したのが、かれこれ24年前。……21歳の春のことである。詳細は省くが、東京にやって来た経緯は、もはや夜逃げ同然で、〝逃京〟と書いた方がしっくりくるくらい。荷物は鞄1つ。中身は、数枚の洋服と文房具、あとは歯ブラシだけ。しかも、諸々の手違いでアパートの入居日まで1週間残っていたので、初日から野宿する羽目になった。

ダンボールも無しで、路上に横たわっていると、中高一貫の名門校に通っていた頃、「山田君は東大に行ける！」と担任の先生から太鼓判を捺されたこと、それを聞いて喜ぶ親の顔などが次々と思い出され涙が出た。

一応、「お笑いの養成所に入る！」という名目はあったが、それとてひきこもりに端を発した失敗人生を取り繕おうとしていただけで、どこぞの海岸にゴミが漂着するのと何も変わりは無かったし、一度社会から滑落し、「人生が余ったなー……」という虚無感に囚われていたので、「絶対売れてやる!」といった野心や気概もゼロ。

かと言って、最終学歴〝実質中卒〟の履歴書など白紙と一緒なので、就職もままならぬ。唯一心を占めていたのは、(お笑いやめたら、いよいよやることが無いなー……)という希薄過ぎるモチベーション。……情けない。

三畳一間のボロアパートで10年近く、いぶりがっこよろしく燻(くすぶ)り続け、ようやく日の目を見たかと思えば、今現在、一発屋である。

お陰様で飯を食えるようになったし、2人の娘にも恵まれたが、正直に白状すると、山肌を滑り落ちている途中、偶然木の根とか岩に引っ掛かったようなもの。

自分の半生のあれこれを、ロクに言い訳も出来ない人間が、他人様(ひとさま)の小説を繙(ひもと)くなどおこがましいことこの上無いのだ。

この物語の登場人物も、概ね「人生の滑落者」である。

出版社勤務の編集者、川合淳がマンションのベランダから、自宅前を流れる川を眺めている冒頭の場面。妻・杏子、一人娘の春香と暮らすマイホームに背を向けたその姿は、この後の家族の行く末を暗示しているようで不吉である。

中学2年生になった春香は、学校へ行っていない。原因は、1年ほど前の梅雨の時期から始まった苛烈ないじめ。以降、図書館に足を運ぶなど、活動的な一面も見受けられるが、基本的には自室にひきこもっている。

彼女のこの滑落をキッカケに、川合家はバラバラに……僕の場合もそうだった。


父は職場の部下との情事に走り、母は母で卓球にのめり込んだ。別に、趣味に〝ハマる〟のは悪いことではないが、台所で大鍋の前に立ち、練習で凹んだピンポン玉をグツグツと煮ている母の背中は、何やら怨念めいた波動を放っており、今にも、「……見～た～なぁぁぁ～!?」とこっちを振り向きそうで怖かった。

もしあのとき同じ町内に紫音的な存在がいたら、実家の風呂は死海と化していただろう。喧嘩が絶えなくなった両親を目にする度、（あぁ、自分がこんなことになったせいで……）と罪悪感で圧し潰されそうになったものである。

ほどなく、不貞がバレて左遷となった父に付いていく恰好で、僕は瀬戸内の小島で暮らすことに。浮気夫とひきこもり息子を放逐することに成功した母が、心の平穏を取りもどした……かは知らぬが、此方としても、「普通なら、高校行ってる歳なのに……」「皆もう普通に彼女とかいるのよ？　情けない！」といった母の愚痴、嫌味の類に（勿論、自業自得なのだが）自尊心を傷付けられる毎日だったので、正直、ホッとした部分もあった。

僕や両親が苛まれていたもの、それは、「普通」という物差し。

川合家の面々も、いや、紫音も千太郎も、そして紫音の下に救いを求め集った者達も然り、である。皆、「普通」に翻弄され、失われた「普通」を取り戻すべくもがいていた。

昨今、「普通」の維持費は高騰するばかりである。

さて、随分、普通〳〵と連呼してみたが、登場人物達の肩書きに目を向けると、変わったものが多い。

川合淳の〝編集者〟はともかく、（元）科学者に心理学者、果ては霊能者まで、さながら『ビートたけしのTVタックル』（テレビ朝日）の心霊特番、あるいは、UFOスペシャルのような座組である。

いや、これが芸能界であれば話は別。「催眠術や霊視のターゲットになる」のは売れっ子の証(あかし)、ステータスの1つだと喜ぶことも出来るだろう。「ドッキリ企画」でも同じことが言えるが、誰もが知るスター、有名人の、普段とは違うあたふたとした表情や振る舞いにこそ視聴者は興味があるのであって、無名の者のそれには、価値など無いからである。

10年近く前、僕がまだ売れっ子と呼ばれていた時代、「前世を見通せる力を持つ」という触れ込みの女性とご一緒したことがあった。ゴールデン帯のテレビ番組、全国放送である。

催眠下に置かれた（らしい）僕の耳元で、「さあ、どんどん遡っていきますよ……」と静かに語り掛け、前世へと誘う霊能者に、此方も何だかその気になってくる。

しかし、彼女の質問は、「今……あなたは何をしていますか？」の一点張り。（もっと具体的に誘えよ!?）と思わず覚醒してツッコみ掛けたが、いかんせん、催眠中である。まさかの〝丸投げ〟、全ては芸人のアドリブ任せというやり口に、（ちょっと!!　何やねんこれ!?）とパニックに陥りそうになった。それでも、「魚を……魚を拾っています……」となんとか捻り出した一言を頼りに、（俺の前世は貧しい女性だったのだ……）と腹を括り、見守る共演者達の笑いも取りつつ、前世への旅を自力でやり遂げたが、あの恨みは来世でも忘れることは無いだろう。


かような苦い経験が川合杏子にあれば、紫音に〝洗脳〟されることは無かったのだろうか。

いや、そんなことはあるまい。

科学者として、かなり優秀な部類だったという杏子。自信のある人間は、物事を疑っても、自分を疑うことは無い。肌が浄化されるという怪しげな塩を湯船に混ぜ、猫アレルギーの春香に「幸運をもたらすから！」と黒猫を持ち帰った一方で、春香が可愛がっていたペットのカメは黙って川に放してしまう。挙句の果てに、パワーストーンで作った腕輪を夫に強要……自信があるとはかくも恐ろしい。

ただ、こうも思うのだ。

彼女の側に立てば、全ては家庭の「普通」を死守しようとした結果だったのだと。むしろ、頭脳明晰な人間が、このように変わり果ててしまうほど、「普通」とは甘美で、手放し難いものなのだという事実に、背筋が凍る。

妻の言動に違和感を覚えながらも、「気のせいだ！」「もうしばらく見守ろう……」と目を逸らそうとした夫も「普通」の虜。

春香の通っていた中学の校長や部活の顧問……学校側の姿勢には、「普通」を逸脱したものにとって、我々の社会がいかに不寛容かつ、無力・無策なのかを思い知らされる。「感染者への誹謗中傷」といった、このコロナ禍中で絶望させられた事例の数々が頭に浮かんだ。

そんな周囲の大人達を、1人冷静に観察しているのが、ひきこもりという一般的には「異常」な状態に陥った子供、春香だというのも滑稽だが、実際のところ、〝ひきこもり〟や

〝不登校〟は誰しもが「普通」に止まり得る双六のマス目。

これは一度社会から滑落した僕の偽らざる感想で、春香や紫音もきっと頷いてくれるに違いないが、そんな〝我々〟の「普通」と世間様のそれは、今や大きく乖離しているような気がしてならない。


人々は、「普通」という言葉を、富士山で言えば5合目辺り、〝ちょうど半分〟〝真ん中〟といったニュアンスで、随分と気軽に使ってくれるが、こちとら、樹海で彷徨(さまよ)ってきた人間。「普通」は既にレベルの高い状態で、しかも、そのハードルは年々上がっているように思う。

……これは「美談」のせいではなかろうかと、ふと過(よぎ)ることがある。


僕は、「ひきこもった6年間」のことを、「完全に無駄だった」「ドブに捨てた」と公言している。クラスメイト達と学び遊ぶ、そんな日々を過ごした方が、さぞかし充実した人生だっただろうなとの後悔があるからだ。

メディアのインタビューなどを受ける際も、逐一、そのようにお答えしているのだが、「でも、その6年があったからこそ、今の山田さんがあるんですよね!?」とどうにも嚙み合わぬことが多い。

勿論、人それぞれ。「あの頃出会った趣味が、今の仕事に繋がってるんです！」という人がいても良い。

素敵なのはそっちなのだろうと思わぬでもないが、そうじゃない人がいても良い。まるで、どんな出来事にも意味があったという文脈でしか語ることが許されないような〝圧〟を感じ、息苦しくなってしまう。失敗を糧にする義務など、僕達には無い。

美談に迎合し、美談が蔓延・浸透した結果、〝美談ベース〟で物事を考える人間が増えた、ということは無かろうか。〝しんどかった過去〟を口にする際、「いい話」という味付けでしか咀嚼・消化が出来なくなっているとするならば、それは決して「普通」ではない。ただの「偏食」「味覚障害」である。

物語の最後、春香が決断したのは、「転校」という選択。

これは、元ひきこもりの当事者として、非常に納得感があった。「学校に戻る！」などと言わぬところが良い。

いじめの加害者達、同級生や先生らに対して執着が無くなった、いや、〝諦めた〟のだろう。わだかまりは残ったとしても、それはそれ。「困難を克服した！」とか「許しを与え、理解し合い良い友達になった！」……そんな「美談の方程式」から逃れることが出来たのだ。

前半のおどろおどろしい雰囲気に、サスペンスかスリラーかと身構えたが、読み進めるにつれて、どんどんハートフルになっていくという構成の本作。心温まる家族小説であると同時に、秀逸な推理小説という妙な読後感が面白い。

特に、終盤の名探偵春香による謎解きは圧巻で、少年時代に夢中になった、モーリス・ルブランやコナン・ドイルを彷彿とさせる。

そう言えば、彼らの小説の中でも、セーヌ川やテムズ川が流れていたではないか……とこじつけたところで、千太郎門下生となった春香には、「メソポタミア文明とかエジプト文明とか、文明って川の近くで誕生したのね？　それって、川の周りの肥沃な土壌とか生活用水を求めて人々が集まってくるからなの。船で荷物を沢山運べたりするし。つまり、『川を中心に街が出来る』わけだから、『街に川が流れている』っていうのは当たり前のことなんじゃないかな？」などと喝破されそうだが、「普通」の件と合わせ、今こそ読むべき一冊だと思うのだ。

――芸人

この作品は二〇一八年十月小社より刊行されたものです。

幻冬舎文庫

●好評既刊
おもいで写眞
熊澤尚人

祖母の死を機に、老人相手に「遺影写真」を撮り始めた結子。各々の思い出の地で撮るサービスは評判になるも、なかには嘘の思い出を話す者もいて……。1枚の写真から人生が輝き出す感涙小説。

●最新刊
銀河食堂の夜
さだまさし

ひとり静かに逝った老女は、愛した人を待ち続けた昭和の大スターだった(「初恋心中」)。……謎めいたマスターが旨い酒と肴を出す飲み屋を舞台に繰り広げられる、不思議で切ない物語。

●最新刊
ディープフィクサー 千利休
波多野 聖

茶室を社交場に人脈を築き、芸術家としての審美眼で武将たちの器を見抜く。茶会で天下泰平のビジョンを見せつける。豊臣秀吉の陰の軍師・利休にとって、茶室は、戦場(ビジネスの場)だった。

●幻冬舎時代小説文庫
家康(六) 小牧・長久手の戦い
安部龍太郎

秀吉はイエズス会の暗躍により光秀の裏切りを事前に知っていた。盟友信長を亡くした家康は、逆臣秀吉に戦いを挑む——。これは欣求浄土へ向けた最初の挑戦である。戦国大河「信長編」完結!!

●幻冬舎時代小説文庫
腕くらべ
お江戸甘味処 谷中はつねや
倉阪鬼一郎

江戸の菓子屋の腕くらべに出る新参者・音松。対する老舗は麴町の鶴亀堂、浅草の紅梅屋、それに日頃、音松に意地悪する同じ谷中の伊勢屋。初戦の相手は伊勢屋。決戦の行方とその果ての事件とは?

雨上がりの川

森沢明夫

令和2年12月10日　初版発行

発行人——石原正康
編集人——高部真人
発行所——株式会社幻冬舎
〒151-0051東京都渋谷区千駄ヶ谷4-9-7
電話　03(5411)6222(営業)
　　　03(5411)6211(編集)
振替00120-8-767643
印刷・製本—中央精版印刷株式会社
装丁者——高橋雅之

幻冬舎文庫

ISBN978-4-344-43040-2　C0193　も-14-6

幻冬舎ホームページアドレス　https://www.gentosha.co.jp/
この本に関するご意見・ご感想をメールでお寄せいただく場合は、
comment@gentosha.co.jpまで。